青妤記

6之4

〈戲如人生〉

一半是天使 著

風文創 035

目錄

目錄

章一百三十六　夏夜微醺

華燈初上，繁夜星點。

京城大街上一串串紅幽幽的燈籠隨風搖曳，渲染出陣陣酒香奢靡的氣氛來，引得匆匆路過的歸人都忍不住停駐腳步，尋思著要不要喝兩杯再走。

鑲月樓地處京城腹地，來往的達官貴人極多，門口迎客的店小二也練就了一副火眼金睛，看到不遠處徐徐而來的三人，打頭那一個模樣極為俊美的年輕公子正是右相府中的孫少爺，身旁兩個公子雖是生面孔，可氣度同樣不凡，知道是大主顧上門了，趕忙屈著腰迎了過去。

「諸葛少爺，還有這兩位爺，晚上好啊！三樓的玉逢春包廂還空著呢，這邊請，這邊請！」店小二一邊說，一邊望了望諸葛不遜身邊的兩個公子，暗道這三人一齣現，真可就奪了所有的光彩。

諸葛不遜擺著相府孫少爺的態勢，淡淡道：「走吧，前頭引路。」

旁邊的兩個公子，當然一個是唐虞，另一個，便是女扮男裝的花子妤。

易釵而弁的花子妤一身玉色輕袍，將長髮高束，一副眉目清朗的樣子，加上身量頗高不輸一般少年男兒，又故意擺出幾分灑脫倜儻的神態動作來，所以扮作男子倒也不容易被發現。

正因為是女扮男裝，子妤更顯得模樣清俊，跟在諸葛不遜和唐虞的身邊，一路上三人步行而來，惹得路邊好些小媳婦兒、小姑娘們都透過門縫直直打量，以為京中哪家權貴的小公子出遊，紛紛含羞低語，眉目含情。

之前唐虞本不願子妤以男裝招搖過市，但子妤卻極歡喜，說若是以女裝跟著兩個男子出門不便，加上諸葛不遜在一旁附和，也就成了現在三人成行的場面了。

進入這玉逢春的包廂內，諸葛不遜隨手丟了個碎銀子給那店小二。「取些清淡精緻的菜色來，再配上一壺陳釀花雕。中間不需要人伺候了，只在門口守著等吩咐即可。」

「好的！」

暗道這諸葛少爺果然是個慷慨的主兒，店小二趕緊接過碎銀子直往懷裡揣，生怕掌櫃的看到回頭要他拿出來。

三人隨意地喝著茶，不一會兒，五、六樣菜色清淡又不失精緻的佳餚一一擺了上桌，店小二先幫忙斟了酒，這才哈腰退下，只說有吩咐就敲敲桌子，自當立馬進來伺候。

諸葛不遜今天心情果然十足愉快，平日可是鮮少這樣豪爽的，當下舉杯道：「來，先乾為敬！」

子妤和唐虞對視一眼，只好齊齊舉杯。

火辣辣的感覺有些難受，子妤擺擺手，推卻道：「你們倆喝吧，我雖穿了男子服飾，酒量卻不及你們。」

「也好。」諸葛不遜掃了掃唐虞一臉關切的樣子，悶聲笑了笑。「唐師父不用擔心，子妤雖不喜歡飲酒，但酒量卻是極好，不輕易醉的。」

「是嗎？」唐虞眉頭微微一蹙。「我卻是不知的。」

側頭笑笑，子妤想起從前，眼神中有些朦朧。「那會兒咱們常常一起吃窯雞，遜兒從相府捎來的一些青梅酒，都是極淡的，自然喝不醉。」

兩杯酒下肚，諸葛不遜話也多了起來。「子紓那傢伙手藝極好，火候掌握得甚是精準，燜出來的窯雞皮黃肉嫩，湯汁也足。當時你們姊弟還戲言，以後從戲班退下就去開個館子，專賣窯雞，肯定比做戲伶掙得多！」

「是啊是啊！」子妤掩口一笑，甩甩頭。「那時候以為不能登臺了，子紓唱武生又不比旦角那樣封賞頗多，所以早早就想好了退路。我還為此存了一年的銀子呢，不過到最後也才十來兩，根本就不夠……」

打斷了子妤的話，諸葛不遜擺擺手。「都說到時候我入股，你們姊弟出手藝便是，哪裡需要存銀子！」

「不過現在倒是不需要想那些了。」子妤話音一轉，頗有些感慨，忍不住抬眼看了看唐虞。「多謝唐師父替我出面，這才能正式登臺，以後的路還長，這一杯，我敬您！」

先前唐虞聽著兩人的對話，絲毫插不上嘴，心下不禁有些唏噓：原來子妤的想法自己以前從未過問，也從不曾主動關心，更不如諸葛不遜這個外人瞭解得那麼清楚，更是多了幾分慚愧之意。

眼看著子妤竟舉杯主動敬酒，唐虞看著她，微笑道：「這一切都是妳努力得來的。換作旁人，一旦成了塞雁兒的婢女，或許會繼續練功學戲一、兩年，可要持續堅持五、六年，也只有妳了。」

「若非唐師父從旁鼓勵，我又豈能堅持到如今，這杯酒您是堪當的。」說完，竟一飲而盡，不顧喉頭火辣辣的難受，勉強地朝著唐虞一笑。

唐虞見狀也趕忙飲了這杯，挾起一塊雞汁釀豆腐到子妤碗裡，有些緊張地看著她滿臉通紅又吐著舌頭的樣子。「快吃點兒菜吧。」

「多謝唐師父。」子妤吃下這塊豆腐，感覺順氣許多，又飲了半盞溫茶漱口，這才不好意思地含笑道：「對不起，我就是喝不來這些烈酒，還是果子酒好些，又不醉人。」

「那妳多吃菜，飲茶陪著我們便是。」諸葛不遜也不勸酒，主動拿了茶壺給子妤斟滿。「你們師徒兩個並非是正式拜過的吧，這裡只有咱們三人喝酒說話，何必那樣客氣，又是感謝，又是感激的，大家隨意些，只當朋友相交，如何？」

「也好！」子妤爽快地笑笑。

倒是唐虞看了看諸葛不遜，只微微含著一分薄薄的笑意，並未多說什麼，朝著子妤又道：「還有十來天就要回戲班，到時候妳在前院唱戲，許多事情都會不一樣。那只是一個開始，要吃的苦、受的委屈比在沁園做婢女更甚十倍、百倍，妳可要有心理準備。」

「我大概是知道一些些的。」子妤其實對前院唱戲的事情知道不多，只從止卿和子紓口中瞭解到了一點兒，但兩人都是自己至親的人，不會說那些不好的事。只因子妤畢竟是兩世為人，有競爭的地方就會有是非，哪裡都逃不開這些，所以心裡還是明白的。

「到時候若受了委屈，妳直接告訴……」唐虞本想說「直接告訴我」，可想想覺得自己並非子妤親師，或許有些不好出面，便改口道：「可以找塞雁兒說說，她是戲班的四師姊，有些事情比我們做師父的出面還要管用。」

子妤自然懂得唐虞是關心自己，感激地朝他笑笑。「嗯，弟子知道了。」

「說好不談公務，你們卻偏偏繞著戲班的事兒說個不停！」諸葛不遜臉色微紅，佯裝不悅地喝下一杯酒，又替唐虞斟了滿杯。「要罰唐師父喝一杯才是！」

「好，是我擾了諸葛少爺的興致，該罰。」

隨著幾杯酒下肚，唐虞的表情也逐漸柔和了些，不再和諸葛不遜過分的客套，捏著杯盞，極為豪爽地一飲而盡。

「你們喝著，我讓門口的店小二再加兩個下酒菜。」說著，子妤起身來推門出去，瞧著左右卻不見那說好在門口候著的店小二，回頭瞧了一眼諸葛不遜和唐虞，見兩人之間的氣氛大好，並未注意到自己，便笑了笑，輕輕合上門，自顧循著樓梯準備去叫人。

此時正是酒樓生意最好的時候，人來人往，幾個店小二忙得腳不沾地，子妤也不怪先前那店小二留下話卻溜走了。

這三樓的包廂倒是安靜些，瞧著左右都坐滿了客人的樣子，子妤只好拾級而下，準備到堂下瞧瞧能不能叫到人。

剛提了步子往下走，子妤眼前一晃，一個絳紫色的身影突然從樓梯轉角處露出了身形。那邪魅的眼神、玩味的笑意，分明就是子妤最不想見到的人——薄觴！

「咦……是……」薄觴臉上有些微紅，身上也散發出淡淡的酒氣，他上下仔細一打量子妤，眼中露出一抹迷惘的神色來。「這位公子好眼熟，在下薄觴，咱們是否曾見過？」

子妤見他並未認出自己，心下一安，趕緊埋頭，壓低聲音道：「在下並不認識公子，應該是您認錯了。對不起，請讓一讓！」

薄觴側身，眼看著子妤半遮著臉往下走去，那明顯的纖腰一抹，翹臀微凸，眼中的疑惑之色更濃，卻沒有開口叫住她，只甩了甩頭，往上走去。

等過了樓梯轉角，子妤稍微停了下來，仔細聽著身後沒有動靜，倒是有幾個客人上下了幾次，但並不是薄觴。

看來他是真的沒注意到自己，還好，還好！

子妤鬆了口氣，心想在這兒碰到他可不好，自己又是女扮男裝，他說不定又會說些什麼難聽的話出來。

一邊想，一邊步下樓梯，看到前頭那個迎面走來的店小二有些面熟，正是先前領路的那個，子妤壓低聲音，開口叫住了他，簡單吩咐再弄幾個下酒菜來，這才轉身往回走去。

哪知剛來到三樓包廂的門廊口，子妤就看到了一身紫衣斜倚在樑柱邊的薄觴，此時的他眼中含著幾分戲謔的笑意，正睨著自己，那表情彷彿在說「我逮著妳了吧！」，害得子妤一個哆嗦，不由得背後寒毛都豎了起來。

章一百三十七　不曾醉去

「又不是見了鬼，用得著露出那樣的表情嗎？」

薄觴斜斜上挑的眉梢勾勒出一抹邪魅至極的表情，原本就極為俊美的容顏也帶了三分邪氣，讓子妤忍不住心底暗暗嘀咕：不只是見鬼，是遇見比鬼還難纏的傢伙！

不過心裡雖這樣想，子妤卻勉強地朝他笑笑。「這位公子，您認錯人了。」說著，又埋頭下去，只希望薄觴在大庭廣眾下莫要太過放肆才好。

「慌什麼？」伸手輕輕一攔，薄觴微微用力將子妤的衣袖往回扯了扯，壓低聲音道：「此處人多，妳也不想別人知道這身男子服飾下藏的是個女兒身吧？子妤……姑……」

不等薄觴將「娘」字說出口，子妤趕緊伸手捂住他的嘴，眼看四下已經有人注意到這邊，心生一計，故意將音調放粗，驚喜地大聲喊了出來：「這不是小侯爺嗎？怎麼今日得閒來了此處消磨時間啊！」

說著，子妤故意側身擋住了下方聽堂客人的視線，用肩頭輕輕橫擋住薄觴的手臂。從背後看，只覺得兩個男子正靠得極攏在說悄悄話，頗為曖昧異樣。

「妳小聲些！」這下輪到薄觴緊張了，左右看看，虧得三樓包廂並沒有多少人進出，偶爾一、兩個店小二出來也只是遠遠看了一眼就趕緊埋頭假裝若無其事地走開了。

伸手將子妤的手臂給扯住，薄觴又是氣又是笑的，很有些無奈的樣子。「罷了，妳嘴巴厲害，我原是領教過的，卻沒想妳連名聲都不顧了，寧願拉著我墊背也不願被我打趣幾句。」

「話可不能這樣說！」子妤見他不再糾纏，趕緊拉開一步，奈何卻沒法掙脫臂上的箝制，只好道：「小侯爺可是京中新貴，這鑲月樓沒見過您的客人也聽過您的名號。可我不一樣，不過是個無籍籍名的小戲伶罷了，就算被人知道是易釵而弁的女子，也無人關心。您說說，要是鬧大了，誰比較慘？」

說完，子妤瞥了一眼他拽著自己的手，又掃了掃下頭幾個看熱鬧的客人。「若是傳出去您堂堂侯爺之子，竟和一個男子在大庭廣眾之下拉拉扯扯……」

「放開她！」

虧得子妤「善意」提醒，薄觴見兩人如此拉扯的確有些不太好看，正準備收回手，下一刻卻聽見一聲暴吼，竟是諸葛不遜從不遠處的包廂裡出來了。

只見他面色微紅，夾雜著明顯的惱怒，不顧周圍已經有人從包廂中走出來看熱鬧，一下子衝到子妤的身前將她護住，手一揚，直接扯開了還呆愣在原地的薄觴。「大庭廣眾之下，小侯爺請自重！」

諸葛不遜這一聲喊，直接把周圍探著頭看熱鬧的人給震住了，之後就開始了議論紛紛。這鑲月樓雖是京中極負盛名的酒樓，但廳堂裡各色客人都有，甚至一些市井小民也參雜在裡面，說話極為難聽齷齪。

倒是三樓包廂幾個探頭出來的客人均用極其鄙夷的目光看向諸葛不遜和薄觴，箇中意味也是不言而喻的。

不想將事情鬧大，子妤只得扯住諸葛不遜的手，強行將他拉了回去，轉頭對著薄觴道：「你還不快回去，薄侯仍在京城，若聽到今晚這些傳言，豈不麻煩？」

薄觴雖然心中有氣，但也不得不甘休，只狠狠地瞪了子妤一眼，總覺得偷雞不成蝕把米，實在是憋氣得很。「今日的晦氣，本少爺總有一天會討回來！」說完，一拂袖，也直接回了先前他所在的那個包廂。

「唐師父呢，怎麼也不阻止你！」子妤有些埋怨地低聲唸了兩句，不等諸葛不遜回答，才發現包廂裡的食桌上，唐虞已經趴在了對面，看樣子似乎已經不省人事了。

主動關上門，諸葛不遜稍微回了些神。「就是看妳老不回來，唐師父又禁不住幾杯酒竟醉倒了，這才出去尋妳。結果看到薄觴那廝竟在大庭廣眾之下拉拉扯扯，我自然是氣不過的。」

見他也是腳步虛浮，子妤趕忙扶了他坐下，埋怨道：「平時看你挺穩重的，怎麼喝點兒酒就就沈不住氣了，還撒性子。今日之事若是傳到薄侯耳朵裡，豈不麻煩了？」

眼神一亮，諸葛不遜不怒反喜，猛一拍桌子。「對呀，剛剛該鬧大些才好的。」

「你又想拉了我墊背去氣未來岳父！」子妤惱了，伸手狠狠戳了一下諸葛不遜的額頭。

「要是被薄觴捅出來，你倒好，大不了不做侯府的女婿，可我怎麼辦？」

「這不是也沒鬧大嗎？」諸葛不遜不滿地揉揉額頭。

見他一副可憐兮兮巴不得甩掉這門親事的樣子，子妤也有些同情這些無法自己作主的古人，便放軟了語氣，勸道：「薄觴是你未來的小舅子，就算沒鬧大，這下心裡也有個疙瘩了。外人並不曉得你們兩家要聯姻，若是消息放出去，傳言肯定會越發難聽。你若真的不想結親，不如趁早和你爺爺或者父親好好說清楚。」

搖搖頭，諸葛不遜臉色有些晦暗。「兩家聯姻後面牽扯的東西太多，若是我們主動拒絕，以後太子登基也會受到影響。除非薄侯放話，否則，諸葛家是絕不會放棄這麼一個大好機會的。」

就算平日裡表現得再若無其事、沈穩淡定，此刻的諸葛不遜還是露出了幾分屬於他這個年齡的軟弱無助來。

看在眼裡，子妤也是有些唏噓。這些貴公子，生來有許多如意之處，但偏偏婚嫁一事卻只能任人擺佈，成為政治利益的犧牲品。諸葛貴妃單靠右相，很難支撐太子將來登基之後的天下，若是有西北薄侯的兵權震懾，的確能夠多一分保障。不過是讓下一代聯姻，就能得到如此好的助力，也難怪諸葛不遜根本不敢說個「不」字，只好以孩子氣的方式來發洩罷了。

說了半晌，諸葛不遜總算也發洩了些許的悶氣。不過見子妤目中有著明顯的可憐意味，臉上頗有些掛不住，便坐正了身子，有意岔開話題。「罷了，不說那些個煩人的事情。咱們先扶了唐師父去裡間的矮榻上睡一會兒，我再去叫輛輦車來，順便醒醒酒。否則現在這樣，咱們是走不回去了，走回去被看到也是要挨頓唸的。」

子妤往裡面看了看，似乎側門的屏風後確實有間專供客人休息的臥房，點點頭，便和諸葛不遜一左一右將唐虞架著往裡間走去。

小心的將唐虞安頓在藤榻上斜斜睡著，諸葛不遜順了口氣。「妳餵唐師父喝點兒熱茶吧，我先去叫車。」

和諸葛不遜一起出來，子妤拿了一壺茶和一個杯子，叮囑道：「那你快去快回，小心些，可別再遇上那薄觴了，他的包廂好像在靠裡的倒數第二間，避開些走。」

「知道。」諸葛不遜點點頭，來到一面銅鏡前整理了衣衫，見臉色雖然有些微紅，卻不至於明顯的酒醉樣，這才開門出去了。

「唐師父，起來喝點兒茶解酒吧。」等諸葛不遜出去，子妤將茶斟好放在藤榻旁的矮几上，這才輕聲叫喚著。

感到肩上有人在拍打自己，耳邊又是陣陣輕喚，唐虞總算睜開了眼，看到是子妤在旁邊，抱歉地一笑。「對不起，我酒量……沒想到竟如此差，讓你們看笑話了。」

「遜兒叫車去了，您先歇息一會兒，喝杯茶暖暖胃。」子妤搖搖頭，示意不要緊，順手拿了茶盞湊在唐虞的口邊，餵著他喝下半盅。

「咳咳！」唐虞酒意還濃，此時一口熱茶入喉，總覺得氣喘不上來，突然就嗆咳出聲，正好將剩下半盞茶悉數灑在了胸口的衣領上。

「對不起，對不起！」子妤趕緊將空杯子放到一旁，生怕燙到了唐虞，掏出袖中的手絹就替他擦拭起來。

看到子妤如此慌亂，唐虞腦中一熱，突然將她的柔荑握住，醉眼往上抬，含了三分柔情七分密意地凝住子妤不放。

感覺唐虞眼神異樣，加上手腕又被他給握住，子妤一愣之下終於感到了一絲不妥，生怕諸葛不遜回來看到什麼，便下意識地抽回手。

在濃濃的酒意刺激下，唐虞也不知為何，見子妤想要抽回手，心裡有些沒來由的失落感，不顧她想要躲開，反而手一收攏，將猝不及防的子妤一把帶往矮榻上，直接撲入了自己的懷中……

一陣眩暈過後，子妤只感到耳畔不僅傳來陣陣溫熱的呼吸，夾雜一絲酒氣，又有著極為熟悉的那股味道，腦子也越發不聽使喚，俏臉唰地一下就紅了起來，渾身上下好像都使不上勁兒，任由唐虞將自己環腰抱在懷中，一動也不敢再動了。

章一百三十八　纏綿如絲

被唐虞緊緊摟在懷中，子好恍然間只感到周圍原本喧囂的夜晚竟漸漸安靜了下來，只剩下兩人略顯急促和慌亂的呼吸聲交錯響起，不知不覺間，竟也變成相同的節奏了。

潮熱的氣息拂在耳畔，就像有人在和自己說著什麼悄悄話，細細弱弱，似有千萬根絲線纏繞而上，酥酥麻麻，彷彿把潛藏在心底最深處的慾望都給撩撥了出來，讓子好忍不住「嚶嚀」一聲，想要推開他。

嗅著子好髮上淡淡的馨香，香氣極淺，卻鑽入鼻端縈繞不斷，勾起一抹濃烈的悸動感，使得唐虞環抱的手臂越發的收緊了。只因懷中的嬌軟讓人感覺既熟悉又陌生，想好生呵護，可又不知該如何做才好，只有擁在懷裡，彷彿才能填滿心中缺失已久的那片空白之處。

這一刻好像過了很久，其實不過幾個呼吸間罷了。子好不像唐虞，並未有半點酒意，短暫的失神之後，只道他是因為酒意作祟，才做出如此逾矩衝動之事，心下不免喜憂參半，用手撐著床沿，想要掙脫他的懷抱，站起身來。

「子好，別動好嗎……」唐虞輕軟細柔的聲音在耳邊響起，子好一愣，直覺告訴自己他或許是清醒的，一抬眼，便對上了那雙深邃沈沈的眸子。

有眷戀、有不捨、有心動、有決絕，也有一絲猶豫……唐虞雙眸中隱含的情愫，就好像一張無形的網，直接將子妤給罩住，原本清醒了片刻的神思，又不自禁陷入其中，越發地深沈無法自拔了……

「子妤，唐師父好些了嗎？」

正當兩人眼神膠著無法抽離時，諸葛不遜的聲音不合時宜地在外廳門邊響起，就似一盆涼水澆熄了纏綿而生的點點慾望之火。

一驚之下，兩人同時收回目光，子妤更是趕緊掙脫著從唐虞懷中起身來，整了整頗顯凌亂的衣裳和髮束，大聲答道：「稍等，我這就扶他出來。」

說著，子妤忍住臉上的火燙，猶豫了一下，咬牙又靠近了已經自己起身的唐虞，扶住他的手臂，兩人均沒有多說什麼，出了裡間。

見兩人出來，諸葛不遜趕忙上去幫忙扶唐虞，只是瞧著子妤臉色有異，不由道：「咦，子妤，妳沒有飲多少酒吧，怎麼歇了這一會兒反倒臉更紅了？」

「我酒量極差，你又不是不知道。」子妤笑笑，隨意解釋道：「先前還不覺得，可過一會兒那後勁就上來了，正覺得頭疼呢。別說這麼多，咱們趕緊回去吧，唐師父也需要休息了。」

唐虞含著半分極淡的微笑，醉眸掃了諸葛不遜一眼，也開口道：「對不起……我不該喝那麼多，讓你和子妤都費心了。」

「唐師父千萬別這麼說。」諸葛不遜也是報以一笑。「今兒個大家都高興，唐師父肯賞臉陪我，已是難得。倒是我不該頻頻勸酒，讓您喝醉了。走吧，輦車在鑲月樓門口候著呢，小心腳下。」

有諸葛不遜扶著唐虞，子妤猶豫了一下，還是鬆開了手，離開一步遠，跟著下樓去。一邊走，還在一邊調整著呼吸的節奏，用手捂捂臉，才發現燙得厲害，而且腦子裡也亂糟糟的，好像渾身都染上唐虞的氣息，混合著一點點酒味兒，莫名的讓人心頭亂跳，無法平靜。

「怎麼了，幫我扶著一下唐師父啊！」諸葛不遜回頭見子妤一個人在後面步履遲疑，臉色羞紅，那表情根本就是告訴別人「我其實是個女人」，趕緊提醒她一句：「大哥喝醉了，你做小弟的也不快來幫幫忙！」

回過神的子妤抬眼，發現周圍已經有好幾個人往自己這邊瞧了過來，看神色，似乎也有些起疑，便趕忙壓低嗓音，喊了句「就來」，故作擺手拂袖的男子姿態，大步跟了過去。

三人上了輦車，簾子一放，裡面幽幽暗暗的只看得清身形輪廓。

唐虞斜倚著，知道子妤就在自己右手邊，唇上掛著一抹淡淡的笑意，眼神也毫不避忌地投在她的側臉上，雖然有些看不清，腦中卻很清晰地勾勒出她含羞淺笑的樣子，讓他覺得心裡很安定、很舒服，完全沒有當初的那種心慌和擔憂，好像一切都是順其自然而發生的，並無不妥之處。

但子妤在輦車裡卻有些坐臥不安。

這輦車是諸葛不遜隨意雇來的，空間並不大，容了三個人之後幾乎是肩並肩的挨著坐，子妤甚至能清晰地聽到唐虞的呼吸聲，還有那股早已熟悉的屬於他的味道。

倒是諸葛不遜一副累極了的樣子，倚在車廂上就開始閉目養神，腦子裡不斷盤算著和侯府的親事，眉頭不自覺地就蹙了起來。

就這樣，三人坐著搖晃個不停的輦車回到了右相府的後街。

諸葛不遜先扶了唐虞下車，留下子妤在車上換裝，免得穿一身男子裝束進屋去，被人看到了鐵定要議論。

為了方便，當初出門時就只是在外面罩了一件極輕薄的男子外袍，子妤只解了腰帶將外袍脫下，然後放下束髮重新綰了個鬆鬆的斜髻，便恢復了女兒家的樣子，提著裙襬小心翼翼地下了輦車。

「走吧。」諸葛不遜看到子妤換裝完畢，又問過唐虞是否能獨自行走，免得被人看出是醉酒而歸。

唐虞點點頭，說自己沒事兒，諸葛不遜便放心地過去敲開後門。見來人是個機靈的小廝，又板著臉警告他不要多問，這才招手讓唐虞和子妤跟著進來。

這時唐虞已經清醒得差不多了，藉著月光，看向子妤免不了露出一抹尷尬的表情，但眼神裡還是存留著先前的那抹溫柔，淡淡的，讓人一眼便能讀懂。

似乎意識到唐虞和子妤之間的關係有些改變，諸葛不遜停下腳步，深深地望了子妤一眼，莫名的笑了笑。「咱們走快些，從此處回潤玉園要繞過暢玉院，最好不要被大姊給發現了，雖然我和守夜的人打過招呼不得聲張，但夜裡溜出去喝酒的事兒若被大姊知曉，定少不了一番教訓。」

「知曉什麼啊？」

說曹操曹操到，諸葛不遜話音剛落，不遠處的幽暗中便徐徐而來一抹高眺的身影，一句含了幾分嚴厲的質疑，更是驚得三人一愣，俱往這邊望了過來。

薄衫輕揚，步履細慢，不是諸葛暮雲又是誰呢？身邊還跟著一個神色緊張、欲哭無淚的小丫鬟，正是被逼問了諸葛不遜三人下落的巧思。

諸葛不遜一眼看到了躲在諸葛暮雲身後的巧思，狠狠地瞪了她一眼。「巧思，我前腳走，妳竟後腳就賣主？」

「奴婢不是……」巧思還沒來得及申辯，已經被諸葛暮雲開口呵斥住。「沒妳的事了，回去給孫少爺備好熱水。」

「是！」能夠先逃開，巧思哪有不遵命的，埋著頭像個做錯事的孩子一樣，趕緊扭頭就走。

諸葛不遜知道姊姊要發飆，跨了一大步擋在前頭。「大姊，不關唐師父和子好的事兒，是我想出去散散心，這才拉了他們陪同。」

諸葛暮雲沒有理會他，只仔細嗅了嗅，臉色越發的嚴肅起來。「酒味兒……遜兒，難道你們溜出去喝酒了？」

暗暗自責應該帶個味道濃烈的香囊出來，也免得一下子就被聞出來自己出去喝酒，諸葛不遜訕訕笑道：「不過幾杯助興罷了，不妨事、不妨事的。」

柳眉蹙起，諸葛暮雲將眼光直接略過諸葛不遜，投向他身後的兩人。面對唐虞淡然處之的態度，她有了一絲遲疑，但看向那同樣默然不語的花子妤時，心頭那股無名之火「轟」地就冒出來了，語氣犀利地質疑道：「遜兒，薄侯前腳一走，你後腳就帶著個戲娘出去飲酒作樂，若是傳出去，相府的名聲還要是不要？」

表面是在訓斥自己的弟弟，可諸葛暮雲話裡卻直接地在諷刺和埋怨花子妤。

子妤聽了不過蹙蹙眉，但一旁的唐虞卻露出了一抹不悅的表情，上前一步朝著態度囂張的諸葛暮雲拱拱手。「諸葛小姐此話有些偏頗了。妳教訓自己的弟弟，無可厚非，但唐某和子妤不過是府上的客人，難道出入的自由都沒有了嗎？就算喝了酒，同樣也輪不著妳來過問教訓。」

說完，唐虞又對著諸葛不遜拱拱手。「對不起，夜深了，我先帶子妤回潤玉園，就不在此陪貴姊弟敘話了。」隨即轉頭看了看子妤。「走吧。」

子妤福了福，留下一句「告辭」，就提步跟了上去，想著諸葛暮雲剛才的神色，心中有些擔憂，不知道唐虞這樣不給她面子，以後會不會將關係鬧僵了。

氣呼呼地看著唐虞帶著子妤拂袖而去，諸葛暮雲偏偏發作不得，只跺了跺腳，回頭掃了一眼自己的弟弟。「花子妤那丫頭有什麼好？唐虞如此護著她，你也處處討好。別忘了自己的身分，你是相府的孫少爺，將來要娶的可是侯府郡主！」

說完，諸葛暮雲也是一扭頭，重重地揮了揮衣袖，怒氣沖沖地直接回了暢玉院。

章一百三十九　嬌花無力

盛夏的夜晚，月色清明，加上相府道路兩旁都掛了行燈，將四下都照得敞亮。

一路小心地跟在唐虞身後，子妤埋頭不語，腦子裡還想著先前在玉逢春包廂裡那一幕，不禁耳熱心跳，臉又漸漸紅了起來。

忍不住抬眼偷偷看了看他的背影，子妤發現，唐虞步履很是沈穩，並不太快，也不是慢，衣袖和長袍的下襬會隨著邁步而輕輕揚起，顯得異常閒適自在。

難道，他先前只是因為酒意上湧，做過後便什麼都忘記了？

子妤搖搖頭，又低垂下去，耳根的熱度已然緩緩消散，取而代之的是一抹失落無比的情緒。

許是意識到子妤的步子逐漸慢了下來，走在前頭的唐虞不由得停下了腳步，轉身想勸她不用擔心會得罪諸葛暮雲。

哪知子妤根本沒注意前頭的人影，竟仍自顧自埋頭往前走，自然便一頭撞進了正巧轉過身的唐虞懷中。

「對不起！」

子妤像個做錯事的孩子，驚惶地抬起眼來，卻發現唐虞只是帶著一抹極為平淡的眼神注視著自己，明明那眼神和尋常一樣，但裡面卻蘊含了一股寵溺的味道，讓人一時間愣住了，只想一頭栽進那片深邃的眸光裡，再也不出來了……

唐虞原本是雙手輕輕扶住了子妤的肩頭，怕她不看路而摔跌了，可面對著她小鹿般清澈纏綿的眼神，總覺得兩人靠得太近實在有些曖昧，只好放開手，清了清嗓，低聲問：「怎麼了，如此心不在焉的，走夜路也不知道看清楚前面。」

他放開手的剎那，子妤覺得有些失望，但那話音裡濃濃的關心卻怎麼也掩藏不住，便也抬眼朝他怯怯一笑。「沒什麼，在想事兒，所以……」

「想什麼事兒？」唐虞脫口就問，才意識到或許她是在想先前兩人擁抱的那一刻，不禁也臉紅心跳起來，不等她回答，趕緊扯開話題。「妳大可不必擔心我得罪諸葛小姐。我們只是來相府做客罷了，又不是她的下人，有些話她自己也明白不該說的。」

子妤聽他提起先前的事，想到那時他對自己的愛護，心裡又泛起一股甜蜜，用著有些呢喃的聲音道：「可是，她想讓你留下做諸葛不遜的老師呢。」

唐虞沒有忍住唇邊的笑意，伸手揉了揉子妤的頭。「傻丫頭，我都說了沒興趣。」

這樣發乎自然的動作，讓兩人同時都是一呆，隨即，那濃得化不開的曖昧氣氛驟然升起，讓唐虞尷尬地不知該怎麼收回手，更是讓子妤水眸中浮起了一股薄薄的霧氣。

他終於不再隱藏自己的內心了嗎？他終於願意主動靠近自己了嗎？

子妤心裡有許多的疑問，卻一個字也沒有力氣擠出來，只是用著幾分哀怨幾分嬌嗔的目光和他對視著，久久不曾挪開。

或許是被子妤的目光打動了，唐虞不由自主地在唇邊逸出一聲極細、極輕緩的嘆息，在夜色寂靜的花園裡，卻又那樣清晰可聞。

「為什麼要嘆氣？」子妤低喃著問。

正當以為他又會說出一番禮教規矩來的時候，唐虞卻將手從她的頭上緩緩滑落而下，一路自側臉到後頸再到薄肩……最後，停在了後背上，只輕輕一用力，便將子妤整個人擁入了懷中。

突如其來的改變，讓子妤睜大了眼，心裡頭的疑惑被一陣陣不斷湧上的甜蜜感所取代，只順著他的動作輕輕靠在了他的胸前。

子妤一開始還有些手足無措，到後來便順其自然地垂下雙手，並沒有反手環抱他。兩人就這樣輕擁著，沒有半點激情，只有默默無語的柔情縈繞不斷。

也許過了很久，也許只有那短暫的片刻……唐虞終於鬆開了手，只低頭看著子妤半截被月光照得分明的玉額，有著淡淡的微紅，分明是羞赧之極才會有的顏色，唇角不禁又微微上揚了一下，輕聲道：「對不起，讓妳擔心了。」

根本不敢抬頭，因為害怕他看到自己滿面羞紅的樣子，子妤只下意識的擺擺額首，才嚅嚅地道：「我只是擔心，諸葛小姐她好像對你……」

唐虞聽出了子妤話中的尷尬意味，臉上柔和的笑意越發地濃了。「我不過是一介草民，她身為相府千金，又怎會對我如何？妳別想太多了。」

子妤想起那個姓胡的奶娘和諸葛暮雲的對話，分明是在警告她什麼。於是抬眼，用委屈的目光看著唐虞。「你又不是不知道，自己是個人見人愛、花見花開的主兒。且不說那一幫小丫鬟，就連相府裡的媳婦兒也偷偷跑來看你呢……」

被子妤說得一愣，唐虞的表情又是隨意一鬆，目光溫柔地好像能溺死人，只薄唇微啟道：「放心，在我眼裡，只有一朵花開放，其餘的，都只是草罷了。」

子妤沒想到他會用這種打趣的方式說出類似表白的話來，也是愣了愣，隨即明白了他話中之意後，整個人徹底地軟化了，只用著嬌嬌怯怯、羞赧無比的眼神盯住他，好像在回味，又像是在詢問，更像是期盼著他能再說幾句才好。

其實唐虞並不想讓子妤抱有太多希望，只因這半月以來朝夕相對，又脫離了戲班的氛圍，發生的一些事情讓自己不得不正視起兩人之間的關係來。

與其拖拖拉拉，不如放平心態，唐虞越是這樣想，就越忍不住想要親近子妤，所以才有了先前因醉而擁她入懷的動作，以及剛剛這一番不算表白的表白之話。

雖然知道子妤要求得更多，但唐虞還是就此打住了，用淡淡的微笑來回應著子妤充滿詢問和期待的眼神。

「還好你們等著我！」

一句涼涼的話語從不遠處飄來，唐虞和子妤都收回了那膩人的目光，齊齊看向一路急急而來的諸葛不遜。

走近了，諸葛不遜瞧了瞧子妤，又看了看唐虞，總覺得兩人之間的氣氛有些異樣，加上先前在遠處見到他們是正面相對站著的，好像在對視，卻又沒說話，頓時一股促狹的笑意浮上了臉龐。「你們怎麼了，是我出現得不是時候吧？」

「走吧，你若不出現，我和子妤還不知道要繞多少路才能回到潤玉園。」唐虞隨即笑笑，帶過了諸葛不遜的揶揄話語。

癟癟嘴，露出一抹少見的孩子氣，諸葛不遜又朝子妤眨眨眼，似乎在向她求證什麼。

原本就羞得想找個洞鑽進去，如今諸葛不遜又對著自己擠眉弄眼，子妤反倒覺得好笑，伸手將他推開了半步，埋怨道：「諸葛少爺還不趕緊領路，這夜裡風涼著呢，小心我染了風寒找你要湯藥費！」

「嘿嘿」一笑，諸葛不遜一副「妳不願說就算了」的促狹笑意，眼光又在兩人臉上掃了一圈兒，這才一揮袖袍，往前走去。

子妤和唐虞對望了一眼，均看到了對方眼中那不言而喻的默契，也笑笑，隨著諸葛不遜走了。

回到小院裡，自然又只剩下了唐虞和子妤兩個人。

看著他仍舊有些醉意，子妤並未多說什麼，直接去了雜院熬了解酒湯，吩咐巧思也給諸葛不遜端去一碗，自己將另外一碗托著來到了唐虞屋子的門口。

輕輕叩門，子妤小聲喊道：「唐師父，您睡了嗎？」

下一刻，唐虞已經過來打開門，看神色，有些欣喜，又有些意外，但瞧見子妤手中的解酒湯後，便釋然一笑。「沒有，覺得頭有些昏沈，還想要不要洗把臉清醒一下才好。」

隨著唐虞進屋，子妤將湯碗放在桌上。「那就趁熱喝了這碗解酒湯吧，剛剛熬好的，路上走過來已經不熱了，挺適口的。」

子妤的細心和溫柔讓唐虞忍不住又是一笑，依從地走過來，端起碗就喝了下去。

「小心別嗆到了。」子妤見他喝得急，揚起的頭頸露出稜角分明的下巴和喉結，在昏暗不明的燈燭下顯得極為……性感！

對！子妤能想到的就只有性感這辭兒。隨著他嚥下解酒湯，喉結上下動著，連帶著脖子上的兩根筋也有些發緊，讓人忍不住將眼神隨之往下移去，直到他略微敞開的胸口處。

剛剛唐虞準備洗臉，估計正想脫了外袍方便掬水，此時瞧去，好像腰帶也沒有繫得太緊，鬆鬆的衣領處正好露出了一截鎖骨，看得子妤吞了吞口水，趕緊別過眼去，不敢再繼續看下去。

這時唐虞已經喝完了湯，將瓷碗放下，見子妤有些彆扭的神情，輕聲問：「怎麼了，在找什麼東西嗎？」

暗道自己不過是發花癡罷了，子妤調整了一下呼吸，這才抬起頭轉過來看向唐虞。「沒什麼，唐師父早些休息吧，明兒個不要太早起來，不然宿醉可是很難受的。」說著，自顧地收了碗，轉身提了裙角就奪門而去，生怕自己再單獨和他待在一室，會直接撲過去都說不一定。

捂著羞紅的臉和「撲通」直跳的心，子妤咬著牙回了屋，關上門就狠狠拍了拍自己的腦袋，奇怪自己什麼時候變得這麼「色」了，竟滿腦子想的都是和唐虞纏綿的一幕，真是太不知羞了！

但唇邊微揚的弧度和眉眼彎彎的笑意卻怎麼掩也掩不住，子妤只懷著滿心的甜蜜和歡喜，草草梳洗一番便上床睡了，不知道夢中，會不會再和他相遇呢……

章一百四十　長生長歡

含著甜到幾乎要融化的心情，子好一夜睡得奇好，第二天早上起來也是精神奕奕的樣子，唇邊掛著淺淺的笑意。

「子好，妳醒啦！」諸葛不遜邁步進入了院子，一身與平日不同的紫袍錦服，頭戴額冠，看起來頗為隆重。

子好瞧著他臉色有些懨懨的，走下門廊。「有什麼要緊的事嗎，穿得這樣正式要去哪裡？」

「待會兒太子要來做客，父親讓我單獨作陪。」諸葛不遜擺擺手，話鋒一轉。「我在想，妳能不能幫個忙，到時候陪我一起接待他。」

子好愣了愣，正要拒絕，身後的門突然「吱嘎」一聲開了，卻是一臉疲憊之色的唐虞緩步而出。「這恐怕不妥吧。」

「唐師父！」諸葛不遜看到唐虞很是高興，咧嘴一笑，上前一步。「除了子好，我還想請您一併作陪。那太子是個不好相與的，我最頭疼和他單獨一起。不過他極好絲竹樂器，若是唐師父和子好都在，咱們只談風月，這樣輕輕鬆鬆便能應付過去，也免得我要不斷尋思該怎麼奉承他。」

萬事有唐虞作主，子妤樂得閉口不言，只乖乖立在一旁。

諸葛不遜見唐虞半晌沒回答，忙又勸道：「太子是我的親表叔，這次他出宮遊玩，只是微服罷了，並未擺太子架勢，所以唐師父不用擔心不合規矩。另外，花家班若是要維繫與宮中的關係，太子是極為重要的一環。試想，將來太子繼位，若提前讓其關注花家班，豈不是大有優勢！」

子妤和唐虞對望一眼，都覺得諸葛不遜此言有幾分道理。畢竟對方是太子，花家班又是宮制戲班，若讓太子對花家班留下好印象，應該會對戲班的前途有關鍵性的作用。

「好吧，不過子妤畢竟是女子，若直接相陪，恐有幾分不便。」唐虞算是答應了，只是覺得子妤出面不太名正言順。

「不如以花家班出堂會為由，說是請我來演出的戲伶吧。」子妤主動提出了個折衷的法子。

沈思了小半晌，唐虞抬眼看看子妤，又看看一臉倔強的諸葛不遜，只好點頭。「也罷，既然子妤在此，就不用找其他人代替了。不知諸葛少爺是否知道太子的喜好，我們也好早作準備。」

「當然知道一些。」看到唐虞鬆口，已是答應了讓子妤去獻演，諸葛不遜終於放鬆了神情。「他就喜歡【長生殿】裡的幾個段子，比如〈契遊〉、〈埋玉〉、〈驚聞〉等。最好是前頭唐皇和楊妃相戀的，至於後面安匪的段子就免了，他不喜那些個打打殺殺、緊張刺激的東西。」

子妤想了想，點頭道：「如此，我唱楊妃的段子倒也可以，就是唐皇可能不方便演了，畢竟唐師父要以戲班管事的身分陪席，若是親自唱，有些不妥。」

諸葛不遜看向唐虞，神色有些閃爍，卻並未明言，只道：「無妨的，只要唱得太子高興便是，有子妤扮楊妃就行了。」

唐虞也只好同意。「那好，用過早膳我們就練一練吧，應該來得及。」

「如此，就多謝唐師父和子妤姊了！」諸葛不遜臉上一喜，竟恭敬地朝兩人行了個大禮「我先陪著太子出城去騎馬，晚膳前會回來，已經吩咐下人將宴席擺在湖心小亭那邊。」

目的達成，諸葛不遜還不忘吩咐巧思好生伺候著，等會兒送兩盤鮮切的西瓜過來給唐虞他們解暑。

巧思想到太子要來潤玉園做客，也是有些緊張，小雞啄米似地猛點頭，看得諸葛不遜一嘆，吩咐她晚膳時不用過來伺候了。

子妤看了看巧思，本以為她會沮喪，誰知道她小臉一揚，卻明顯是鬆了口氣的樣子，連連點頭，吐吐舌就趕忙跟了諸葛不遜一起出去，準備西瓜和冰糖綠豆湯去了。

小院裡又只剩下子妤和唐虞兩人，薄薄的日光淺淺泛在兩人的眼神中，極為默契地相視一笑，卻是子妤先埋下了頭，微微有些不好意思。

「用過早膳了嗎？」唐虞的語氣和平日裡並無兩樣，但總覺得有種細柔的氣息在裡面，很是微妙。

這樣的變化，子好自然能聽出，忍不住心頭又是一跳，螓首微埋地點了點頭。「唐師父若也用好了，我們就開始練習吧。」

「進屋吧，這裡的太陽有些大。」唐虞含著一抹柔和的笑意，見子好總是一副嬌羞欲滴的樣子，心裡也暖暖的，忍不住嘴角上揚，轉身先回了屋子。

眼看夕陽西下，子好在屋子裡換好衣裳，梳妝完畢，對著銅鏡又仔細整理了一下儀容，這才推開門，到隔壁偕同唐虞一起去赴宴。

正好唐虞也推門而出，長髮束於腦後，一身略深顏色的葛紗長袍，並無任何紋樣，極為輕薄，隨著他走動間被風吹得微揚，看起來比平日裡穩重成熟了許多。

默契地朝對方一笑，兩人都沒有多說什麼，只並肩踏著夕陽緩緩而行，前往湖心小亭。

來到湖心小亭，發現酒席已經擺好，但諸葛不遜和太子還未出現。唐虞看著子好，開口問道：「可是有些緊張？」

子好也不掩飾，點點頭，目光投向了不遠處微光粼粼的湖面。「對方畢竟是太子，我又代表整個戲班，若唱得不好，那丟的可就不只是自己的臉了。」

「沒關係，有我在。」唐虞的聲音很沈，聽起來好像並沒有什麼情緒波動，但言語之間的關切卻還是讓子好聽得心中一動，抬眼朝他莞爾一笑，點點頭，表示知道。

「貴客應該來了。」聽得遠處傳來有人說話的聲音，唐虞示意子妤跟著自己前去相迎，看著徐徐而來的三人，前兩個自然就是諸葛不遜和那身分尊貴的太子，後面還跟了一個身量頗高的男子，腰間佩劍很顯眼，雖然看不清面容，但猜想是宮中侍衛一類的。

又暗暗囑咐了幾句話，等三人均走近了，唐虞和子妤便齊齊上前一步，拱手福禮道：「見過太子殿下。」

「這位便是我給殿下提及的唐師父了。」諸葛不遜指向唐虞，主動介紹著。

「本宮這次只是以探友的名義出來散散心罷了，唐師父不必多禮。」

子妤埋頭聽著那聲音中還帶了兩分稚氣，想起太子今年不過十三、四歲罷了，比諸葛不遜還小一、兩歲，自己先前還那樣緊張，真是有些沒必要。

「如此，唐某就不拘小節了，請太子入座吧。」唐虞語氣溫和中仍舊帶著幾分恭敬，不卑不亢，進退有度，看得那太子也忍不住點了點頭，笑道：「唐師父果然一如遜兄所言，真是個妙人！」

頓了頓，太子稚嫩的聲音又響起來。「這位便是遜兄說起的子妤姑娘了？」

子妤從頭到尾都沒抬眼，聽見太子主動問及自己，這才頷首說道：「民女花子妤，太子殿下金安。」

太子細細打量了一番，只覺得這女子和尋常戲伶有些不同，沒有那麼濃的脂粉味，也沒有那樣明顯的矯揉造作，一身藕色裙衫也只是端莊雅麗罷了，並無特別亮眼之處，不禁嘆道：「嗯，果然是『清水出芙蓉、天然去雕飾』的一個恬然女子，遜兄沒有白誇妳。」

「太子謬讚，民女不敢當。」子妤嘴上這樣說，卻堂堂正正地仰起臉來，目光柔和地也朝太子殿下望去。

可沒來得及看清楚太子的長相，子妤一下子就被他身後的那個侍衛所吸引了目光，愣了愣。「這位軍爺……我們是否見過？」

「在下長歡，司職宮中御林軍衛之職。」這侍衛面容嚴肅，不苟言笑，只拱拱手自報了職銜。

子妤卻很是欣喜，微微一笑道：「上次還沒有機會親自謝過長歡將軍的贈袍之恩，此番得見，請受子妤一拜。」

說著，子妤鄭而重之地捏了裙角，頷首深深福禮。惹得其餘三人均是一愣，隨即才想起了諸葛貴妃生辰那一夜，是長歡躍上蓮臺，用一件披風替子妤遮擋了甲冑散落的尷尬。

章一百四十一　公然調戲

太子、諸葛不遜、唐虞三人落席而坐，子妤暫時充當了婢女的職責，偶爾幫忙斟酒。見得此種情形，太子讓子妤和長歡也入席，只說這裡是相府並非宮廷，毋須遵循俗禮。

作為儲君，即便只是年僅十三、四歲，太子的一舉一動也充滿了刻意的威儀和束縛。說是微服，在子妤眼裡，他這一身暗繡青紋的長衫，還有腰間三指寬的碧玉綴帶，以及髮上一顆鴿蛋大小的東珠額冠，無不昭示著其尊貴的身分。

不過，仔細看其容貌，還是能瞧見兩分屬於少年的清秀稚氣和對一切宮外事物的好奇神情。

想起諸葛不遜背著唐虞提醒自己，說是這太子年紀雖小，後宮卻已收了不少的侍妾，均是十五、六歲的如花美人兒，讓她小心些，莫要被看上，可就麻煩了。

還好唐虞並不知道太子「好色」，子妤也覺得小小少年不過才十三、四歲罷了，就算再喜好美色也不算什麼，並未太放在心上。

樂得能夠坐下休息，子妤倒沒怎麼推辭，依言來到唐虞身邊的石凳上坐下。只是長歡仍拱手拒絕了太子的提議，稱自己出來是隨身保護的，若坐下吃酒，便是瀆職。

或許知道長歡的脾性，太子也不多勸，隨他立在亭邊放哨。子妤看在眼裡，總覺得有些過意不去，畢竟對方曾出手幫過自己，便主動挾了幾樣點心放在碗裡，準備端過去給他果腹。

「姑娘，在下有公務在身，不便飲食。」長歡面無表情地拒絕了子妤的好意，隨即轉頭望向潤玉園的門口，神色始終帶著一抹警惕。

太子見狀，放下手中杯盞，主動來到子妤身邊，朗聲笑道：「長歡，既然子妤姑娘為你送來吃食，自當笑納才是，怎好拒絕別人的好意呢？」說著，已經從子妤手中接過了碗盞，湊到長歡的面前。

眼看太子親自前來相勸，長歡自然不好再拒絕，只得收下。「那就多謝子妤姑娘，在下卻之不恭了。」

「這才是嘛！」太子高興地點點頭，看了子妤一眼，稚氣的目光中帶了一絲欣賞。「上次在母妃壽宴上聽過姑娘唱那一齣【木蘭從軍】，很是印象深刻。聽遜兄說，今日也是專程從花家班請了妳過來出個小堂會，不知姑娘等會兒獻上哪一齣啊？」

一邊說，太子竟將手微微托在了子妤的後腰際，輕輕一帶，將她送到自個兒身邊的空位處。「姑娘不如坐在本宮的身邊，好仔細說說戲。」

雖然覺得被一個小傢伙攬住腰際有些彆扭，但對面端坐的諸葛不遜和唐虞都因為視線的關係沒有發現什麼，子妤也不便太過忸怩，只不著痕跡地側身躲開，笑笑便坐了下來，替他先斟了杯酒。「自然是獻唱太子殿下喜歡的一齣【長生殿】。就是不知您愛那一段，只要說了，民女獻唱便是了。」

太子咧嘴一笑，順手拿了子妤遞過來的杯盞，手指還輕輕拂過她的指尖，這才一把將杯盞捏住。「姑娘真是深得本宮之心，哈哈，甚好，甚好！」

再次被一個比自己年齡小的男生吃了豆腐，子妤這下心裡頭也起了些雞皮疙瘩，覺得這位太子有些不像自己想的那樣好對付，看來諸葛不遜特地提醒自己也並非誇大，於是暗暗警惕了起來。

而諸葛不遜和唐虞看到先前那一幕，臉色均有些不太自然。

或許看出唐虞神色不悅，諸葛不遜趕忙舉杯，打了個哈哈。「來來來，太子殿下能撥冗光臨寒舍，實乃不遜這小小潤玉園之光，敬殿下一杯。」

唐虞見狀，等諸葛不遜敬過之後，也主動開口道：「戲伶開嗓，不便飲食。既然殿下剛才問過子妤今日要唱的曲目，不如現在就讓她為殿下獻演一曲，以助酒興。」

感激地朝唐虞眨眨眼，子妤自然明白他的意思，不等太子點頭，已經起身來到亭邊空處，捏了個萬福道：「還請太子點一折【長生殿】裡的段子，民女這就獻唱。」

只略想了想，太子笑道：「本宮就喜歡〈定情賜盒〉這一折，不知姑娘可熟悉典故否？」

子妤一聽，這太子是在考自己嗎？愣了半晌，便笑著答道：「這〈定情賜盒〉一折，原本是第二齣〈定情〉和〈賜盒〉的合稱。只是這一齣唱詞不多，偏重於唐皇與楊妃的情感交流。民女一個人唱出來，恐有不足之處，還請太子另擇一折才好。」

「無妨！」彷彿料到子妤會這樣說，太子放下杯盞，走到了她面前，笑得有幾分得意。「本宮就喜歡這一折。唐皇與楊妃的情意綿長，也是從此處開始延續。姑娘說一個人不方便演，那本宮親自出馬，與姑娘對戲，如何？」

子妤沒料到這太子殿下會毛遂自薦，猶豫間不知該如何回答。

「端冕中天，垂衣南面，山河一統皇唐。層霄雨露回春，深宮草木齊芳。昇平早奏，韶華好，行樂何妨。願此生終老溫柔，白雲不羨仙鄉！」太子見狀，竟主動開嗓唸了起來，倒是和戲文裡一字不差，聲若珠玉落盤，很有幾分雅韻意味。

看出子妤有些不願，諸葛不遜生怕她開罪了太子，笑著勸道：「既然太子有此雅興，子好，妳不妨配合配合。」

看了一眼唐虞，見他略點了點頭，子妤也不再猶豫，朝太子笑道：「能與太子對戲，實乃子妤之榮光。如此，就請唐師父以竹簫配樂，咱們開始吧。」

唐虞起身來，將腰際竹簫湊在口邊，吹奏之前解釋道：「〈定情〉這一齣用的是【玉樓春】和【念奴嬌】為曲牌，請太子聽好，免得亂了唱詞。」

太子擺擺手，並不放在心上。「唐師父且吹奏就是，本宮早已熟悉此戲了。」

看向子妤，唐虞目光閃過一抹柔和，這才薄唇微啟，開始吹奏了起來。

隨著徐徐簫聲飄揚而出，太子果然做足了架勢，提步繞著子妤走了起來，精神一抖，唱道：「韶華入禁闈，宮樹發春暉。天喜時相合，人和事不違。九歌揚政要，六舞散朝衣。別賞陽臺樂，前旬暮雨飛。」

太子這一舉手一投足，若不是身量不夠，面貌稍顯稚嫩，還真有幾分天子之威，看得諸葛不遜趁著間隙，趕緊拍手叫了聲「好」！

面露得意之色，太子並未停頓多久，一轉身，往子妤身邊靠來，又唱道：「昨見宮女楊玉環，德行溫和，丰姿秀麗。卜茲吉日，冊為貴妃。已曾傳旨，在華清池賜浴，命永新、念奴服侍更衣，即著高力士引來朝見，想必就到也……」

子妤看在眼裡，只好入戲，也捏了個嬌羞姿態，碎碎踱了個步子，迎著太子所扮演的唐皇，啟唇而唱：「臣妾寒門陋質，充選掖庭，忽聞寵命之加，不勝隕越之懼。」

「妃子世胄名家，德容兼備。取供內職，深愜朕心。」唱著，太子順勢將子妤手腕扶住，只是身量比起子妤來矮了一截，看起來頗有幾分滑稽。

但他卻毫不在意，又繼續唱道：「寰區萬里，遍徵求窈窕，誰堪領袖嬪嬙？佳麗今朝、天付與，端的絕世無雙。思想，擅寵瑤宮，褒封玉冊，三千粉黛總甘讓。」

眼見太子的手從手腕處已然緩緩滑向了自己的腰際，子妤趕緊一個轉身，側過頭頸故意露出嬌羞姿態來，糯聲唱道：「沈吟半晌，怕庸姿下體，不堪陪從椒房。受寵承恩，一霎裡身判人間天上。須仿班姬辭輦，永持彤管侍君傍……」

太子見子妤身姿輕盈，處處躲開自己的手勢，越發覺得心慌不滿，在唱到「惟願取恩情美滿，地久天長」時，竟乾脆雙手攬抱，作勢要將子好直接攬入懷中！

被太子熊抱的姿勢給嚇住了，子好一時半刻並未回神過來，眼看就要被他抱個滿懷……

這一幕，看得諸葛不遜心頭一緊，偏偏又不好打斷，只得乾著急地看向了唐虞。

一邊吹奏，一邊看著太子步步緊逼，唐虞見得他一雙手已經堪堪搭上了子妤的腰肢，唇上竹簫音色一變，從舒緩迷離到急促而生，從【念奴嬌】一下子過到了【古輪臺】的曲牌。

章一百四十二　情不自禁

變換的曲調雖然顯得有些突兀，但子好聽在耳裡，已經懂得了唐虞是在幫自己。

不等太子佔到任何便宜，子好趕忙「嘻嘻」一笑，滑出一步正好攀住亭邊的立柱，轉身嬌然一坐，歪著頭倚在了亭邊的扶欄上，朝太子宛然一笑，繼而唱道：「追遊宴賞，幸從今得侍君王。瑤階小立，春生天語，香縈仙仗，玉露冷沾裳。還凝望，重重金殿宿鴛鴦。」

眼見將落網的魚兒溜走，再加上唐虞轉得有些急促的簫聲，太子這下也明白了幾分。眼看著子好背靠樑柱，前方又是扶欄阻擋，太子面對這滑不留手的小戲娘，嫩白稚氣的臉上並無怒意，只徐徐走到她的身邊，在眾目睽睽之下，竟伸出一隻手，在大家來不及反應下，一把捏住了子好的下巴。

面上猶帶著一絲邪魅，太子年紀雖小，目中的情慾卻明顯熾烈，接著子好的唱詞，他也不疾不徐地唱道：「下金堂，籠燈就月細端相，庭花不及嬌模樣。輕偎低傍，這鬢影衣光，掩映出丰姿千狀……」

唱到這最後一句「掩映出丰姿千狀」時，太子撩撥的眼神順著子好的面容緩緩滑下，好像一支羽毛輕輕拂過子好的肌膚，害得她渾身打了個哆嗦，猶豫著要不要直接推開他才好。

不過這一切發生得太過突然，加上太子正好背對著唐虞和諸葛不遜，只有一邊側站的長歡看清楚了兩人之間的異樣，深蹙著眉，也在猶豫要不要提醒太子一句，這可不是在他的東宮裡。

正當大家都沒有緩過神來時，太子卻又動了，他輕輕扣著子妤的下巴，手指纖細卻極有力，讓子妤掙脫不得。

看著已經逐漸顯露出驚惶神色的子妤，太子眨眨眼，以迅雷不及掩耳之勢，竟蜻蜓點水般突然落了個吻在她的臉側。

一個仰頭不得動彈，一個彎腰逐漸低下頭……即便是被身子擋住，大家現在也能看出，太子這是在親吻子妤。

原本就顯得急促飄忽的樂音戛然而止，唐虞將竹簫一收，深眸中閃過一絲凌厲和慍色，眼看就要上前拉開太子……旁邊的長歡卻突然閃身過來，一把擋在了他的面前。

眼見子妤被輕薄，唐虞又已經動了真怒，諸葛不遜額上直冒冷汗，暗罵了一聲「這太子」。並一步搶到了前面，打橫攔住面色有些發青的唐虞，諸葛不遜轉身嬉笑著大聲道：「太子果然風流高才，這一曲唱罷，竟讓人回味無窮，堪比京中最負盛名的生角步蟾公子，真是讓大家都開了一番眼界啊！」

太子低首看著子妤，見她原本伶俐靜雅的表情被一抹又驚惶又羞憤的神色所取代，回味著剛剛唇瓣觸到她肌膚那一霎的柔滑細緻，樂得仰頭一笑，隨即鬆開了手，轉身朝諸葛不遜朗聲道：「哪裡哪裡，這都是子妤姑娘的功勞，演得如此細緻入神，讓本宮以為真的面對著角色楊妃，所以，有些情不自禁啊……哈哈！」

什麼情不自禁！

子好實在忍不住，趁太子轉身過去的時候翻了個白眼。雖然被一個十三、四歲的小傢伙親了一口並不算什麼，但大庭廣眾之下，還是覺得丟臉了，根本連抬眼看唐虞都不敢，就怕他生氣。

諸葛不遜纏著太子請他回座，唐虞也按下心頭的不快，往子好那邊望去。

唐虞見她臉色白中泛紅，薄唇緊抿，胸口也因為呼吸過於用力而起伏著，更別說下巴處明顯的幾個指痕了，原本心中的怒氣也消了一大半，只剩下心疼和憐惜，語氣放緩道：「也好，妳回去院子裡休息一會兒吧，此處不用作陪了。」

眼見氣氛稍微緩和了些，諸葛不遜回頭朝子好朗聲道：「對對對，此處也沒什麼了，咱們幾個大男人說話，也不用姑娘在一旁。在下這廂代表太子多謝妳剛才的演出，真是精妙絕倫啊。另外，賞錢已經命人備下，姑娘先回後院兒歇息一下，等會兒唐師父離開的時候下人會送去給妳的。」

躲開唐虞有些複雜的眼神，子好看了看諸葛不遜，本想說些什麼，但覺得時機有些不太合適。暗想虧得他還有良心，知道讓自己先退下，便順勢走到小亭邊上，匆匆一福禮，說了聲「民女告退」，也沒露出惱怒的表情，挺直了腰板，徐徐而去。

只是經過長歡身邊時，對方明顯流露出一絲似愧疚又抱歉的表情，子好卻並未放在心上，只對他報以淡淡一笑，微微頷首算是告辭。

「暮色昏暗，姑娘小心腳下。」總覺得需要說些什麼才好，長歡見她就要離開，還是主動說了這一句話。

見他如此客氣，子妤也沒有停下步子，只回頭道了句：「無妨，多謝關心。」這便踏著暮色，先行回到了小院。

見子妤離開，太子意猶未盡地盯著她略顯纖薄的身影，嘆道：「有女靜姝，誘人採擷。東宮裡的女子如花各色，倒沒有子妤姑娘這般集嫻雅恬靜和嬌俏多姿於一身的，真是讓人難忘啊！」

太子屢屢口出輕薄之言，諸葛不遜瞧見唐虞板著臉，神色越發地不悅起來，忙舉杯道：「殿下後宮中美女如雲，如花似玉，隨便挑一個出來也比子妤姑娘貌美。今年選秀，更多的是美人兒讓您挑選！」

太子和諸葛不遜碰了碰杯，一口飲下半杯，連連點頭。「本宮怎麼忘了這一檔事。今年選秀，這子妤姑娘同樣也可以作為秀女入宮，多謝遜兄提醒，哈哈！」

諸葛不遜一愣，同時也接收到了來自唐虞的凌厲眼神，趕緊解釋道：「殿下您不知道，子妤姑娘今年滿十七了。雖然秀女沒有硬性的年齡限制，但十七歲實在有些太過了，遠不如十二、三歲的小戲娘們來得水靈可人啊。」

擺擺手，太子稚嫩的臉龐上露出一絲不喜。「怎麼啦，本宮就是喜歡十七、八歲的大姊姊，看起來才像女人嘛。那些個十二、三歲的小丫頭，毛都沒長齊，本宮還看不上眼呢。」說著，斜睨了諸葛不遜一眼。「難不成，遜兄是在暗示本宮年紀小，配不上子妤姑娘嗎？」

「哪裡哪裡，全憑殿下喜歡就是，在下哪能說什麼。」發現自己越說越錯，諸葛不遜有些懊惱地將杯中酒一飲而盡，連看也不太敢看唐虞，生怕對方直接用眼神殺死自己。

卻沒想到唐虞不疾不徐地端起一杯酒，遙遙對著太子道：「這杯酒，唐某相敬太子，多謝太子看得起本班的戲伶。不過……」

太子畢竟是個十三、四歲的孩子罷了，加上日已西沈，夜色降臨，所以並未看出唐虞笑意之下掩藏的一抹冷意，忙脫口問道：「不過什麼？」

唐虞唇角微揚，輕抿了一口酒，又將杯盞放下。「子妤只是五等戲伶罷了，並未入三等，還不夠資格選秀。而且，她並不是和戲班簽了死契，戲班也無權強迫她參選秀女。」

聽了唐虞的話，太子眼珠子一轉，反而笑呵呵地道：「如此，只要子妤姑娘自願，便能參選秀女，是吧？」

「這就恕唐某不清楚了。」唐虞答了，又將杯盞端了起來就在口邊，這次卻是一飲而盡，只覺得從喉頭開始，一直到腹中，整個身體裡都是火辣辣的感覺。

「那本宮親自求了子妤姑娘便是，豈不就解決問題了！」太子又是哈哈一笑，也將杯中酒液飲盡，一副無所謂的樣子。

「怎麼只喝酒不吃菜，來來來，墊墊肚子再說。」諸葛不遜見狀，只好又出來打圓場，暗自給唐虞使了個眼色，讓他千萬別動氣，也千萬別掃了這位尊客的興。

略蹙著眉，唐虞也沒再多說什麼，雖然心頭慌亂，又替子妤擔憂，但對方畢竟是太子，身分貴不可言，豈是能隨意拒絕的，便暫時壓下了滿腔的不悅。

酒過三巡，太子已經醉眼迷濛，長歡見狀，上前相勸，說再晚，宮門便要關閉，請太子擺駕回宮。

已然盡興，太子也不多留，起身來同諸葛不遜和唐虞告辭，哼著【長生殿】裡的一段小曲兒，讓長歡扶著，便揚長而去了。

送走這位麻煩的尊客，諸葛不遜和唐虞都同時鬆了口氣。

認為自己需要和唐虞好生解釋一番，諸葛不遜正要開口，唐虞卻臉色嚴肅地看著他，搶先道：「叨擾大半個月，唐某和子妤都極為感謝諸葛公子的盛情款待。但昨日戲班送信，下個月的小比要提前進行，所以不得不向諸葛公子告辭，明日我們便啟程回去。」

「唐師父，我……」諸葛不遜自知今日之事理虧，加上先前利用登臺的機會惹薄侯不快，這些事情合在一起實難再開口要求唐虞和子妤留下，只好無奈地點點頭，吐出一句：「對不起，我也不知道太子會如此放肆。你要帶子妤離開，我也沒臉再留客，只是希望唐師父給我一個機會，我得親自再向子妤解釋道歉，免得傷了彼此的和氣。」

「隨你。」唐虞嘆了口氣，也知道諸葛不遜並非有意為之，不便過多斥責，只拱拱手，也告辭離開了湖心小亭。

章一百四十三　醉意溫柔

回到小院，唐虞覺得胸口有些悶悶的，也不知是因為多飲了兩杯的緣故，還是剛剛那一席酒宴吃得太過憋氣的緣故。

一想起那般年紀的太子，竟當著自己的面親吻了子妤！雖然只是臉頰，但切切實實的肌膚之親卻不容否認，唐虞心裡就如同打翻了一罈陳年老醋，一股子酸澀難受的感覺不受控制地就竄了上來，混合著薄薄的酒意，那種滋味著實有些難以撫平。

抬眼瞧了瞧隔壁屋子的燈燭還亮著，只猶豫了半晌，便提步來到了門邊，低聲道：「睡下了嗎？」

剛剛梳洗了一番，子妤換上一身細薄的內衫準備上床睡覺，聽見門邊的聲音，也顧不得自己披頭散髮、衣衫不整的樣子，趕忙過去將門閂拉開。等看見唐虞眼神裡透出的複雜情緒，才想起先前在湖心小亭上所發生的事情，頓時洩了氣，吶吶地搖頭。「還沒呢……可有要緊的事？」

見子妤這副模樣，唐虞心頭的悶氣倒消散了些，只是她衣著有些輕薄，月色下勾勒出模糊卻曖昧的曲線，忙別過眼不敢再看，自顧自地轉身走到門廊的扶欄邊。「妳披件衣裳出來坐一會兒，我有話要說。」

「哦。」

子妤知道唐虞在避嫌，夜深人靜，加上自己穿得也單薄，所以自覺不方便進屋。看了看外頭，好像也不怎麼冷，便沒有回屋裡去加衣服，直接提步跟了過去。

兩人隔了一根樑柱，分開兩邊坐下，雖然看不見對方的表情，但因為夜裡太過安靜，彼此的呼吸聲也能聽得分明仔細；子妤甚至能聞到他身上飄出的淡淡酒香，很是醉人，不由得開口問：「你沒醉吧。」

「沒有，只是應酬了幾杯而已。」唐虞立馬就答了，語氣有些生硬，明顯是在壓制著心中的情緒。

知道唐虞深夜不睡，多半是來質問自己的，子妤只好主動開了口：「對不起……我……」

一聽子妤如此說，唐虞只覺得心疼更甚，直接打斷了她的話。「不是妳的錯，何須說對不起？」

想想也對，從頭到尾都是那個色狼小太子佔人便宜，照說，自己應該是受害者才對。子妤將頭從樑柱邊往外探了探，有些怯怯地看向對面的唐虞。「其實也沒什麼，只是你不要生氣才好。」

說完最後一字，子妤跟著將頭也埋下了半寸，看在唐虞眼裡，心疼和憐惜自不用說，只覺得一種無力感緩緩升起在胸臆之間。「對方身分尊貴不假，但戲伶並非瘦馬，豈是任人揉捏之輩？朝廷明文規定，宮制戲班戲伶出堂會時若被看客輕薄，是可以告到衙門讓對方挨板子的。他那樣對妳，就算妳不好當面拒絕，但巧妙地躲開也不是難事兒。」

雖然子妤只覺得被一個十三、四歲的小男孩兒吃豆腐有些丟臉，但還沒覺得太過難受，只忍一忍便好，誰叫對方是身分尊貴的太子爺呢！可被唐虞這樣一說，一股委屈勁兒就那樣湧了上來，悶悶地道：「不過一個小孩子罷了，我若當真和他翻臉，豈不是掃了相府的面子，失了戲班的名聲。」

「面子？名聲？」唐虞的音調突然拔高了一些，聽得出是有些動氣了。

對於唐虞反問，子妤不知該如何回答，只好隨著他道：「今晚在場的除了諸葛不遜和你，就只有那個侍衛長歡，看他的樣子不像是個多嘴之人，應該沒人會出去嚼舌根，放心吧。」

子妤話音落下，唐虞並未再接續。片刻之後，子妤聽見對面的呼吸聲逐漸變得急促了起來，只好又悄悄探望去，哪知剛探出半個身子，就覺得肩上一沈，竟是被唐虞伸手給扯了過去，下一刻，自己已經直接撲進了對方的懷裡。

子妤眨眨眼，根本沒回神過來，頭頂上已經傳來了唐虞有些低沈的聲音：「傻丫頭，什麼面子、什麼名聲有妳女兒家的清白重要？太子當時上下其手不說，還……」

猜想唐虞實在說不出「偷吻」這兩個字，頓在那兒沒有繼續，轉而用著有些低沈的聲音道：「我已經和諸葛不遜說了，明日一早咱們就收拾東西離開，其他的妳什麼都不要管，回去我自會和班主說清楚。」

此時此刻，子妤心中只覺得暖暖的，有些感動，更有些驚喜在裡面。且不說唐虞毫不顧忌地將自己抱在懷中，還為了她立馬準備打包離開相府，不顧和諸葛不遜鬧翻，也不顧班主當初的囑咐，這等心意，雖然沒有說一個關於「感情」的字，卻讓子妤徹底的融化了，也明白了唐虞的心。

但收拾東西走人，的確不是一個好辦法，再說子妤也真的不太介意被那個小太子吃了一次豆腐，理智地從唐虞懷中揚起頭，目光盈盈地看著他。「若是就這樣走了，諸葛不遜那兒雖不會說什麼，對相府家人卻不好解釋的。」

低下頭，唐虞直直盯住子妤的眸子，反射著似水的月華，眼神裡有著一抹堅決和絲絲濃得化不開的柔情。「這些妳都用不著去想，只要跟我回去便好。至少，在戲班裡我還能保妳不受欺負，但在這裡，我實在沒法護得妳周全。」

子妤只覺得隨著他的句句話說出口，彷佛有一股熱流從腳心處直接湧上了心頭，一時間腦袋裡也突然變得一片空白，呼吸間只有一絲極淡的酒香縈繞在鼻端，和眼前那片薄薄的嘴唇，讓人禁不住想要貼近，汲取更多的溫暖。

或許是被子妤迷離的眼神所感染，又或許是因為兩人實在靠得太近，唐虞發現彼此的每一個呼吸都融合糾纏在了一起，而自己離得子妤微啟的薄唇也越來越近、越來越近……

兩唇相接的一剎那，子妤明顯感到，唐虞那略帶微甜的溫柔氣息已經將自己完全籠罩住，沒有一點侵略，更沒有任何排斥，只是柔柔地接觸在一起，帶來一抹讓人迷醉至深的酥軟感覺。

感到懷中人兒輕顫了一下，隨即彷彿失去了力氣般癱在自己的懷中，唐虞手臂越發摟緊了子妤，卻適時地放開了她如花瓣般輕盈細滑的薄唇，用著沙啞低沈的嗓音道：「妳為什麼總是讓人放心不下呢。」

好像被人抽走了胸中所有的呼吸，又很是不捨剛剛那電光石火般的瞬間溫柔，子妤臉熱心跳得根本不敢抬眼，只將頭埋得更深，貼在了唐虞也同樣跳動極快的胸口上，糯聲道：「我只當太子是個小孩子罷了，又怎會料到他竟那樣逾矩。」

放開子妤，將她攬到身側的扶欄上坐好，唐虞勉強將心緒歸於平靜，苦笑道：「妳不知道，在妳走後，太子詢問了宮制戲伶參選秀女的事。雖然妳並非是三等以上的戲伶，但只要他一句話，妳的一生，有可能就此被改變也說不定。」

「什麼！」子妤終於意識到了事情的嚴重性，顧不得再繼續你儂我儂，直起身子來，眼神有些驚惶地看著唐虞。「我不過蒲柳之姿罷了，那小色狼到底看上了我哪一點啊！」

看著子妤一副欲哭無淚又不敢相信的樣子，細薄的衫子襯得她越發纖弱無度，唐虞擔心之餘竟隱隱覺得有些好笑，伸手柔柔地刮了一下她的鼻頭。「妳又何須妄自菲薄，那小太子雖然孟浪，卻也看得出妳的美好。另外，妳也不用太擔心。他年紀雖小，卻極好面子，斷不會做那些強搶民女的事。而且妳今年之內應該升不上三等，選秀女也輪不到妳。」

雖然唐虞說得輕鬆，但子妤心裡還是激動不已，心想這右相府還真不能再待下去了。萬一那太子再次興起微服出宮，見了自己又色心大起，豈不冤枉得很！

隨著子妤陰晴變幻的臉色，唐虞也嘆了口氣，繼續道：「不過那小太子的心思誰也猜不準，所以還是早些離開相府的好。或許等到選秀的時候，他已經把妳忘了也說不定。這段時間裡妳儘量只在前院上戲吧，就不要到宮裡去獻演了。」

默默的點了點頭，既然此事由不得自己，想再多也無濟於事。於是子妤的心思又回到了先前兩人的溫存上，兩腮隱隱泛出了一抹紅暈，輕聲道：「若是明日就回戲班，那你我……我們又該如何……」

唐虞似乎已經想過了這個問題，話音逐漸回復了一如既往的沈穩和冷靜，但還是聽得出一絲柔和之意。「子妤，我既然選擇了面對這份感情，就不會再逃避什麼。但戲班規矩不容輕廢，等回去之後，我會問過班主的意思，如果他不反對，等妳退下來的那一天，我就娶妳為妻。」

等來了唐虞的這句「娶妳為妻」，子妤只覺得眼中突然被一層水霧所覆蓋，終於體會到了何謂喜極而泣，只螓首低埋，含著一抹嬌羞的笑意重新撲入了他的懷中。

章一百四十四　別意無依

早早起身，諸葛不遜一路踱步來到子妤所居的院子，在門外躊躇了好一會兒，才下定決心邁步而入，準備敲開子妤的屋門。

正巧唐虞屋門此時傳來「吱嘎」一響，隨即見他一身青竹色的便服出現在門廊上，看到諸葛不遜正抬手準備敲子妤的門，便上前攔阻道：「子妤昨夜很晚才入睡，讓她多休息一會兒吧。」

「唐師父，」諸葛不遜恭敬的話音有些委屈，沒了平日那種淡然處之的灑脫勁兒，抬眼看了看緊閉的屋門，黯然道：「我只想和子妤道歉，說聲對不起。」

唐虞擺擺手，看他不過也只是個十五歲少年罷了，原本有幾分不快也打消了。「這也不能全怪你，誰知道那太子當著你我的面會做出那些舉動來。」

諸葛不遜抬起頭，又望了一眼安靜的屋門。「子妤她也答應今日隨唐師父一起離開嗎？難道沒有轉圜的餘地？」說著，用哀求的目光看著唐虞。

唐虞不會因為諸葛不遜的愧疚而動容，只淡淡道：「昨夜我已經和子妤說過，她也同意了。我們早些回去，還要為小比做準備，畢竟她現在已是五等的戲伶，應該早些到前院上戲。不然，在戲班裡要脫穎而出，就更難了。」

諸葛不遜聽了，點點頭，語氣有些憐意。「我知道，她唯一的想法就是當上大青衣，找到自己的親生父親。」

「她告訴你的？」唐虞愣住了，因為他從來沒有聽過子妤提起，為何非要當上「大青衣」的緣故。

「是的，不過具體說是怎麼回事，我也不太清楚。」諸葛不遜想了想，覺得這是子妤的私事，還是不要多說的好。再說自己也不甚瞭解，只是這些年相處時，薄鳶郡主偶爾問及他們姊弟的身世，她總是寥寥帶過罷了，並未細說。

「親生父親……」唐虞知道子妤是孤兒，卻沒想到她的父親還有可能在世，心中有些驚訝，也不知她從小和子紓是怎麼熬過來的，想到這裡更是憐惜。

正說話時，子妤的屋門卻開了，只見她一臉倦色地出現在兩人的面前，但一看到唐虞，明顯唇邊隱過了一抹極為含蓄甜蜜的笑意。

諸葛不遜愣了愣，又看看唐虞，卻發現對方的目光同樣浮起一絲柔和的意味，那種感覺不正是情人之間的默契交流嗎?!

見諸葛不遜立在院中，子妤當下就明白了他早早過來的意圖，故意板著臉走過去，淡淡說道：「你還來這裡做什麼，我和唐師父今日就離開，也不勞諸葛少爺相送。」

子妤這番態度，諸葛不遜反而鬆了口氣，知道她並未生氣，不過是和自己嘔嘔氣罷了，忙咧嘴一笑，露出一排皓齒。「好姊姊，是我不對，不該讓妳受委屈。妳就別生氣了，留下來住滿一個月再回去吧！」

往唐虞那邊一看，子妤脫口道：「唐師父，你已經和遜兒說了要離開嗎？」

「嗯。」唐虞點了點頭，也不解釋什麼，直接往外走去。「你們聊聊吧，等會兒過來湖心小亭一起用過早膳再走。」

說完，將空間留給了有話要說的諸葛不遜，唐虞又看了看子妤，朝她笑了笑，這才緩步離去。

諸葛不遜表情懨懨的，看著子妤眼神跟隨唐虞的離開而飄遠，覺得有些蹊蹺，忍不住問：「妳和唐師父說清楚了？」

子妤回神過來，朝諸葛不遜眨眨眼。「什麼說清楚了？」

諸葛不遜癟癟嘴，又露出了小孩兒心性，說道：「唐師父對妳有淑女之思，妳也對他暗自傾慕，自然是問你們是否說開了，都知道彼此的心意！」

被一個年齡比自己小的小子問及感情之事，子妤臉一紅，啐了他一口。「小小年紀不正經，你管這些做甚！」

「臉都紅了還裝大人。」諸葛不遜最不喜歡被人說年紀小，睜眼瞪了瞪子妤。「我早看出妳和唐師父關係匪淺，又不是親師親徒，他待妳卻那麼好。」

越發的臉紅了，子妤反瞪了他一眼。「你胡說什麼，這樣的話你也敢說出口，真是不知羞。也不知你是不是跟那小太子一夥的。」

說起太子，諸葛不遜想起昨夜尷尬的一幕，倒是收起了玩笑的神色，慎重地上前一步，臉色愧疚地道：「對不起，太子的事是我疏忽了，讓妳受委屈，也讓唐師父擔心了。」

不置可否的聳了聳鼻頭，子好見他神色誠懇，便道：「算了，又不是你輕薄我。虧得那太子才十三、四歲，不然我可不依，非找你要個說法不可。你消息靈通些，可要幫我盯著，萬一太子有什麼想法，你也得幫我攔著。這事兒因你而起，若是莫名其妙地被整成秀女弄進宮，豈不太冤枉了。」

「這是自然。」諸葛不遜趕忙答應了。

在潤玉園用過早膳，子好和唐虞準備收拾一下細軟就回戲班，同時也拒絕了諸葛不遜的親自相送。不過離開時，子好還是和他好生地說了一會兒話，只道這次回戲班是有些突然，但以後還能常見面，還請諸葛不遜常來戲班捧自己的場才好。

雖然心懷愧疚，但又不是生離死別，諸葛不遜只好點頭，正準備親自送兩人到相府門口，卻聽見後面傳來一陣頗為急促的腳步聲。

「唐師父，請稍等一下。」

來人竟是柳嫂子，看她臉上焦急的樣子，子好和唐虞對望了一眼，諸葛不遜更是上前一步，問道：「柳嫂，唐師父他們要走了，妳難道有什麼事？」

諸葛不遜這語氣是毋庸置疑的恢復了他孫少爺的威儀，而且質問的態度也顯露無疑，讓柳嫂一愣，有些尷尬地搖搖頭。「不是奴婢，是……大小姐說唐師父過來教孫少爺一場，想不到這麼早就要離開，所以想送一件禮物，作為束脩酬勞。」

唐虞也正疑惑著，聽見柳嫂的解釋，斷然拒絕道：「麻煩妳轉告諸葛小姐，在此叨擾這麼久，承蒙貴府照顧，唐某又怎敢收受任何禮物。」

柳嫂卻並未因唐虞的拒絕就此退下，只懇切地道：「奴婢只是傳話罷了，若是唐師父要拒絕，也請當面和大小姐說一下，免得以為奴婢們沒有辦好事，得罪了唐師父。」

這個理由抬出來，看著柳嫂子一臉為難的樣子，唐虞倒真不好再多說什麼，只略蹙了蹙眉。「那就麻煩帶一下路。」說著，又回頭對子妤道：「妳等等，我去和諸葛小姐告辭一下咱們就走。」

諸葛不遜掃了那柳嫂一眼，也蹙了蹙眉。「我會陪著子妤的，唐師父快去快回吧。」

一旁的子妤雖然沒有說話，但心裡卻是有些不太樂意，估計諸葛不遜也有些猜出來自己姊姊對唐虞頗有好感，但總不能說出口來，只得悶悶的點點頭，眼看著唐虞跟著那柳嫂子一起又踅回去了。

唐虞想早些解決此事，所以走得比較快，那柳嫂子看在眼裡，只覺得有些不明所以，但也只好加快速度在前面帶路。

來到暢玉院，柳嫂子說諸葛小姐在庭院裡候著，讓唐虞一個人進去。但畢竟孤男寡女不合禮數，唐虞直接詢問了裡面還有沒有其他伺候的奴婢，不然不好單獨去見諸葛暮雲。

柳嫂有些尷尬，正要說什麼，前頭的走廊處卻是胡奶娘緩緩走了出來，手裡托了個盤子，裡面有幾樣精緻小巧的糕點，朝唐虞福了福禮，轉而對著柳嫂子道：「妳先去做事兒吧，我陪唐師父去見小姐就行了。」

「那好，多謝胡媽媽。」柳嫂子鬆了口氣，答了一句就趕緊轉身離開了。

胡奶娘看起來倒是神色如常，就是笑意裡有些擔憂，沈聲道：「唐師父這邊請。」

隨著胡奶娘來到內庭小院，唐虞一眼就看到立在院中的一抹藍衣身影，正是諸葛暮雲。雖然離得有些遠看不太真切，但她一抹笑意卻明顯帶著幾分孤寂和落寞，沒來由讓自己心生警惕。

「奶娘，妳下去休息吧，我和唐師父說幾句話。」諸葛暮雲朝唐虞頷首算是打過招呼，便想支開奶娘，自己單獨和唐虞說話。

「小姐。」胡奶娘有些不願意，擔心她做出什麼不智的行為，那可就丟臉了。況且這位唐師父一看就是對自家小姐毫無興趣，恐怕除了規矩有禮之外，根本不會憐香惜玉的。

唐虞更是不願意和這位千金大小姐單獨相處，也開口道：「若是諸葛小姐為了送禮之事要勸唐某收下，那就不必多談了。唐某感激府上照顧，已是欠下人情，本該履行諾言，但實在因為戲班裡有要事需回去一趟。沒能教夠諸葛少爺一個月，唐某只覺得多有愧疚，哪敢再接受禮物，還請諸葛小姐見諒才是！」

一席話禮數周全，且不帶半點其他感情色彩，說得諸葛暮雲原本還帶著兩分嬌羞的神色逐漸變得失望起來。「唐師父難道就不考慮一下留在相府繼續做遜兒的老師？」

唐虞沒想到她又提及此事，心下有些煩了，卻不好表露，拱拱手解釋道：「唐某喜愛戲曲之藝，這才選擇留在戲班為師，純屬個人興趣罷了，只能厚顏拒絕諸葛小姐的好意，還請見諒。」

越聽神色就越發的失落，諸葛暮雲脫口就接話道：「難道這相府就沒有什麼值得唐師父留戀的嗎？」

「小姐！」胡奶娘在一旁看不下去了，開口阻止了諸葛暮雲，又轉而對唐虞陪笑道：「對不起啊唐師父，小姐愛才之心頗為急切，所以說話有些不妥。」

反倒是唐虞微微一笑，擺手道：「無妨，小姐看得起唐某，本是唐某的榮幸。但喜好無關前途，唐某也無心爭名奪利，只想淡泊一生，做自己喜歡的事情罷了。」

本已失落到極點的心，看到唐虞如沐春風般的笑意，諸葛暮雲又回復了幾分希望，水眸微睜，緩步上前來到唐虞的對面，從袖中掏出了一個半掌大的小匣子，雙手遞送到他面前。「這裡頭裝的是一塊璧玉，只覺得和唐師父極配，還請收下薄禮，權當作一場紀念。」

本想直接拒絕，但唐虞只想早早離開，也不好和對方撕破臉，盤算著回戲班後再送一樣回禮過來便是，只好接過手。「多謝諸葛小姐饋贈，唐某雖受之有愧，但也卻之不恭了。下次有機會，一定將還禮送到府上，還望小姐莫要推辭。」

嬌羞之色又回到了臉頰上，淡淡的紅暈映著她蒼白的膚色顯得很是旖旎嫵媚，諸葛暮雲點點頭。「那就這樣吧，恕暮雲不送了。」

「告辭。」唐虞將小匣子納入袖兜，朝諸葛暮雲拱手別過，轉身毫不停留地踱步而去。

癡癡地看著唐虞修長的背影，諸葛暮雲的表情又回到了當初那樣，有著一抹失落，更有著一抹說不清、道不明的情思惆悵。或許她並不是那麼喜歡這個清俊如竹的男子，或許她只想從他的身上找回自己曾幻想過的少女懵懂罷了。

「小姐，那雙魚璧玉可是皇上為表誠意，專程賜給您的，怎麼就……」胡奶娘知道勸不了，只好等唐虞走後，語氣沈重地叨唸了這一句。

諸葛暮雲苦笑了一下。「就算是御賜之物，但已經送給了我，我想要轉送給誰，哪怕皇上問起，我直說便是，有何不可？」

胡奶娘一嘆，心裡澀澀的卻又無可奈何，只得又說了句時常說的話：「唉……小姐，您這又是何苦呢！」

深吸一口氣，諸葛暮雲總算恢復了平素冷靜的笑容，看著背影消失的院門口，淡淡地道：「唐虞，相信我，咱們後會有期！」

諸葛不遜陪著子妤在相府門前的柳樹下等候唐虞，兩人閒聊著打發時間，只是久久不見唐虞歸來，子妤心中有些犯嘀咕，但想著諸葛暮雲不至於把他給吃了，也就按捺住焦急的心情，繼續和諸葛不遜說笑著。

不一會兒，唐虞才姍姍而來，看神色表情，似乎並無不妥之處，子妤鬆了口氣，迎上去。「唐師父，你沒收禮吧？」

苦笑著點點頭，唐虞從袖兜裡取出了那個木匣子。「不好拂了諸葛小姐的好意，只得收下，待過幾日給送一份回禮過來就行了。」

諸葛不遜一眼就認出了那個小匣子，吃驚之下並未聲張，只轉移了話題道：「既然大姊有心，唐師父確實不好拒絕。不過回禮之事您隨意便是，千萬不要破費太多，否則便是我們的不是了！」說著，又畢恭畢敬地朝唐虞行了個大禮。「唐師父珍重，弟子改日再上門請教，還望師父能不吝賜教。」

唐虞忙虛扶了他一把，將木匣子收了起來，拱手道：「半月之師，實在不敢當，諸葛公子千萬別多禮！」

倒是子妤在一旁看得想笑，突然逗趣地說道：「咦，那遜兒以後豈不成了我的師弟？」

咧嘴一笑，諸葛不遜點點頭。「以後不叫子妤姊了，叫師姊。」

唐虞也笑了，是那種極為輕鬆愜意的笑容，伸手招了招子妤。「走吧，咱們還能趕上東街的集市，為班主買隻燒雞回去下酒。」

「好啊！」子妤也是朝唐虞一笑，明媚的表情好似這盛夏初升的第一道陽光，暖暖的，直接照在人心上。

只有諸葛不遜陪笑著，將疑惑壓在了心頭，準備送走了唐虞和子妤，就立馬回去問問自家大姊，為何要將御賜之物贈與唐虞。

章一百四十五　執子之手

右相府地處京城以北，離皇宮並不太遠，左右俱是京中權貴的宅邸，所以並無什麼店鋪，加上現在不過是清晨罷了，除了一些早起覓食的雀鳥嘰喳外，街道上還算清靜。

兩人步行從相府出來，子妤臉上便微微顯出幾分羞澀。這可是自己第一次和唐虞單獨在外面，和「約會」差不了多少，感覺自然是與平日不同的。

不一會兒，走出了權貴居住的區域，街道上也逐漸熱鬧了起來，來來往往一些小販，出門買菜的婆子、媳婦，還有些趕著去上工的市井小民們，把這盛夏的早晨渲染得更加熱絡起來。

或許是極少見到一男一女大清早在街上行走，特別是這對男女相貌氣質都頗為不俗，街上的人都忍不住投以打量和疑惑的目光。

子妤已習慣了被人盯著看，只是唐虞略有些緊張，側身吩咐道：「妳跟緊我，此處人多，小心些。」

左右看了看，前頭不遠處來了一群挑著擔子賣餅子或賣雜貨的小販，還有許多雇工模樣的壯年男子。子妤依言往唐虞身邊又靠近了幾分，一副小鳥依人的模樣。

走著走著，前頭來了群小乞丐，為首的是個模樣伶俐的小男孩，雖然臉上髒髒的，可一雙黑白分明的大眼睛卻極為有神，他看到迎面而來的唐虞和花子妤，眼前一亮，舉著要飯的傢伙就過去了。「這位公子，這位小姐，可憐小的許久都沒吃過東西了，就給兩文錢買個饅頭吧。」

唐虞眼看著髒兮兮的小子就要湊過來，趕緊一把護在了子妤的面前，從袖兜中掏出幾文錢丟到他手裡的缽中，然後轉身就拉了子妤往路邊走過去。

虧得衣裳袖口寬大，唐虞牽著子妤走，從外表看，若不仔細是不會發現的，子妤也任由唐虞握住自己的手，一路前行而去。

感到唐虞溫暖的手掌將自己握得很緊，好像生怕她走失一樣。這樣的氣氛、這樣的動作，和前世裡那種所謂談戀愛的感覺極為相似，難道這就叫「執子之手與子偕老」？子妤忍住心頭的悸動，生怕被人發現自己害羞的模樣，用另一隻手扯了扯衣袖遮住，再努力調整著呼吸，強裝鎮定。

而唐虞的臉上則一直掛著微微的淺笑，那種掩不住的溫柔也在眼底拂然而過，只堅定地拉著那隻纖弱細潤的手，根本沒有放開的打算。

眼看離得戲班已是不遠，正好臨近午膳，唐虞想也沒想就帶了子妤轉向，往另一條街而去。見人越來越多，唐虞終於有些不捨地鬆開了牽著子妤的手，指著街心處那家門前植柳的酒樓道：「我們先去那家望月樓喝一壺茶，再用過午膳。等晚些買了劉記的燒雞就回去，好嗎？」

子好將雙手握在袖口中，只覺得手心全是膩膩的細汗，臉紅了這麼久早就習慣了，但被唐虞如此貼心地詢問，還是忍不住羞羞地點頭。「隨你安排就行。」

看到子好害羞臉紅的樣子，唐虞不知為何，總覺得心裡像打翻了一罐蜜似的，甜滋滋的味道都快要溢出來了，臉上掛著與平常截然不同的笑意，直接往那酒樓而去。

由著店小二領路，兩人剛剛上到二樓，卻看到靠窗處的幾張桌子中已經坐了一個男子。許是聽見身後店小二在問唐虞兩人要喝什麼茶，那男子略微轉頭往後一瞧，在看到唐虞之後，竟神色一變，趕忙丟下手中茶盞，起身跨步過去。「子沐，真的是你嗎？」

唐虞正和子好準備落坐，冷不防眼前衝過來一個男子，下意識地蹙眉想閃開，卻聽見他喊出了自己的字，不由一愣。「王兄，你怎麼來了京城？」

被稱為「王兄」的男子見唐虞也認出自己來了，高興地連連點頭，伸手拍住他的肩膀。「好小子，咱們將近十年不曾見面了吧，當初你從族裡出去，執意要到京城唱戲。那時候我看著你的背影，還以為咱們這一輩子就再也無法見面了呢。卻沒想……」

說著說著，這位王兄就有些激動了，抓著唐虞的肩頭搖了搖。

一邊的子好看著，有些不明白，眨眨眼，悄悄靠近唐虞，低聲問道：「這位公子是誰？」

男子這才發現了跟在唐虞身後的子好，一眼瞧過去，見她明眸皓齒、眉目清秀，正一臉疑惑地望著自己，不由得收起了心中感觸，朝著花子好拱手道：「在下王修，是子沐兒時同窗。敢問姑娘是？」

「子妤是我戲班的弟子，陪我出來採買些東西。」唐虞介紹著，回頭對等在一旁的店小二吩咐道：「我們認識，就共用一桌吧。你去置辦幾樣好菜，再備一壺碧螺春，就不要酒了。」

「好咧，三位客官稍等。」店小二得了吩咐就下去了。

子妤見這王修談吐不凡、眉目清雋，一看就是讀書人的樣子。「王大哥，你喚唐師父為子沐，這是唐師父的表字嗎？」

擺擺手，唐虞轉而對王修道：「已非讀書人，表字已經很久不用了，王兄不如直呼我為唐兄就好。」

「我倒覺得子沐二字很好聽。」子妤含羞笑笑，因為聽起來好像和自己名字裡有一個字相同，不由得抬眼又問：「是子曰的『子』，沐則是心覆的『沐』嗎？」

王修眼中閃過一絲驚喜。「『沐則心覆』出自《左傳》，姑娘讀過書吧？」

「我是戲伶，若不讀書識字，怎麼看戲文呢？」子妤笑著隨口遮掩了過去。這《左傳》還是自己前世讀過的，希望唐虞和王修都不要發現端倪才好。

「戲伶？」王修恍然大悟。「對啊，剛才子沐說妳是戲班的弟子，沒想到姑娘還是一位戲伶，真是了不起。」

「不過餬口罷了，沒什麼的。」被對方稱讚得有些不好意思，子妤頷首，側過眼瞧了瞧唐虞，正好碰上他投過來的目光，碰在一起，惹得自己臉又泛紅了不少，趕緊拿過茶盞飲一口以作遮掩。

王修並未發現兩人之間細微的交流，主動提起茶壺給他們斟滿，笑道：「戲伶可不是什麼人都能當的，除了要有貌，還需有才，姑娘若非才貌雙全，豈能當得了戲伶？」

見子妤不願多說，唐虞接過杯盞舉起來敬了敬王修。「能與王兄再聚，實乃緣分。」

王修樂呵呵的笑著，拿起杯盞一飲而盡，只是眼神仍舊在子妤的臉上掃了掃，似乎在盤算著什麼。

「咦，樓下有個貨郎挑了擔子，賣的是頭花珠釵。」子妤並未注意到對方看自己的眼神，正無聊地往樓下看去，見得一個小貨郎停在街對面，笑著轉頭問唐虞：「我想挑幾樣東西，回去送給阿滿姊和茗月。」

唐虞看了一眼那貨郎離得不算遠，這樓上又能看到下面的情況，溫和地點點頭。「去吧，有銀錢嗎？」

「有的。」子妤提了衣裙就起身來，朝王修和唐虞福了福，這才下樓去了。

王修見子妤離開，將茶盞放下，對著唐虞笑笑。「子沐，如此佳人，可否借給為兄幾日啊？」說這話的時候，他原本清雋的神態中帶了一絲曖昧，順著側頭望了望正在街對面挑選頭花的子妤，這才回頭看著唐虞，等他的答案。

手中杯盞一落，唐虞的臉色也隨之變得嚴肅起來，若不是對方乃幼時好友，肯定直接拂袖走人了。按捺住心中慍怒，唐虞一字一句地問：「王兄此話是何意？」

笑著替唐虞斟了茶，不知這王修是真沒發現唐虞臉色已經變了，還是裝作沒發現，呵呵道：「剛才為兄也告訴你了，這次我進京是為了明年的科考。正好透過族裡的關係，借住在本家王司徒的府上，他兒子年十七，滿腹經綸，人品卓絕；可不知為何，前年得了一場古怪的大病，眼看要拖不住了，所以王司徒的夫人陳氏想給王少爺沖沖喜，納一房媳婦兒回家，看能不能讓王少爺病情好轉些。正巧，王夫人把這事交給為兄來辦，最近好歹找到了幾房小家碧玉答應前去給王少爺看看。我見子妤相貌不俗，又是宮制戲班的戲娘出身，那王少爺沒病前就喜歡聽戲，見了子妤這樣的樣貌，一定會喜歡。」

見唐虞默不作聲，這王修又開口勸道：「這可是正房少奶奶啊，不是什麼侍妾之類的。我知道宮制戲班出身的戲娘都有幾分體面，嫁給富戶官員什麼的也多，但總歸不是填房就是妾，很少有如此好的機會。唐師父你不妨幫我勸勸子妤姑娘，告訴她這個機會有多難得！」

唐虞越聽眉頭就蹙得更深，起身道：「王兄，子妤才十六歲，在戲班的前途無量，你也不用通過我去勸她什麼，她一定不會答應的。時候不早了，班主只給了我小半天的時間，還得趕回去安排今晚的演出。若有空，你也可以到花家班來找我，這就不陪你了。」說完，唐虞看了一眼下頭的子妤，發現她已經買好了頭花正準備回酒樓來，也不耽擱，掏出二兩銀子丟在桌上，再朝王修拱拱手，便頭也不回的離開了。

王修見唐虞急著要走，也不好強留，只覺得他有些太過倉促，想著抽個時間親自去一趟他所在的花家班，單獨問問這子妤姑娘的意思才好，可不能放過討好王司徒的機會。

子妤還沒來得及進入酒樓，就看到唐虞神色冰冷地急急下樓來。忙迎上去，疑惑的問道：「怎麼了？不是要用過午膳再回去嗎？」

唐虞不想讓她知道剛才王修的一番話，只朝她抱歉一笑。「王修要在此處見客，我們就不打擾了。走吧，我帶妳去另一個地方用飯。」

雖然有些不解，但子妤還是乖乖的跟在了唐虞身後，一起出了望月樓。

唐虞臉色明顯帶著一抹清冷和嚴肅，朗眉微蹙著，似乎在想著什麼，已經沒了先前兩人閒散緩步的你儂我儂，情意依依。

子妤有些擔心，欲言又止。卻被唐虞看出來。「妳是想問為什麼突然要離開，是吧？」

子妤也不遮掩。「那王公子不是你兒時好友嗎，剛才也只看到他一個人在酒樓，並未說是在等人，你就這樣走了，還一臉怒氣，難道他得罪你了不成？」

唐虞不願細說，只隨意道：「也不算得罪我。」

這回答明顯有問題，子妤蹙蹙眉。「不算得罪你，難道是得罪了我不成？」

嘆了口氣，唐虞甩頭笑笑，似乎覺得自己的怒氣來得有些沒理由，說到底，王修又不知道自己和子妤間的微妙關係，只以為她不過是戲班的普通弟子罷了，所以提出了這個要求。但若要他向子妤啟齒說這件沖喜的事，無論如何他是說不出口的，只好擺擺手。「沒什麼，我只想和妳單獨在一起待一會兒，多了個人，始終覺得不妥。」

這下輪到子妤不知所措了，沒想到唐虞會說出這樣一句窩心的話，害得她兩腮突然泛起了紅暈，燒燙得不像話。

「對了，我們回戲班之後……」子妤吞吞吐吐，抬頭看了唐虞一眼又飛快地低下頭。「回去之後，我還能時常來找你嗎？」

「當然。」唐虞點了點頭，語氣很溫和。「只是，在其他人面前，得注意些。」

「這個自然了。」子妤側過頭頸，笑容掛在唇邊。

見她這副樣子，唐虞起了逗她的心思。「妳動不動就臉紅害羞，被人看到了，就什麼都懂了。」

「有嗎？」子妤捂了捂臉，果然有些燙手，羞得加快了腳步，不想讓唐虞看自己笑話。

唐虞看得笑意越甚，也加快步子跟了上去。

等回到戲班，兩人默契的立即分開來走，子妤回了沁園，唐虞則直接去了萬花樓向花夷回稟。

想著子妤今晚上戲的事，唐虞簡單彙報了右相府教習的情況後，主動問起：「子妤已經回來，是不是早些安排她到前院上戲？」

「這是自然！」花夷點頭，手指輕輕敲著桌面。「你們走的那天，我好不容易平復了弟子們的怨言，直接將子妤指給你做親傳弟子了，以後你好生帶她，或許她是戲班未來的希望也說不定。」

「班主，這……」唐虞心底一驚，語氣陡然變得有些冷峻。「子妤並不是我的親徒，再說，我也沒法教她旦角的戲，如何堪當她的師父呢？」

花夷擺擺手打斷了唐虞。「要學戲有很多方法，觀摩其他師姊的演出，向塞雁兒或者金盞兒請教，這些都可以學。但拜你為師之後，不但能提高她在戲班裡的地位，還能有你從旁協助籌劃，也能讓她的路走得容易些；再說，為了讓其他人理解她為何要與你一起過去右相府，這個藉口是最好的，徒弟跟著師父，正大光明，誰敢再議論半句不好聽的？你就多費些心，子妤那姑娘挺伶俐的，未必不能真的做你的徒弟。」

看著花夷毫無商量的樣子，唐虞知道多說無益。「是，班主，我明白了。」

話雖如此，唐虞的心裡卻冷冷的，彷彿一桶涼水從頭澆到了腳。兩人好不容易建立起來的微妙關係，也隨著花夷這樣的安排，再次陷入了難堪的境地。

章一百四十六　驚聞無措

且說子好回屋梳洗了一下，換上一套普通的細棉布衫子，是極淡的水色，只在領口和袖口邊繡了些花團，髮髻也放了下來，只梳了個簡單的辮子，側邊別了一簇小絨花，是鵝黃的顏色，看起來又清爽又俐落。

並非是子妤太矯情，實在因為在相府裡要替戲班撐面子，服飾和髮飾俱挑了上好的帶去。這次回來，若還是那一身裙衫，肯定會引起其他弟子眼紅。

來到五等弟子所居的小院，一棵高大的黃桷樹遮住了燒燙的夕陽，一個青色長衫的身影正背對著子妤，手中比劃著，似乎在練習什麼。

「止卿？」

子妤試探地喊了聲，那身影果然停住了動作，緩緩轉過來，清俊淡漠的眸子裡閃過一抹驚喜之色，直直跨步而來。「子妤，妳果然回來了！」

看到站在面前的止卿，子妤也有些激動，畢竟好些日子沒見，總覺得他又長高了些，不由得笑開了。「看咱們的樣子，好像百十年沒見似的，讓別人看了笑話呢！」

覺得自己或許的確激動過頭了，止卿尷尬一笑。「一日不見如隔三秋，說的就是這種感覺吧。」

點點頭，子妤的語氣卻是很認真。「或許是從小就在一起吧，總覺得這半個月少了子紓的聒噪聲和你不鹹不淡的訓話聲，就像缺了些什麼，不自在得很。」

聽得子妤如此說來，止卿隱隱一笑，伸手點了點鼻側。「走吧，子紓這半個月沒見到妳，每天叨唸得我耳朵都起了繭子。可惜他這會兒在朝元師兄那兒學戲，得晚膳時才過來，還有小半個時辰，咱們說說話等他。」

兩人回了止卿和子紓所居的小屋，子妤環視了一圈，還算乾淨整潔。往常都是自己過來幫忙收拾，如今見屋裡情形並非想像的那麼凌亂，就知道定是止卿親手收拾的，笑著伸手刮一刮窗欄上。「我還以為，半月不幫你們打掃，這上面的灰會積得一文錢那麼厚呢。」

止卿有些尷尬，又做出摸摸鼻翼的動作，走過去拉了子妤到屋裡的茶桌前坐下。「妳剛回來，就別操心那些事了。坐著，我這兒有客人賞的好茶，泡一壺給妳嚐嚐。」

隨著止卿動作嫻熟地烹好茶，子妤搓了搓手，已是迫不及待要品嚐。

看她的樣子像隻饞極了的小貓，止卿眼底浮現一絲疼愛，將茶壺放下，推了杯盞到她的面前。「看妳饞的，先別急著牛飲，聞一聞香吧。」

子妤小心翼翼地將杯盞捧在手中，好像對待一塊美玉似的。不過在子妤看來，這細瓷茶盅裡盛的液體晶亮微黃，猶如流淌溫熱的玉，讓人捨不得一飲而盡。「嗯……實在是太妙了。」

「瞧妳，喝得好像是瓊漿玉液似的，也太給我面子了。」止卿說笑著，見她唇邊有一點微微發光的水滴，自然而然地從袖中掏出一張疊得四方整齊的手絹，捏著邊角替她輕輕拭了拭。

好巧不巧，就在此刻，門邊一聲響，隨即傳來驚呼聲，讓止卿和子好都愣住了，齊齊往門邊看去。

因為剛才進來，止卿並未上門閂，此時門一推便開，竟是一身銀紅灑金長裙的紅衫兒進來了，手裡還提了個小木桶，上面搭著兩塊明顯是抹布的布巾。

子好這才知道，自己離開的這半月裡，都是紅衫兒主動來給止卿他們打掃，簡直讓人……不敢相信。

紅衫兒也不敢相信自己的眼睛，一進門的時候愣了愣，見止卿伸手到花子好的嘴唇邊，那眼神、那動作，實在是讓人氣不打一處來。立馬將木桶一把丟落在地上，衝過去就嚷道：「妳不至於在相府勾引人家少爺不成被趕出來，一回戲班連氣都不喘一口就又來勾引止卿師兄了吧，妳不要臉，人家還要臉呢！」

說著，紅衫兒又是跺腳又是扭手的，杏眼裡幾乎都要溢出淚水來了。

止卿回神過來，有些尷尬地收起絹帕，生怕子好動氣，正開口想解釋什麼，卻被子好一攔。「我說紅衫兒師姊，不至於的人是妳吧。第一，是止卿拿了手帕給我擦茶漬，妳既然看到了，怎麼說我去勾引他呢？第二，妳想說我不要臉無所謂，但下次請看清楚了再破口大罵，不要冤枉好人。再有，妳每日殷勤地過來打掃屋子，也不看看這是兩個男子住的，妳一個大姑娘，難道不知羞？」

紅衫兒眼中含著淚花，卻忍住沒落下來，氣得回嘴道：「妳以前也天天過來收拾，不是一樣不知羞？」

「那怎麼一樣？」子妤站起來，端起茶盞又慢悠悠地喝了一口。「這裡住的兩個人裡，其中一個可是我親弟弟，同一個娘胎裡出來的，難道我來給他收拾屋子，誰還能說半句閒話不成？」

「妳──」紅衫兒狠狠地跺了跺腳，不知該怎麼回嘴，只淚眼婆娑地望著止卿，撒嬌似地喊道：「師兄！」

止卿看著紅衫兒在那兒鬧騰，覺得頭都大了，走過去，語氣清冷地道：「紅衫兒，我都說了妳不用專程來幫我們打掃，妳卻不聽勸。子妤說的也沒錯，剛才是我主動幫她擦拭的，那些勾引人的話妳就不要再說了。妳先回去吧，這兒我自己會打掃的。」

「你寧願要花子妤那個破鞋，也不要我？」紅衫兒尖叫一聲跳開了，指著止卿，又指了指一旁很無奈的花子妤。「你們都不是好東西！我紅衫兒豈是那種任人揉捏、任人欺負的女子。你們都記住，我一定找個比你好十倍的男人。」

無奈地關上門，止卿揉了揉太陽穴的位置，搖頭道：「她隔幾日就來鬧騰一次，我都煩不勝煩了。希望這次過後，她能徹底死心才是。」說著，看向子妤的眼神明顯很是愧疚。「對不起，讓妳白白被她吐了身髒水，都是我不好。」

子妤對名聲什麼的，一直都相信清者自清，沒怎麼在意會被誤會和止卿之間有什麼，只爽快地道：「你和子紓親如兄弟，咱們又自小一塊兒長大，雖不是親兄妹，但比兄妹還要親呢，說這些做什麼！」頓了頓，又問：「怎麼，紅衫兒既然如此亂來，難道師父們都不管嗎？」

喝下一口茶，止卿才坐回桌邊。「紅衫兒是班主的愛徒，除了唐師父，還有誰能管得了她呢？班主又離得遠，根本不知道這邊的瑣事，自然由得她胡鬧了。」

子妤點頭，想想也確是如此。「沒關係，現在唐師父和我都回來了。她再不要臉，應該暫時不會來騷擾你才是。」

「也對。」止卿隨口道：「說到唐師父，妳什麼時候要正式行拜師禮？」

子妤沒在意，抬眼問道：「什麼？」

止卿有些疑惑，解釋道：「班主不是說唐師父已經收了妳為親徒，想著要督促練功才帶妳一併去了右相府嗎？怎麼，妳難道已經行過拜師禮了？我這個大師兄都不知道啊……」

後面的話，子妤已經聽得不太清楚了，眼神望向前方，逐漸有種模糊的感覺，心跳彷彿也越來越慢。

強壓著心頭翻滾的驚訝之意，子妤只匆匆對止卿說了句「抱歉」，就起身離開了。

傍晚時分，南院的師父們都三三兩兩地結伴出去喝酒了，只留下兩人去前院輪值即可，所以子妤一路去到南院，見四處俱是靜悄悄的，生怕唐虞也離開了，急急走到角落繞過竹屏，敲著門，輕聲喊道：「唐師父！你在嗎？」

「進來吧。」

唐虞的聲音從裡面傳出來，子妤想也沒想就推門而進，然後轉手將屋門關上。

此時唐虞正換好了一件外袍，和平日的青竹衫子不同，是靛藍色的素綢長衫，專供到前院上戲值守的師父所穿，整個人看起來俐落成熟了不少。

子妤見他拉攏衣袍束上腰帶，也沒先開口說什麼，走過去像以前那樣，從背後勒好繫帶幫他整理衣裳。

「妳怎麼來了，我正要去前院值守。」任由子妤幫他理好衣襬，唐虞這才轉身過來，眼底有著淡淡的溫柔。

「剛回來就去做事？」子妤還想和他好好談一談關於「拜師」的事，卻不知他馬上要去前院安排夜裡上戲的工作，臉色有些著急。

看出了子妤微笑後所掩飾的慌張和猶豫，唐虞朗眉微蹙，伸手輕輕撥著子妤耳畔的髮絲。「本想明天再抽時間和妳談談的。怎麼，妳都知道了？」

子妤快快地點點頭，語氣很是無力。「剛剛去看子紓，他還在朝元師兄那兒練功，是止卿告訴我的。」

唐虞單手托住子妤的側臉，拇指輕輕摩挲著她細滑卻微涼的肌膚，很是心疼。「妳怎麼想的？」

「我也不知道。」子妤焦急情緒被唐虞溫柔的撫摸給漸漸抹平了，無奈道：「若班主不那樣說，不好解釋我為什麼要跟著過去相府；但是他這一安排，你我不就……」說著抬眼和唐虞四目相對，語氣變得很是委屈。「我們若成了真正的師徒，如何還能在一起呢？」

看她像隻受驚的小貓，唐虞忍不住輕輕攬著子妤的肩頭擁入了懷中，話音極為輕緩，似在哄著她：「其實，妳想長遠一些就好了。總有一天妳會退下來，到時候就不再是戲伶，我也不再是妳的師父了。」

「可那一天還要等很久。」子妤反過來環腰抱著唐虞，埋頭在他的胸膛裡，糯糯的聲音很是細弱無助。「這段時間，我們又該如何自處呢？」

伸手揉了揉子妤的頭頂，唐虞用著無比寵溺的語氣勸道：「其實拜不拜師，妳我也無法真正逃開戲班的規矩、世俗的禮數。反過來想，若妳我是真正的師徒關係了，那平日裡在一起，別人也不會有什麼閒話，我們要保守秘密也更容易，不是嗎？」

唐虞所說的子妤也想過，但「如師如徒」比「親師親徒」要輕鬆許多，唐虞找班主要人，也不至於難以理解。可現在，除了隱瞞到他們都脫離戲班，根本沒有其他的選擇了。

不由得將子妤擁得更緊了些，唐虞一字一句，慎重地道：「相信自己，也相信我，我不會讓妳再受一丁點委屈的。」

默默地埋在他懷中點了點頭，子妤突然就釋懷了，無論將來如何，只要兩個人一起攜手面對，再大的困難也變得輕鬆起來。而且，或許等年老了回想起來，這也是彼此人生中難得的一段經歷，不是嗎？

終於勸得子妤不再擔心此事，唐虞有些不捨地放開了她。「我和班主商量，三日後就掛了妳的牌子去前院上戲。趁著今晚我值守，帶妳去看看情況，如何？」

「真的嗎？」子妤愣了愣，隨即一股驚喜的表情湧上臉龐，因為前院幾乎是低階弟子的禁地，若非上戲或者輪值，不得隨意踏入一步。記憶中，也就只有小時候，她和子紓溜回來時曾悄悄望了前院一眼，那種繁華喧囂和清雅慢唱的絕對反差，一直都留在腦海中。

沒想到唐虞竟願意主動帶她前去熟悉環境，那麼三日後自己去上戲就不會像個傻瓜一樣什麼都不懂了，因此當然是又驚又喜地猛點了點頭。「是現在就去嗎？」

唐虞搖頭，只解釋道：「妳先回去和子紓一起吃頓團圓飯吧，約莫酉時中刻去無棠院找我。我得先陪班主用膳，商量一下半個月之後小比的事宜。」

子妤點頭，趁唐虞沒注意，含著一抹羞澀的表情，飛快地在他側臉處落下一個蜻蜓點水般的細吻，然後又飛快地轉身離開了屋子。

腦子裡還殘留著子妤剛剛羞澀嬌嗔的笑意，和臉側一觸之後留下的芬芳滑膩，唐虞呆呆地立在屋中央，一時連手腳該往哪兒放也不知道。

回過神來，唐虞低頭笑了笑，心裡卻越發堅定了一個信念，那就是即便兩人的前路再怎麼困難，也永遠不會放棄。

章一百四十七　重逢勝喜

戲班前院的事情有專人打理，管事的姓陳，是陳哥兒的親爹，有六十多歲了，做前院管事已經快二十年，雖然他對戲曲一竅不通，但在安排事務上極有條理，深得花夷器重。

唐虞帶著子妤，先來到前院找到了陳管事。此時他正在安排京中兩個對頭的包廂位置，既要保證他們各自得到最好的位置，又得讓他們儘量不會碰到一起，確實極為頭痛。所以老陳只匆匆和唐虞說幾句話就去忙了，沒來得及客套什麼。

「走吧，我先帶妳四處看看。」唐虞看了一眼茫然的子妤，低聲笑道：「發現妳成為我親徒的好處嗎？至少不用避人耳目，我就能把妳帶在身邊，不用找任何的藉口。」

捂嘴偷笑了一下，子妤覺得也對。雖然兩人的感情被一把更加沈重的倫理道德的枷鎖給壓著，但換個角度看，未嘗沒有好處。因為所謂的師徒關係以後可以很容易的解開，但兩人要有正大光明單獨相處的機會，這在古代來說，可是極難尋到的。

不過這些想法只是一些自我安慰罷了，頂著師徒關係的名義，至少在戲班，就算兩人單獨在一起，也不敢做什麼太過逾矩的事情。

「唐師父，子妤，你們回來了？」

身後傳來一聲極為驚喜的叫聲，但子妤和唐虞對望一眼，明顯從對方眼中看到了無奈和懷疑，便齊齊轉身過去。

淡色的長裙，點染著朵朵墨蓮，子妤和唐虞都不得不承認，眼前的青歌兒的確讓人很難挪開眼。

「唐師父，今夜原來是您值守。」青歌兒的臉上帶著欣喜的表情，走到兩人面前，嬌嬌然福了一禮。「弟子接連和紅衫兒演了三晚的【白蛇傳】，今日可以換一齣嗎？」

旁邊站了個男子，是另一個值夜的師父，姓吳，約莫三十多歲的年紀，一臉尷尬地上前對唐虞拱手為禮，然後道：「沒辦法，三樓已經有兩間包廂的客人點了這一齣【白蛇傳】，若不按照客人的意願來演，恐怕不合規矩。青歌兒，妳也是上戲兩年的前輩了，知道三樓包廂裡俱是不能得罪的客人，還是先去後面準備準備，別誤了演出才是。」

唐虞聽了，也點頭，態度嚴肅，神色端正說道：「戲班的首條規矩便是以客為尊，既然客人點了戲，妳們便唱就是了。但若能在包廂裡親自勸得客人願意聽其他的，倒也不算逾矩。妳和紅衫兒都是伶俐的，自己想想吧。」

「也對。」青歌兒點點頭。「反正都是熟客，我親自給他們推薦一齣其他曲目便好，就不為難吳師父了。」

說著，青歌兒看了看一旁並未說話的花子妤，笑道：「子妤師妹，姊姊還沒恭喜妳呢。一來，直接升了五等弟子，以後可就要來前院上戲了。二來，妳拜了唐師父為師，真是讓人羨慕啊。改日我會送來禮物跟妳道賀。」

子妤淡淡地笑了笑。「多謝師姊關心，不過，還請千萬別送什麼禮物才好。」

「不過是些針線活兒、小玩意兒，不用妳回禮的。」青歌兒掩口笑笑，又道：「對了，妳已經是五等戲伶了，這個月的小比妳要參加吧？」

「是的。」子妤點頭，看了一眼身邊的唐虞，又回頭道：「到時候，還請師姊手下留情。」

「哪裡，哪裡！」青歌兒也掃了唐虞一眼，似乎有著某種莫名的笑意含在眼底，嬌笑道：「妳有唐師父親自指點，恐怕要手下留情的是子妤師妹妳才對。」

被她說話的語氣弄得有些不舒服，子妤不願再多說什麼，只笑了笑算是回答，旁邊的吳師父也適時地插話道：「好了，青歌兒妳先去準備，時間也差不多了，今夜妳要唱兩場，可不是輕鬆的。」

「也好。」青歌兒點點頭，神色中有一抹難掩的清傲之色。「子妤，回去之後咱們再敘舊，姊姊這便先走了。」說完，又對著唐師父福了福禮算是告辭，這才提步而去。

華燈初上，夜色迷離下的街市突然變得曖昧起來，處處燈紅酒綠，脂粉香豔。

相比起外間酒肆青樓，花家班的戲院卻顯得清雅不少，客人們三三兩兩聚而落坐，但都只是小聲地說話，等待著即將開演的好戲。

今日第一齣是武戲，正好是花子紓演主角，青緞服、漆皂靴，手提紅綾槍。甫一亮相，那股英氣逼人的俊朗模樣，就引得臺下看客們紛紛叫好，喝彩聲如雷，完完全全將氣氛給挑動了起來。

眼見下頭反應熱烈，子紓在臺上舞得也越發賣力，一個鷂子翻身接白鶴亮翅，還未開口唱，已然鎮住了整個場子……

隨唐虞在後臺處看著，子妤隱隱有些興奮。畢竟這是第一次看子紓自己單獨表演，沒想到他一招一式毫不含糊，將這一齣【公孫子都】演繹得精妙絕倫，而且毫不怯場。

「子紓不簡單啊！」唐虞看著子紓，眼中也透出毫不掩飾的欣賞。「你們姊弟在戲曲上確有過人之處，說起來，子紓還更甚妳這個姊姊一籌。依我看，朝元應該對妳弟弟是傾囊相授，不然子紓要駕馭這齣戲，至少還得練個小半年才有可能。朝元還真是有心，他平日極忙，幾乎每隔幾日就要入宮給皇親貴戚們獻演，能如此用心教徒弟，也是子紓的福氣。」

子妤的神色很是興奮。「你剛剛說朝元師兄主要給皇親貴戚們表演，那子紓跟著朝元師兄，將來豈不是也前途光明？」

「這是自然。」唐虞覺得她實在可愛，笑得連自己也不知道竟如此溫柔和煦。「羨慕子紓跟了個好師父嗎？妳若想反悔還來得及，去找班主，說妳要挑個有前途的師父來教妳吧。」

沒想到一向正經的唐虞竟在大庭廣眾之下悄悄和自己開起了玩笑，子妤突然臉一紅，看他笑得如此溫柔，也放軟了語氣，有些調皮地道：「你可別想甩掉我，已經晚了。」

這種只存在於情侶之間的打情罵俏讓兩人突然都不再說話，享受著喧囂之中屬於自己的淡淡情緒……

卻說戲臺上賣力演出的子紓已經收了勢，拱手朝著臺下四處福禮謝幕，這才喘著氣退到了候場的屋子。

唐虞早已帶著子妤在此處等著，見弟弟累得臉都紅了，子妤趕忙上前替他斟茶倒水，又拿了扇子使勁地搧著，頗為心疼。「瞧你，那樣賣力，唱一場比別人唱十場都費勁兒呢。」

「話可不能這麼說。」子紓很不以為然，將頭套和皂靴都卸了下來，一口喝下子妤遞來的茶，這才舒服了些。「姊，這可是我第三次登臺，不唱賣力些怎麼行？」

「你姊姊是換個說法誇你能幹呢，唱一場抵別人十場了。」唐虞見了子紓心裡也喜歡，走過去拍拍他的肩膀，又道：「好小子，功夫著實不錯，動作也漂亮，盡得朝元的真傳啊！」

這下子紓倒有些不好意思了，撓撓頭，一臉憨厚的樣子。「多謝唐師父誇獎，嘿嘿！」

「咦，子妤！」說話間，候場的屋子又進來一人，圓潤的臉龐，同樣圓若黑杏兒的晶亮眸子，竟是茗月。

她有些驚訝又有些高興，趕忙走過去拉了子妤的手。子妤看到茗月也很高興，拉了她到旁邊。「妳今晚也要上戲？」

點點頭，茗月有些不好意思。「也不算正式的上戲，吳師父安排兩場戲的間歇讓我們上去暖場，唱些小段子。」

「還要做這些？」子妤想了想，好像沒聽說有專門暖場的弟子。

茗月眼神只黯淡了一下，卻又恢復了平日的溫和笑容。「雖然沒什麼賞錢，但例銀一分不少。吳師父說我們這些新晉的五等弟子要踏實些，多露露臉，慢慢的積累了些經驗，再唱獨分兒才鎮得住場子。畢竟不是每個師兄弟、師姊妹都像妳家子紓那樣，既有朝元師兄為師，又有極好的身段和功底，甫一上臺就能鎮住場子，贏得眾多看客的喜歡。」

子妤自豪地笑著轉而看了子紓一眼，回頭抿嘴忍不住得意起來。「那小子雖然笨些，在武生上卻是極有造詣，又能師承朝元師兄，造化也好，我這個做姊姊的倒真的很自豪呢。」

子紓耳朵尖，聽見了子妤的話，有些不好意思地挪了過來，低聲道：「姊，妳誇我也含蓄些，這兒人多呢。」

茗月臉上的紅暈好不容易消褪了，見子紓來到面前，又是一陣耳熱發燒，不敢看他，埋著頭小聲道：「我得去上妝換戲服了，你們等等我，唱完了咱們一起回去。」說完，像個小媳婦兒似的轉身就跑開了。

子紓看著那嬌羞而去的背影，有些不大明白，喃喃道：「這茗月姊真是有些奇怪，我看她和妳說話都挺大方的，怎麼對著我就愛理不理的呢？」

「誰知道你小子是不是欺負了人家？」子妤倒沒放在心上，想著茗月面皮薄，子紓又長得越來越英挺勃發，正常的女孩兒看到他應該都會臉紅害羞吧！

章一百四十八　陰謀陽反

與一樓大廳和二樓挑高的雅座不同，三樓因為是反過來修建的一個個包廂，全都門朝周邊，所以顯得安靜許多，若不仔細，根本聽不見樓下的喧囂和唱戲聲。

一共六個包廂，每個包廂前面都有小廝候著，負責傳菜，遞話給戲伶什麽的，所以他們一見到唐虞，都齊齊鞠身福禮。

另外還有兩個年長些的，算是這一層樓的小管事，負責協調戲伶的演出時間。見了唐虞，兩人也主動走過去打招呼，其中一個矮胖些的姓周，另一個乾瘦的姓羅。周管事比那羅管事愛說話，由他開口將今夜的情況簡單說明了一下。「唐師父，有兩個包廂的客人都點了【白蛇傳】，是青歌兒和紅衫兒的戲。但兩家都要戌時末之前聽戲，可一齣戲演全了至少要小半個時辰，青歌兒和紅衫兒又要求每場至少間隔半個時辰的休息時間，所以根本沒法安排過來。這生意做不做且不說，卻不能得罪了這兩間包廂裡的熟客，您看……」

唐虞聽明白了他的意思，淡淡道：「你剛才都說了，不能得罪客人，他們可是戲班的衣食父母。說吧，青歌兒她們在哪兒，我親自去說。」

周管事臉都笑開了，忙點頭，指了指三樓包廂的盡頭處，專門給戲伶休息候場的屋子。「就在那兒，還有一炷香不到的時間就得進場了，還望唐師父好生勸勸。您也知道，我們外院管事的身分地位，兩位姑娘又是名角兒，咱們想勸也沒那個身分。」

唐虞蹙蹙眉，對周管事的處事態度不太喜歡，但他畢竟是班主用慣了的人，不好說些什麼，只擺擺手。「好了，不用說那些，大家都是為了戲班而已。你先去問另外兩間沒有點戲的包廂，若不聽戲，銀子可就少了許多，今晚的營收恐怕湊不齊。」

「是，唐師父說的是。」周管事和身邊的羅管事一起點頭，領了吩咐就去忙了。

回頭看了一眼，見唐虞已經進了屋子，瘦些的羅管事低聲道：「周大哥，那唐師父果真是準備接替班主的？」

「誰告訴你的？」周管事臉上的肥肉顫了一下，悶聲又接著道：「他才多大年紀，憑著一點兒資歷就想做班主，誰服啊？」

「可聽說班主極為器重他，後院的弟子們也多服他的。」羅管事拉了周管事到一邊。「我覺得，班主肯定想著把一個女弟子嫁給他，然後留他在戲班裡，將來好順理成章地做班主。」

「也對，我忘了，他好像是江南那邊某個沒落世族的少爺，和戲班也沒簽死契……」周管事精明的綠豆眼兒轉了一圈，似在思考什麼重要問題。

羅管事又進一步說道：「你侄女兒不是一等戲伶嗎？雖不是四大戲伶，好歹也是班主親徒。而且她眼看要滿二十了，最近也沒怎麼入宮演出，提前退下來是遲早的事。想來要是班主開口，兩人定能成事兒。」

周管事聽著，想到自己侄女在戲班裡也是數一數二的俏花旦，不但身段柔軟，更是出了名的溫柔賢慧。除非唐虞不是男人，否則……要讓他上鈎，還不是輕而易舉的事？

一旁的羅管事不著痕跡地揚起了唇角，借勢又低聲勸道：「老哥啊，陳管事已經過了六旬，想想也做不了多久了，若親侄女兒是班主夫人，這外院大管事的位置不是遲早落在您身上嗎？兄弟我將來也能跟在您身邊，多撈些油水可不是？」

說著說著，兩人已經忍不住壓低聲音笑了起來，彷彿美好的前景已經落實，就差一覺醒來等著那美夢成真。

羅管事見周管事已經徹底被自己說服了，又進言道：「正好後天公主請了幾個郡主賞花，內務府已經送來了帖子，你就給你侄女提提，讓她爭取這次進宮。因為肯定是唐虞帶隊，班主這幾日還在應付其他事，管不來那麼多。」

周管事笑逐顏開地連連點頭，伸手拍拍羅管事的肩膀。「老羅啊，你放心，若以後我富貴了，絕對不會忘了你，絕對不會，哈哈哈哈。」

羅管事趕忙拱手說多謝關照之類的，精瘦的臉上一雙眼睛卻異常的炯然有神。

看來，大家都小瞧了這位姓羅的管事。和看似滑頭的周胖子相比，真正精明的卻是這個不大在其他人面前言語的羅瘦子。

且說唐虞來到三樓供戲伶候場的地方，輕輕敲了敲門，裡面一個專門負責伺候茶水的婆子來開了門，見來人是唐虞，立刻滿臉堆笑地福了禮。「唐師父，好些日子沒見您來前院值守了，最近可好啊？」

「鄭嬸兒，這裡情況怎麼樣？」唐虞擺擺手示意她不用多禮，抬眼環顧了一圈，各間小門都緊閉著，戲伶們應該各自在作準備。

說著，婆子斟了茶遞過去。「您來了就好，青歌兒姑娘和紅衫兒姑娘在裡面鬧氣呢，連戲服也沒換，妝也沒上，若再晚些，可就要耽誤客人點的時辰了。」

唐虞蹙著眉，卻並不著急，拿起杯盞悠悠地啜了一口。「是嗎？」

婆子瞧著唐虞一副悠閒自得的樣子，有點急了，小聲道：「點了【白蛇傳】的兩邊客人俱是熟客，又是京中名望頗深的貴人，輕易得罪不得。唐師父還是快些去勸勸吧！」

放下喝了一半的茶盞，唐虞看了看鄭婆子所指的角落那間屋，表情始終淡淡的，起身道：「反正兩個包廂的客人都點了她們唱，又都是熟客不好得罪，不如直接取消，兩邊都能說得過去。妳給青歌兒和紅衫兒說一聲，讓她們都回去休息吧，這一個月都不用再來前院上戲了。」

說完，一揮袖，唐虞就這樣轉身出去了，留下一臉錯愕的鄭婆子，還有在門簾後面偷偷聽著動靜的青歌兒和紅衫兒。

「唐師父請留步！」

還是紅衫兒按捺不住，一掀門簾從裡面出來了，神色焦急中帶著一絲倔強。「無論是點戲的客人還是賞錢的多寡，目前都是這個月裡最高的，憑什麼不讓咱們上戲。」說完，還給自己打氣似地挺了挺胸口，一來她實在也有些畏懼這個素來以嚴厲著稱的唐師父，二來畢竟是她和青歌兒因為分賞錢的事鬧彆扭在先。

章一百四十九　面目猙獰

屋中的氣氛因為唐虞的一言不發和紅衫兒的怒言相向而顯得相當尷尬。

雖然氣不過，但紅衫兒也不敢太過放肆，說了那一番給自己打氣的話之後，就不敢再繼續說下去，直焦急地看看唐虞，又回頭看看門簾，希望青歌兒也出來幫忙說幾句話。

原本在屋裡伺候茶水的鄭婆子早躲到外面看門去了，裡間隔簾內其餘幾個候場的戲伶更是不會出來沾染這個麻煩，畢竟她們這幾日掙了不少的賞錢，倒是巴不得這紅衫兒和青歌兒都被唐師父給攆走。

所以這會兒屋子裡根本無人說話，只聽見紅衫兒越來越急的喘息聲，和快要哭出來的吸鼻聲隱隱響起。

唐虞也是故意晾了紅衫兒好一會兒，見她已經耐不住眼圈泛紅，這才淡淡道：「就憑妳們拿喬，壞了戲班的規矩，這戲就不能讓妳們再上。」

「我們不過是想歇息歇息罷了，也沒說不唱……」氣勢漸失的紅衫兒語氣已經沒了先前的犀利，甚至已經有向唐虞哀求的表情了。

唐虞卻並未理會，轉身就要出去。

「唐師父請留步！」一直躲在簾子後面聽動靜的青歌兒終於也出來了，臉上掛著一如既往的溫柔笑意。「紅衫兒師妹不懂事，說了不該說的話，我這個做師姊的，又是這齣戲的搭檔，沒好生教她也有責任，這就代替她給唐師父賠禮了。」

說著，青歌兒徐徐走到紅衫兒前面，對著唐虞恭恭敬敬地彎膝福了福禮，在對方未出聲前，一動也不動，一副極懂規矩、做足禮數的樣子。

或許換了別人，當即就會給她們臺階下了，畢竟兩人是戲班新晉戲伶中的翹楚，將來更是晉升一等做臺柱的人物，若能乖乖聽話，自然不會再多要求什麼。

但她們面對的人是唐虞，且不說從十七歲開始協助花夷管理戲班，他見過無數自以為紅了就端架子的戲伶，單是以他對青歌兒的瞭解和厭惡，就絕不可能善了。

「妳起來吧。」唐虞的語氣毫無變化，甚至比先前更加的冷漠嚴肅。

青歌兒雖然心中一鬆，但也忍不住眼皮微顫，總覺得今夜之事沒那麼簡單，唐虞也不會讓這件事簡單作罷。

唐虞走到青歌兒面前，低頭看著她，又望了一眼紅衫兒，示意她也過來。

等兩人乖乖垂首站立在面前，唐虞這才不疾不徐地道：「我話已經說得清楚明白，妳若有委屈，可以直接去班主面前講理。總之今日開始，一直到下個月初，妳和紅衫兒都不用上臺了，我會給陳管事說將妳們的牌子先取了。」說完，轉身又要離開。

青歌兒這下也按捺不住了，沒想到唐虞如此認真，腦子裡快速想了一遍該怎麼辦，卻眼看唐虞已經接近門邊，只好一咬牙，將語氣放得更軟，朝唐虞的背影喊道：「戲班以客為尊，不如唐師父讓我們把今夜的唱了，回頭再去和班主說如何處罰。這樣，我和紅衫兒也會心服口服的。」

唐虞頭也不回，冷哼了一下，背對著她們，語氣平淡地道：「客人那邊我自會去一一說明，都是熟客，相信也不會為難咱們。」說著，已經開了門，話音一落就提步而出，絲毫不再給青歌兒任何說話的機會。

面對被唐虞順手扣上的屋門，青歌兒呆住了。

因為她站在最前面，所以無論是紅衫兒還是躲在後面看熱鬧的其他戲伶都沒發現，她原本浮在臉上的柔和笑意突然變得有些猙獰，像是氣急了又死硬壓制住，情緒變化之間，姣好的容貌都給弄得扭曲了起來。

門外守著的鄭婆子倒是回神過來，準備進屋看看情況，冷不防一推門就撞見了青歌兒和平時大相逕庭的表情，當下愣了愣。「青歌兒姑娘，妳……」

看到有人進來，青歌兒很快就換上了平素那張嫻若靜雅的面容，壓抑著心頭的怒氣，笑笑地柔聲道：「沒什麼，被唐師父訓了一頓，有些難受罷了。」說著，還故作柔弱可憐的樣子埋著頭，順帶整理一下自己的情緒，這才回身拉了紅衫兒，故意大聲道：「走吧，唐師父作的決定妳我都沒法子反駁。回去和班主求求情，看能不能明日就回來繼續上戲才是。」

紅衫兒是個耐不住性子的人，聽了青歌兒的話不但沒點頭，反而尖聲道：「難道真的就這樣甘休？妳我俱是師父的親徒，唐師父這次對我們的懲罰明顯太過分了，不如我們這就去找師父，讓他給作主。」

青歌兒勉強道：「妹妹深得班主喜歡，去試試也好，我就不去丟那個臉了。」一旁的鄭婆子見兩人意見不一致，忍不住走上前，小聲道：「兩位姑娘就別鬧了，這三樓包廂俱是貴客，萬一讓他們聽見，豈不壞了戲班的名聲。不如先聽從唐師父的安排，回去休息休息，明日再作打算。」

「是，多謝鄭嬸兒關心。」青歌兒極為感激地朝著鄭婆子道謝，轉而又看了一眼臉色憋屈的紅衫兒。「妹妹要怎樣自己決定吧，姊姊這就先回去了。」言罷，先回屋去收拾了東西，這才和鄭婆子頷首道別，悄然離開了。

紅衫兒知道其他屋裡有人在看熱鬧，覺著臉丟大了，使勁地跺跺腳，不得已才拿了東西跟著青歌兒而去，只是臉上猶掛著忿忿之色，柳眉倒豎，明顯不甘心的樣子。

躲在裡面的戲伶聽青歌兒的說話，再聽紅衫兒的口氣，無一例外的都把這次事情看成是紅衫兒在胡鬧，以後對於紅衫兒的議論也越來越多，幾乎沒有人願意和她配戲。這是後話，且下次再說。

因為在其他三等以上戲伶面前丟了臉，青歌兒和紅衫兒一路悶悶地回到了後院。

而戲班裡的消息傳得又極快，不多時，待在五等弟子那邊給弟弟端宵夜過去的花子好也知道了，不明白唐虞為什麼直接給青歌兒難看，以為他是因為自己的緣故，心裡總覺得有些不妥。

端著姊姊親手做的一碗大滷麵，子紓吃得唏哩呼嚕，還不時朝對面獨自品茶看書的止卿眨眨眼，惹得止卿忍不住放下書卷，對著倚在門前發呆的花子妤道：「子妤，妳一回來就寵著這傢伙，看他得意的樣兒，簡直讓人又羨慕又嫉妒。」

三兩下吃完了半碗麵，子紓直接用袖口擦了擦嘴，呵呵道：「嫉妒也沒用，誰教我有親姊姊呢？止卿哥，除非你多努力，娶了我姊做媳婦兒，那以後一定也能順帶給你煮宵夜吃。」

「死小子，說什麼呢！」

子妤顧不得胡思亂想，轉身過去揪了子紓的耳垂，使勁兒一擰，疼得他「哇哇」直叫。

而止卿在對面卻顯得很是悠閒，只含笑看著姊弟倆打鬧，突然道：「子紓，你不介意我做你姊夫嗎？」

「當然不介意。」子紓眨眨眼，朝自己姊姊笑意促狹地道：「聽見沒？姊，妳若不反對，將來就嫁給止卿哥好了。」

「止卿，你怎麼也跟著他胡鬧。」子妤略有些臉紅，覺得止卿看著自己的表情有些和平日裡不太一樣，提醒自己不要多想，三人自小一起長大，子紓也從小就愛開她和止卿的玩笑，不能當真，便衝著子紓吼道：「你這傢伙，又不是小孩子了，還說這些有的沒的，要是被師父們聽見，豈不要羞死?!」

止卿也沒頭沒腦地點點頭，順著子妤的話說道：「是啊，我們都已經不是小孩子了。」

子好正了正臉色，伸手又揪了一下子紓的耳朵，回頭對止卿有些鄭重地道：「既然如此，這些話就不該再拿出來開玩笑了。」

不置可否的笑笑，止卿並未接話，只悠閒地又端起了自己的茶盞，將話題轉移到了子妤今夜去前院參觀的事情上。

於是子紓也來了興致，將自己如何獲得看客們的大聲喝彩和豐厚打賞之事添油加醋地說了一遍。子妤和止卿默契地對望一眼，均忍不住笑了起來，帶著趣味的眼神看向子紓，看他自顧胡亂吹噓著。

只是屋中的三人都沒有發現，窗外一閃而過一抹藕色的身影，細腰垂髮，竟是不知不覺走到院子裡，想找止卿訴苦的青歌兒。

夜色下，她的臉色比先前被唐虞當眾斥責時還要難看百倍，雙拳緊握著，連指甲刺入肉中，都沒有一點兒感覺，仍死死拽住裙角，步履沈重地離開了五等弟子所居的院落。

章一百五十　雙魚璧玉

盛夏的夜晚總是顯得漫長，久久不曾褪去的燥熱感，還有四處鳴叫的夏蟬，即便是到了該熄燈入眠的時間，氣氛也不會因此變得靜謐，只會讓人越發的不願合眼。

子妤在五等弟子的院落陪著子紓和止卿說了一會兒話，眼看夜色漸深，屋裡除了自己的親弟弟還有其他男子，不便久待，於是幫著收了夜宵的殘羹剩碗，這就離開了。腦子裡始終想著先前隔壁屋師兄提及唐虞攆走了青歌兒和紅衫兒的事，心中總覺不妥，眼看右邊小徑過去就是南院，遲疑了一下，看看四下並無其他人，乾脆提起裙角準備去看看唐虞回來沒有，也問清楚到底是怎麼回事。

來到南院，子妤躡著手腳，極輕巧地從庭院中走過，來到唐虞的屋前，也沒敲門，怕弄出聲響，伸手直接推開了門。「唐師父，你在嗎？」

子妤的聲音放得極輕，邁步進來才發現屋中並非只有唐虞一個人，旁邊和他對坐在茶桌邊的正是負責前院戲伶排班的吳師父。

見子妤突然而來。唐虞一愣之下起身來笑著對吳師父道：「對不起，我先前說好讓子妤過來，給她安排一下明日的練功以及和子紓、止卿的對戲，卻忘了這回事，下次再請吳兄過來喝茶吧。」

吳師父也回神過來，呵呵一笑，趕忙起身說了些客套話，又朝子妤微笑著拱拱手，這就主動離開了唐虞的屋子。

「呼——」子妤鬆了口氣，連門都不敢去關上，兩腮逐漸透出淡淡的紅暈，像隻偷腥被人逮到的小貓。

她嬌俏羞赧的樣子讓唐虞看得忍不住淺笑了起來，走過去將門隨手闔上，這才開口道：「瞧妳，妳是我的弟子，無論早晚，來找我也是理直氣壯的。妳剛剛一副驚惶不定的樣子，若非吳師父是個實心憨厚的，換作其他人，一定會誤會。下次可不許這樣偷偷摸摸的了。」

唐虞的語氣寵溺而溫柔，讓子妤又是一陣心中發暖發燙，乖乖點頭，跟了他走到茶桌邊坐下。「我只是還沒習慣嘛，本想悄悄來再悄悄去，不讓人發現的，可沒想到你這兒還有客人……」

唐虞替她斟了杯溫茶遞過去，瞧著她螓首低埋而露出的一抹玉額，微微透著淡粉的羞怯之色，越發放軟了語氣。「好了，乖，這麼晚過來找我，是有事吧？」

好像緊繃的心弦被人用指尖輕觸了一下，隨即陣陣波動開來，蕩起整個胸間隱藏的甜蜜情意，子妤逸出一聲「嚶嚀」，哪裡敢抬頭說話，只憋住一口氣，快要被唐虞那聲「乖」給電死了。

看到子妤從額頭到耳畔都是紅雲一片，唐虞也意識到自己剛剛的語氣有些過了，趕緊以咳嗽掩飾了一下尷尬，開口道：「對不起，我有些……」

「不用說對不起。」子妤細若蚊蠅的聲音終於響起，隨之抬眼，水眸閃著盈盈的情意，仍掩不住臉上的嬌羞之色。「我喜歡你那樣和我說話。」

子妤說完，只覺得自己臉燒得已經不像話了，趕緊用手捂了捂，想要儘快降溫，又偷偷看了看一臉神色驚喜的唐虞，禁不住抿嘴又笑了起來。

唐虞也隨著笑了，甩甩頭，覺得自己每次和子妤在一起，都像個只有十多歲的懵懂男孩，和她一樣的愛笑、會感到害羞，真是有些丟臉。

兩人的笑聲打破了先前莫名曖昧的氣氛，子妤想起自己過來是有事要問，這才喝了口茶，問及了先前在戲院裡，唐虞為何要攆走青歌兒和紅衫兒。

不曾想子妤竟是為此事而來，唐虞只寥寥將事情說明了一下，聽得子妤眉頭深蹙，接話道：「我總覺得，青歌兒此人行事沈穩，從來不像是個魯莽衝動的。她一開始主動提出不想再唱【白蛇傳】，後來又與紅衫兒在候場的屋裡發生爭執，這些看起來根本就不像她平日的作風啊！」

想了想，覺得子妤說的有幾分道理，唐虞也道：「其實說白了，她只是受了紅衫兒牽連，她本身倒並未頂撞我，只是不該在即將登場之前和同戲搭檔爭執，耽誤了演出。」

「這就對了！」子妤突然想到了箇中癥結，急急道：「說不定她是故意的呢，紅衫兒只是炮灰罷了，她真正的意圖，或許在於想唱獨角，這樣成名快，又能直接打壓紅衫兒。畢竟在新晉的女弟子裡，紅衫兒對她的威脅最大。」

唐虞的表情也逐漸變得凝重起來。「若真如妳分析的那樣，這個青歌兒的城府未免也太深了。」

苦笑了一下，子妤喝了口茶，順了順心中的悶氣。「可即便是這樣又如何，她不像上兩次那樣有害人之心。這次說白了，只是紅衫兒自己脾氣不好被人利用，與青歌兒即便有關係，也很難有什麼證據來揭穿她的用心。」

「她到底是不是我們所分析的那樣，明天或許就能知道結果了。」唐虞也嘆著氣搖頭，他知道戲伶之間勾心鬥角是常事，但大多是些小事，他也懶得去管。但青歌兒三番五次做出這些舉動，身為戲班的二當家，他不能就此坐視不管。「我必須要和班主仔細談談。她這樣的人，就算再有才華，也不堪大用，遲早會讓她捅出大事來的。」

「班主不會拿她怎麼樣的。」雖然子妤不願承認，但青歌兒確實是一個極有潛力的戲伶，特別是她的功底，在花家班一百多位戲伶中絕對是翹楚，便道：「再過一陣子就是下個月的小比了，我三天之後也會在前院上戲，到時候，以藝相較，定要讓她自己露出馬腳！」

這番話子妤以前就曾說過，唐虞聽了，也莫名地對她充滿了信心，笑道：「那妳得做好準備，這段時間一定艱難無比，我會盯著妳勤於練功的。」

子妤也朝他笑笑，已經把青歌兒的事拋在了腦後。「這是自然。」

不想讓子妤太晚回去被人非議，唐虞主動站起身。「好了，明日還要早起練功，妳回去歇了吧。」

再不捨，也得告辭。子好乖巧的點頭，抿嘴含笑看著他，想著先前兩人舒適愜意的談話飲茶，這樣的日子正是自己最想要的，心頭不禁暖意融融。

「對了！」唐虞突然想到了什麼，叫住已經轉身要離開的子好，回到裡間拿出一個木匣子。「妳看看喜歡嗎，若覺得好，就收下吧。」

「這是？」子好說著，覺得匣子有些眼熟。

唐虞走過去將燈芯挑得亮了些，隨口道：「相府送的禮物，我一個大男人，不喜歡戴什麼玉珮，見這樣式和妳脖子上的玉墜有些相似，想來妳應該喜歡。只要妳不介意我借花獻佛的話，就收下吧。」

「對了，這是諸葛小姐在我們離開時送的。」子好想起來了，一邊說著，一邊伸手拔開了木栓。

打開來，只見一枚碧色晶瑩的雙魚玉珮靜靜躺在一方漆黑的絨布上，而匣子的內側上方，赫然盤旋著一條張牙舞爪渾身漆金的飛龍！

「金龍?!」子好暫時忽略了雙魚玉珮，抬眼問：「除了皇帝之外，還有誰敢用這紋飾？莫不是，諸葛小姐將御賜之物轉送給你？」

唐虞當時拿回來，只寥寥看了一眼是什麼東西，根本沒注意匣內的上方。經子好這麼一說，探頭一瞧，果然看到那栩栩如生的金龍盤旋於匣內，雕工極為精細，連龍鬚都根根分明，而且全身鍍了金箔，在黯淡的燭光映照下，都顯得極其耀眼爭輝，分明是御造之物無疑。

「這東西我不能收，你最好也還回去。」子妤「砰」的一下將木匣子蓋緊，有些緊張地道：「若是被人知道諸葛小姐隨意轉送御賜之物，這可是欺君大罪；而若是被人知道你代表花家班接受了這東西，後果更是不敢設想。」

「別急。」唐虞也沈聲道：「我明日就去一趟相府，務必親自交還給諸葛小姐。」

「不行。」子妤想了想，搖頭道：「你是男子，已經不再是諸葛不遜的老師了，怎好上門單獨求見人家的小姐？不如找遜兒想辦法，或者託他還給諸葛小姐，這樣穩當些。」

唐虞蹙蹙眉。「這樣也好，免得再多惹出什麼是非。但諸葛不遜問起來，恐怕不太好回答。」

子妤知道唐虞在擔心什麼。「沒關係，遜兒不是那種沒有眼色的人，你不用對他說什麼，相信他也不會去質問他姊姊那樣難言的事情。」

唐虞無奈地點點頭，其實毫無選擇，也只能這樣了。

「不過……」子妤盯著唐虞已經收回去的匣子，有些遲疑地道：「能讓我再看一眼那玉珮嗎？」

唐虞將匣子打開，轉過去對著子妤，又將燈芯挑亮了幾分。「先前不過是隨意看了看，發現和妳脖子上的魚形玉墜有些相似，所以想著妳會喜歡。」

「何只是相似……」子妤死死盯著那雙魚交尾的玉珮，喃喃道：「簡直就是一模一樣。」

「一模一樣？」唐虞愣了愣，低頭仔細看著，發現這並非是普通的魚形玉珮，這兩尾魚首尾相交，身覆硬鱗，細看，嘴上還有明顯的兩根鬚，若不是無爪和肚子凸起，看起來就像兩條交頸交尾的龍！

子妤說著將藏在衣領之下的玉墜給拉了出來，用手指捏著呈現在唐虞的面前。「我和弟弟一人一個，若是合在一起便與這玉珮造型一樣。你再仔細瞧魚兒的頭和鱗片，簡直就是這玉珮的縮小版了。」

唐虞疑惑地道：「這是怎麼回事？妳說過玉墜是妳母親留給妳和子紓的遺物，莫非和皇家有什麼關係？」

子妤想了想，突然抬眼，神色鄭重地道：「我知道了，這絕非偶然。只能說，我和子紓所佩的玉墜，有很大的可能也是御造之物。」

唐虞看著子妤如此緊張，不由得猜測道：「這玉墜是否和你們的身世有關？」

想起古婆婆的囑咐，千萬不能洩漏自己母親的事情，子妤啞然了，片刻之後才搖搖頭。「也罷，或許只是我母親以前從什麼管道得來這對玉墜子而已。」

話雖如此，子妤心裡卻起了一股濃濃的疑惑。

古婆婆交代母親的遺言，說想要知道身世，就一定要當上大青衣。子紓和自己都分析過，多半是因為做大青衣和父親的線索有關係；只有做了大青衣，才有機會可以見到父親。

這大青衣乃是朝廷欽點，一般是由皇帝親筆御批……難道說，自己和子紓的父親，有可能是宮裡的人？是禮部負責頒佈大青衣紅匾的官員？還是內務府在外行走的文官？

子妤想來想去，符合這個條件的人實在太多了，就算有幾分頭緒，想要一一尋找，也同樣猶如大海撈針一般，太難了。

見她抿著唇，水眸微閃，一副心事重重的樣子，唐虞走過去，輕輕攬住了子妤的薄肩「別想太多了，一切順其自然吧。」

抬眼看著唐虞那雙柔和清潤的眼睛，子妤心裡有些淡淡的感動。「替我保守秘密，好嗎？」子妤只說了這句話，又將玉墜放回了衣領內。

伸手撩撥了一下她額前散落的幾縷髮絲，唐虞笑道：「放心，不會有人知道的。」

「那我就先回去了。」

雖然極想和唐虞來個晚安之吻，但理智告訴自己這可是古代，子妤極為不捨地又深深看了他一眼，這才轉身，輕手輕腳地推開門，又回頭和他相視一笑，這才提了裙角離開南院。

第二天，唐虞一早就出去了，直奔右相府。

見到諸葛不遜，唐虞也沒多說什麼，直接拿出了那個檀木匣子，說此物太過貴重，實在無法收下，讓諸葛不遜還給他姊姊。

諸葛不遜只是嘆氣，並未多說什麼就收下了木匣子，送走唐虞後直接到了暢玉院。

諸葛暮雲第一眼看到他拿出木匣子時，神情就從明媚變得黯淡起來，在弟弟面前她也絲毫不掩飾什麼，接過匣子，打開來，掏出那方耀眼的雙魚璧玉，狠狠地砸向了庭院中的一塊山石。

碎裂的璧玉有種盛開的淒美，帶著諸葛暮雲對世俗紅塵的唯一留戀，直接消失在了這個世間。

看到姊姊淡漠釋然的面孔，諸葛不遜也沒有勸解什麼，一句話不說，又離開了；不過離開時的心境有些不一樣，從懷疑、擔心，變得微微心疼起來……

而立在原地的諸葛暮雲也漸漸將目光從那片破碎的殘玉中抬了起來，一種塵埃落定的感覺讓她覺得很無力，下半輩子的宮廷生活裡，連一個美好的回憶也不曾擁有，這樣的至尊富貴，又有什麼好呢？或許是宿命吧，她只希望下輩子，自己能投胎生在一個普通人家。

章一百五十一 如意算盤

唐虞處理好了璧玉之事就趕回了戲班，安排子妤開始和子紓止卿一起排戲。前院將後天要開演【木蘭從軍】的消息放出去，早早就有許多看客前來打聽，看能不能請他們出堂會。

入夜，花家班的戲園子又迎來同樣一個酒色繁華儂香軟語的昇平世界。因為子紓領了任務要唱新戲，今夜就不用再去前院上戲了。但止卿這個三等弟子卻不能不去，今夜還有一齣安排好的點唱得去三樓包廂。於是等天黑，花家姊弟以觀摩為名，又光明正大地跟著唐虞來到了前院。

唐虞忙著別的事，花家姊弟便直奔三樓包廂，準備先找到止卿，再隨興見識見識。子妤想起青歌兒被唐虞懲罰，至少這一個月不能在前院上戲，應該會讓自己輕鬆一些，不必整天想著勾心鬥角才是。

「止卿師兄，這花蜜是一位客人相贈，說是對嗓子極好，我也用不完，不如你拿點兒回去潤著嗓子。」

還未走進戲伶候場的屋子，就聽得一陣熟悉的聲音，語氣柔和，輕婉如水，不是青歌兒又是誰？子妤剛剛才想了不用面對她，下一刻卻聽見她的聲音，不由得翻了翻白眼，下意識的有些不願意進去。

「止卿哥，你什麼時候去上戲啊？」子紓不等子妤反應過來，已經推門而進，隨即便看到青歌兒。「咦，師姊不是被罰了嗎，怎麼還來？」

青歌兒看了一眼前後進屋的花家姊弟，笑意溫和，卻含著兩分難受的語氣道：「今兒個一大早師父就找了我和紅衫兒師妹過去問話。結果……其實我也不願說紅衫兒的不是，但她的任性就算師父再疼愛，也不能放任，所以知悉緣由後，便罰了她一個月都不許來前院上戲；至於我，師父是明理的，知道只是紅衫兒任性罷了，就准我回來繼續上戲。」

子妤聽了，敷衍地笑笑。「所以，紅衫兒受罰，妳卻沒事。」

青歌兒彷彿聽出了子妤話中的質疑，臉色越發愧疚起來。「也是我的不好，知道紅衫兒的性子，不該和她爭執的。」

止卿這時也走了過來，朝子妤和子紓笑笑打過招呼，轉而安慰青歌兒。「師姊性子和善，平時的確有些慣著紅衫兒了，這也不能怪妳。」

子紓見青歌兒內疚的樣子，也走過去附和著：「是啊，師姊沒事兒就好。紅衫兒那性子，活該被管管才好。」

弟弟和止卿都對青歌兒頗有好感，讓子妤生出一種無力的感覺，只盼著她是針對那些有威脅的戲伶下手就好，不要惹了自己在乎的人，不然，自己絕不會與她善了。

沒發覺姊姊的不對勁，子紓問了一個子妤心中同樣的問題。「對了，那麼師姊今夜單獨上戲是唱什麼？」

青歌兒眼底閃過一絲得意，徐徐道：「不過是一齣【玉簪記】的段子，我以前的老客人常點，久了不唱，還有些緊張呢。我先去換裝，你們聊聊，等一下都來喝喝那位熟客送的西域花蜜，確實極香的。」

說完，她又一一朝著三人笑著頷首，這才告辭而去，從頭到尾顯得知禮又穩重，也絲毫不拿二等戲伶的架子。

等她離開，子妤不由得蹙蹙眉，卻被止卿看到了，疑惑的問：「怎麼了，子妤，妳好像對青歌兒師姊有些……我也說不上來。」

「許是嫉妒了呢。」子紓輕輕用肩頭頂了下子妤，打趣說道：「是不是看到對女戲伶從來不苟言笑的止卿哥突然態度如此溫和，心裡有些接受不了啊？告訴妳，他們兩人還一同唱了一段〈秋江〉呢，得了不少的賞錢。」

「是嗎？」子妤這下不明白了，她並不在意子紓開頭的那句話，只是疑惑青歌兒為何對止卿另眼相待。

見子妤只淡淡問了兩個字便默不作聲，倒是止卿表情有些不自然，解釋道：「妳別聽子紓胡說，只唱了一次罷了，還是替文正師兄的場，而且青歌兒師姊又是二等，平時提點一下我們也很正常。」

子妤聽他解釋，敷衍地笑笑，擺擺手。「你快要上場了吧，去準備準備，我們就不耽誤你了。」

止卿卻以為子妤真的生氣了，回頭看了看一旁忙碌的其他人，上前一步靠近了她。「妳先別走，我只唱一齣極短的【玉堂春】，你們等我回來，咱們再一起回去喝茶聊天，可好？」

子妤點點頭。「好吧，我們在外面晃一晃等你。」

得到了子妤肯定的回答，止卿明顯有些高興，伸手拍了拍子紓的肩膀。「你帶子妤去西北角，那兒有一扇窗子可以看到一樓大廳的情形。」

說完，趕緊回去一間候場的小屋換戲服上妝去了。

子紓左右看看別的戲伶都在候場的單獨小屋裡各自準備，也沒什麼好看的，拉了子妤就往一邊走。「西北角的那間屋子平時沒有戲伶使用，咱們直接去裡面等止卿，只是不要被周管事或者羅管事發現了。」

進入此屋，才發現確實很久沒有人使用了，家具擺飾上均積了一層薄薄的灰塵。一走入，兩人便清楚聽見了從一樓大廳傳來的「咿咿呀呀」聲，不由得相視一笑，湊到窗欄邊上，推開窗往下打量。

看了小片刻的時間，止卿就來了，本想直接走，但正好過場是茗月在登臺演出，子妤想多看看，就讓兩人等她一會兒。止卿無所謂，子紓卻說要小解，獨自悄悄溜出去了。

茗月的演出內容很簡單，不過是清唱些有趣又短的段子，讓看客們在戲伶歇場的時候不至於場面冷清罷了。

兩人湊著頭在窄窄的窗欄處看茗月表演，再不時交談兩句心得，沒注意子紓回來過卻又走了，臉上還含著不懷好意的笑容。

雖然久等子紓不來，但看著下頭的演出也不致無聊，不過看著看著，子妤和止卿都同時收回了視線，因為一陣明顯的腳步聲從屋外的走廊處傳來，還夾雜著幾聲低語，聽語氣和聲調，明顯是中年男子在說話。

兩人對望一眼，不等子妤反應，止卿一把拉了窗戶關上，看了看原本供戲伶換衣裳的屏風，給子妤使了眼色，拖住她的手就一起躲進了屏風後面，將聲音壓得極底。「是周管事，他不太好唬哢，咱們先躲躲，等他巡查過了再出去。」

不一會兒，那腳步聲竟直接停在門邊，隨著「吱嘎」一聲響，屋門已經被人打開了。子妤和止卿有些緊張地對望了一眼，更加不敢有任何的動作，還下意識地靠近了些，似乎這樣才安全。

「月彎兒，進來吧。」

周管事綠豆大的眼睛四下張望著，確定屋外並沒有人看到，一手拉了自己的侄女兒進屋。

「二叔，您這是做什麼，有話說便是，何必來這髒屋子呢？」

說話的是個二十來歲的女子，眉目如畫，身段窈窕，此時還帶著戲妝，一副嬌盈似水的嫵媚模樣，她說話時語氣雖有些嗔怪，但極為圓潤細緻悅耳動聽。

「還不是有些話得私下告訴妳嘛！嗯這兒好，除了咱們沒別人。」周管事說著又順手關上了屋門。

聽著兩人一番對話，子妤和止卿都同時明白了是怎麼回事。敢情周管事有什麼要緊的事說給自己的侄女兒聽，所以專門選了這間沒人來的屋子。若他知道這屋裡不但有人，還不止一個，肯定要懊惱不已吧！於是兩人一動也不敢動，連呼吸也壓得極為輕緩，對望一眼，均穩住了心神。

「月彎兒，妳明兒個去找班主說說，後天公主御花園的賞花會讓妳去唱一段。公主年前才看了妳唱【牡丹亭】，可喜歡著呢！」周管事的聲音也不大，半壓低著，似乎也怕被人聽見。

「二叔，這次給公主獻演的事好像早就安排好了，是準備讓青歌兒去露露臉的，你叫我怎麼去給班主說呢？」

「傻丫頭，那青歌兒雖然是新晉弟子中的翹楚，但妳可是名正言順的一等，也是班主喜歡的弟子，怕她做什麼！」周管事說著，又壓低了些聲音，湊到月彎兒的耳畔。「其實，叔叔是想讓妳和唐師父多接近些。」

「哎呀，二叔你說些什麼呢！」月彎兒嬌嗔了一下，似乎在害羞，但那聲音裡明顯帶著一絲欲拒還迎的味道。

一旁的止卿聽見周管事提及「唐師父」三個字也愣了愣，隨即眉頭蹙起，神色中露出一抹厭惡來。

此時兩人又對望了一眼，無奈只有繼續「偷聽」下去。不過比起先前，大家心裡都多了一絲疑惑和探究，想知道這叔侄倆到底打的是什麼主意。

「妳娘應該都給妳說了吧。」周管事嘿嘿一笑，似乎鬆了口氣，又接著道：「唐師父一表人才，又是將來班主的不二人選，花班主想留住他，一定會找個戲娘嫁給他，順帶拴住他的心。妳想想，這樣的良配哪裡去找？」

「他好是好，可……」月彎兒的聲音隨即又透露出一絲猶豫。

「可是什麼？」周管事見侄女遲疑了，忙又勸道：「論人品樣貌，唐師父可是一等一的。放眼京城的貴公子們，也挑不出幾個可以勝過他的，難道妳還嫌嗎？」

「不是啦……」月彎兒有些羞澀地抱怨了一聲。「你也說唐師父條件好，現在又得了班主青睞，以後接掌戲班不成問題。可那樣好的夫婿人選，我在一等戲伶中不過普通，人家會看得上我嗎？」說到最後，語氣漸漸有些缺乏自信起來。

「月彎兒，妳且聽叔叔說。」周管事胖乎乎的臉上表情一沈，認真地道：「我們都知道唐虞是沒有簽死契的，他不過玩票而已，但又玩得極認真罷了。班主若想留他，只有挑個知心的人嫁給他。妳們幾個一等的，年齡都差不多，又是班主的親徒，除了妳們還有誰會有這個資格和運氣？」

月彎兒雖然還是有些沒自信加不情願，但禁不住對方再三勸說，最終還是點了頭。「既然二叔堅持，那侄女兒就試試吧……」

周管事見月彎兒終於答應，肥肥的臉上閃過一絲精明，隨即呵呵地笑著。「這可不是叔叔自己想怎麼樣，還不是為了妳以後的日子好過些。」

這叔侄倆繼續商量著如何藉入宮的機會和唐虞接近，而屏風後的子妤和止卿兩人也越聽越無語，越聽越生氣了。

子妤聽著周管事和月彎兒的口氣，敢情兩人是準備聯手來勾引唐虞。說實話，自己對唐虞是頗有信心的，他那冰山似的一個人，不會輕易讓女弟子接近身邊；自己若不是和他有些機緣，也進展不到兩情相悅的地步。子妤不怕心上人被奪走，但卻怕麻煩，怕這些飛蛾會層出不絕，影響自己和唐虞好不容易建立起來的默契感情。

一旁止卿的想法就簡單多了，暗道回頭一定要好生提醒一下唐師父，不能讓他不明不白的就被這叔侄倆給設計了。

外頭兩人又說了一會兒話，眼看耽擱了不少時間，周管事便悄悄領著月彎兒出了這間小屋。但子妤和止卿卻還是不敢輕舉妄動，怕他們沒走遠或折返，發現了他們就得不償失了。

躲在屏風之後又過了好一會兒，止卿這才探出頭去打量，發現外面確實沒了動靜，這才輕輕拉住子妤的手腕，兩人從屏風後一起走出來。

「看來，我們這會兒也還不行出去。」子妤表情有些淡淡的，說話間也沒什麼勁，一副若有所思的樣子。

止卿清了清嗓，臉色有些不悅地說道：「這月彎兒師姊，平時看起來端莊矜持得很，怎麼會和那周管事混到一起，還想打唐師父的主意，真是知人知面不知心！」

子妤也擺擺手，不願多說這些讓人不舒服的事。「好了，這事兒咱們不能聽過就算了，唐師父是你我的師父，至少要提醒他一下才行。」

「放心，我可不會眼看著別人設好圈套去勾引師父的。」止卿說著神色又恢復了嚴肅，認真地道：「今晚我就去提醒唐師父一聲，要他務必提防著月彎兒。」

「月彎兒？」子妤甩甩頭。「恐怕得提醒唐師父讓他小心防備那個周管事才對。」

第一百五十二章　半路生變

自打昨兒夜裡聽見周管事和他那侄女月彎兒的對話，子妤就有些翻來覆去睡不著。

雖然對這個月彎兒不太瞭解，但對方身為一等戲伶，貌美自是毋庸置疑的，再聽她的嗓音，柔軟甜糯中帶著半分嬌媚，是那種男子都會有好感的女子。而且據止卿說，她平時也不拿一等戲伶的架子，見了低階弟子也會含笑禮貌的打招呼，在三等以上的弟子中人緣不錯，屬於讓大家都覺得性子好、易相處的那種師姊。

而且她已經年滿二十，和青歌兒那種稍顯稚嫩的心機相比，子妤篤定，這個月彎兒應該更勝一籌。

不過要說最需要提防的，應該還是那個周胖子！至少聽兩人說話的語氣，月彎兒並非很樂意去勾引唐虞，倒是這個周管事極力勸說，也不知他安的是什麼心。或許想的是將來唐虞做班主，他也能沾親帶故謀個好一些的差事罷了，可因為這樣就把自己的侄女兒當作籌碼去勾引男人，這樣的人渣，真是活該罹患高血壓、高血脂！

子妤腦子裡把那周管事胡亂咒罵了一通，眼看天已經濛濛亮，也不耽擱，直接往南院而去。

見到唐虞，子妤開門見山說道：「昨夜止卿可曾來過？」

「妳怎麼知道？」唐虞臉色有些尷尬。

子妤也是尷尬一笑。「你忘了，昨夜我和子紓去過前院。」

「嗯，他過來說了些事。」唐虞瞧著子妤的表情很是淡定，不由得又道：「妳放心，那周管事和月彎兒都是不成氣候的，隨他們怎麼亂來，我不理會便是。妳可千萬別把這事放在心上。」

子妤暗想，我不放在心上才怪呢！但表面上卻故作瀟灑地道：「我相信你是正人君子，不會輕易受那些小人的算計。不過，我遠遠見過那月彎兒，也聽止卿說過她這個人如何，好像是個挺不錯的女子，相貌、身段均是上乘，年紀和你也匹配……」

「妳胡說些什麼?!」唐虞低聲打斷了子妤，恨不得上前捂住她的小嘴兒，一面苦笑道：「妳還說相信我，臉上卻表情全洩了底。」

「我知道這不關你的事，可心裡總是堵得慌嘛……」

子妤噘了噘嘴，像個小女人一般露出了撒嬌的表情，看在唐虞的眼裡，卻是說不出的可愛，下意識地伸手輕輕攬住了她的手臂。「相信我，在我眼裡，沒有別的女子可以和妳媲美。」

「嚶嚀」一聲嬌嗔，子妤羞得四下張望了一番，發現沒有人，才反手輕輕拍掉了唐虞的手。「胡說什麼，羞死人了。」

說過之後，唐虞才發覺自己確實有些露骨了，抬手摸摸鼻翼，反而厚著臉皮笑道：「放心，這時候大家都去了無棠院，沒人會看到的。」

「什麼沒人！上回我不也是以為沒人嗎……」子好埋怨地瞪了唐虞一下，眼底卻淨是甜蜜幸福，臉上也掛著融融淺淺的笑意，分明是心口不一。

兩人難得流露出真性情，頓覺心裡一放鬆，都有著說不出的甜蜜。

「唐師父，班主要安排一下明日宮裡的演出事宜，請您過去無華樓一敘。」正說沒人，陳哥兒就來了。

讓子好先在屋裡等候自己，唐虞和陳哥兒一起去了無華樓。路上唐虞想起昨夜止卿的提醒，主動問道：「這次去公主府演出的人選，班主可曾定下了？有何變化嗎？」

「不是早就定下了嗎？至於有沒有什麼變化，我倒不知。」陳哥兒有些意外唐虞為何這樣問，卻突然表情一變，嘿嘿笑道：「難道，唐師父想給自己的新徒弟爭取機會？」

知道陳哥兒誤會了，以為自己想帶著子好進宮去，唐虞也沒反駁什麼，只笑而不答，對於月彎兒會不會來參一腳，仍舊有些放不下心。

不一會兒，兩人來到無華樓，陳哥兒直接帶了唐虞進去。

邁步進入會客的花廳，唐虞正要給花夷行禮，卻一眼看到那月彎兒也站在戲伶中，一副溫軟安靜的樣子，不由得一蹙眉，這才對著花夷拱手道：「見過班主。」

「快坐。」花夷點頭，示意唐虞落坐。陳哥兒則直接走到花夷身後站著，幫忙又添了茶水。

見人來齊了，花夷緩緩開口道：「唐虞，明日給公主獻演，雖然輕鬆些，但同樣小覷不得。這是入宮的人選名冊，你看看可還合適？」

唐虞依言接過花夷遞上的名冊，點清了入宮的人選。

其中女弟子只有青歌兒和月彎兒，另外還有兩個新晉的小戲娘，不過十一、二歲的年紀，都只是去見世面的，倒也不用怎麼管。男弟子則有文正，還有一位專攻丑角的戲郎，名喚和寶。另外還有兩個道具師父、兩個樂師，一個負責打雜飲食的婆子。

對於月彎兒的出現，唐虞不好直接否定，只淡淡掃了她一下，無視於她那一抹含羞嬌怯的眼神，向花夷詢問道：「我們定的曲目是一齣〈懶畫眉〉，還有〈琴挑〉以及一齣和寶的逗趣小戲，應該不需要那麼多人一起去吧？」

花夷自然知道唐虞說的是月彎兒，解釋道：「本來月彎兒是不去的，不過你看看，除了文正，其餘都是二等、三等，實在壓不住什麼場面。而青歌兒初次單獨去宮裡上戲，有個師姊在一邊調教著也不錯，至少萬一有什麼變故，月彎兒還能立馬登場。而且她的本事你也知道的，以前就常給公主獻演，公主也喜歡，應該不礙事的。」

聽了花夷解釋，唐虞也只好點頭應下，另外又給幾人交代了一些入宮唱戲的注意事項，大家也就散了。

一起離開的路上，月彎兒看著唐虞的背影，似乎若有所思，眼見他分頭往南院走去，便告訴青歌兒她有事要請教唐師父，一咬牙便跟了上去。

唐虞臨近南院的時候才發覺身後有陣香風襲來，氣味有些熟悉，遲疑間便停住了腳步。轉頭過去，果然看到月彎兒立在不遠處，一副躊躇的樣子，似乎有話要說，卻又不敢上前。

因為顧及子妤還在院子裡，若被她看到自己和這月彎兒單獨在一起說話恐怕不妥，唐虞心下雖然有些不悅，但還是主動迎了上去，免得被她跟進了南院就更說不清了，開口道：「月彎兒姑娘，不知妳跟隨我到了這兒，可是有什麼事情？」

月彎兒見唐虞主動過來，臉上表情倒是輕鬆了不少，捏了個蘭花指福了福禮，聲如軟糯般地道了聲：「唐師父！」

「嗯，妳本是一等戲伶，不用多禮。」唐虞淡淡點頭，也不好直接要她離開，又道：「這次妳跟去宮裡，要多照看一下師妹們。若在戲文上有什麼問題，也可以直接來問我。」

「弟子知道的。」月彎兒答了，卻不走，微微抬起眼來，就那樣悄然地打量著唐虞，越看嘴角越是含笑微翹，又遲遲不說其他話。

唐虞有些鬱悶，只好將臉色弄得越發嚴肅端正。「若沒其他事，在下告辭了，姑娘請自便。」

眼看唐虞轉身要走，月彎兒這才開了口，聲音一如先前那般，柔軟甜糯，曼妙悅耳。

「唐師父，其實弟子是有件私事想要和您商量商量，只是，有些難以啟齒罷了。」

唐虞想到止卿的提醒，心下不禁有些懷疑，下意識地不想聽她多說，便道：「姑娘的私事怎好與我說？若是關於戲班的，大可和班主商量，若是關於妳自己的，也有家人可以相商。至於在下，卻是不好為姑娘出什麼主意的。」

月彎兒沒有因唐虞的拒絕而灰心，反而用著有些哀求的語氣，柔聲道：「唐師父可否別急著拒絕呢，好歹聽我說一說是什麼事，好嗎？」

蹙著眉，唐虞臉上表情已經有些不耐煩了，擺擺手道：「不用了，姑娘的私事，無論是哪一種都和在下無關。對不起，我還有些事要處理，就不陪姑娘了。」

月彎兒見他動了氣，也不賣關子，乾脆直接開口道：「唐師父可認識王修此人？」

唐虞聽見這個名字，意外之下也有些奇怪，轉而反問道：「妳認識王修？」

「嗯。」月彎兒上前兩步，頓時一陣香風隨之飄然而來，配著她清麗雅致的面容，倒很有幾分誘人。

只見她左右看了看，確定四下無人，這才吐氣如蘭，極為輕緩地道：「因為王司徒是弟子的熟客，昨夜王修跟著王司徒前來戲園子，點了我一場戲，所以才識得了此人。」

聽了月彎兒的話，唐虞沒有任何表示，只看著她，等她自己說下去。

頓了頓，月彎兒掏出絹帕輕輕擦拭了一下玉額邊，形若嬌態，很是嫵媚，隨即又眼兒一勾，朝唐虞眨眨眼道：「他趁我演出完，悄悄跟了出來，然後拉了我到一邊，問了幾個問題……」

「什麼問題？」雖然唐虞上次和王修見面時有些不歡而散，但他自問與其並無過節或嫌隙，倒是他提出讓子妤去給王司徒兒子沖喜的事，讓唐虞唯恐他還沒死心，不免有些顧慮。

月彎兒趁著唐虞關心此事，又悄然靠近了一小步，湊到他的耳畔，悄聲吐露道：「他問了你的新徒弟，子妤姑娘。」

唐虞心中一緊，忙又問：「他可有說什麼？」擔憂之下，他倒沒注意月彎兒已經站在了距離自己身側半臂處的地方，遠遠看去，就像是極親密的動作。

「他說……」月彎兒正要回答，卻看到院門口兩個身影急急而來，頓時收了口，故作端莊地主動退後了兩步與唐虞拉開距離。

「唐師父，子妤何在？」

來人正是止卿與子紓，前者步子極快，等來到了南院門口，眼神頗有深意地看了月彎兒一眼，淡淡道：「止卿見過月彎兒師姊。」

「止卿哥，都要到了，你急個什麼，步子竟比我還快。」子紓很快也跟上了，喘了口氣，看到月彎兒立在唐虞身邊，狐疑地看了她一眼，隨即也行禮道：「月彎兒師姊好！」

月彎兒見有人來了，便含笑一一朝止卿和子紓點點頭，算作回禮，又轉而向唐虞柔聲道：「唐師父，此事我們之後再談吧，先告辭了。」

唐虞惦記子妤的事，本想喊住月彎兒，可旁邊止卿的臉色明顯有些不對，只好看著她走遠，心想明日入宮，再找她細細問一問，也不急於一時。

正好此時子妤從屋裡出來，見三人站在院子裡，便招呼道：「你們在說什麼呢，進來喝著茶慢慢聊吧。」

子紓見了姊姊歡喜，脫口便道：「剛剛見唐師父和月彎兒師姊在門口說話呢，就停步多說了兩句。」

子妤聽了弟弟的話，心裡頗不是滋味。「原是有客來了，唐師父怎麼也不請她進屋裡呢。」

這話裡酸酸的味道讓唐虞聽得臉上一熱，在止卿和子紓面前又不好表露什麼，只得故作平常地解釋道：「月彎兒明日要去入宮獻演，有些事情過來問問罷了。」

止卿和子妤下意識地對望一眼，兩人是知道內情的，便不再說話。但子紓並不知道月彎兒和她叔叔想勾引唐虞這檔事，開口道：「月彎兒師姊明兒個也要進宮啊，真好！」

「好什麼好?!」子妤心裡憋了氣。「今兒個我不舒服，就暫時不和你們練功了，待下午晚些時候我會去小竹林找你們。」

說完，子妤連招呼也沒有和唐虞打，轉身便走了，明顯是在賭氣。

「姊，等我！」子紓見姊姊離開，想也沒想就跟了過去，剩下止卿留在屋裡，看著唐虞，有些猶豫的樣子。

唐虞自然明白止卿心裡怎麼想，但只覺得除了子妤，自己並不需要對其他人交代什麼，便道：「你也去吧，子好明晚就要登臺，下午得好生排練才是。可惜為師要帶隊入宮獻演，不能留下來幫你們看場。」

「師父……」止卿見他隻字不提月彎兒的事，心裡雖然想不明白，但也不好開口問什麼，點點頭，起身也離開了。

章一百五十三　戲如人生

今晚是子妤第一次在前院登臺亮相。

雖然心情略有幾分緊張，但至少比上次去宮裡獻演要輕鬆許多。而且身邊還有子紓和止卿這兩個在前院上戲多時的老手作陪，子妤並不太擔憂今夜的演出。

反而因為唐虞帶隊去了宮裡，子妤總覺得有些不踏實，畢竟那不懷好意的月彎兒也一併去了，誰知道她會不會利用這個機會做出什麼事情來。

而且自己能成為五等戲伶，真正地來到前院登臺表演，唐虞功不可沒，沒能讓他看到自己第一次登臺的演出，子妤總覺得有些遺憾。

或許是察覺到子妤有些心不在焉，止卿以為她是緊張，特意放下垂簾隔開其他弟子，鼓勵道：「這齣戲咱們練了好久，又在宮裡唱過一次，應該是極輕鬆的。」

「嗯，我知道。」子妤喝了口蜜水潤潤喉，聽著外面的聲音，估算著演出的時間就要到了，起身朝止卿笑笑，不想讓他擔心。「時候差不多了，你也去換戲服吧。記得檢查一下甲冑，可別像我上次那樣，就丟臉了。」

止卿伸出手來，輕輕揉了揉子妤額前的髮絲，動作隨意而自然。「就妳糊塗，在宮裡的戲臺上也敢出這種紕漏。」

子好也不躲，咧嘴笑道：「跟你說了上次的事是個特例，是有人動了手腳，你又偏不相信。不過這次我真得小心些，莫要再被人耍弄了。」

「喲，止卿師兄也在啊。不知你們倆這是幹什麼呢，躲在一間候場屋裡說悄悄話，也不怕別人看到說些閒話？」

說話間，屋簾子一掀，進來兩個和子好一般年紀的戲娘，均是明眸皓齒、水靈嬌豔的樣子，長得很是端正，穿戴也頗為不俗。

這兩人子好倒是都認得，就是平日裡總跟在紅衫兒後面的「爪牙」。見她們一進屋就用著頗為尖酸的語氣說話，便淡淡回應道：「且不說我和止卿沒做什麼，這間屋子是管事分給我候場用的，兩位不先說一聲就進來了，還好意思惡人先告狀？」

不曾想這子好如此伶牙俐齒，兩人對望一眼，有些忿忿地跺了跺腳，齊齊「哼」了一聲就轉身出去了，和來時一樣，一聲招呼也不打，氣勢囂張得很。

對這兩個小戲娘，身為三等戲伶的止卿並沒放在眼裡，但想著子好還得在五等弟子中混，不由得擔憂道：「妳才第一天上戲，就把最小心眼兒的兩個女弟子給得罪了，以後可有得受了。」

「是嗎？」子好蹙了蹙眉，有些不高興地說道：「她們倆仗著是紅衫兒的跟班就隨便欺壓同門弟子，難道班主也不管嗎？」

止卿見子好一副打抱不平的樣子，示意她過來身邊，拉了她的手腕一起到門簾後頭，撩開一點往外看出去。「妳瞧瞧外面，在前院上戲的四等和五等弟子就有十二個之多，但每晚等登臺獻唱的卻不超過五人。其餘的，要麼是像茗月那樣跑過場的，要麼是給人搭戲唱配角的，誰的心裡沒有一點兒委屈？其實戲園子和外面的世界沒有什麼區別，都是踩著對手往上爬罷了。」

默然地看著外面或忙碌奔走、或閒來無事的同階弟子們，子妤淡淡道：「要往上爬，沒有好唱功、好功底怎麼行？把心思用在這些個歪七八糟的事上更是無趣。一切各憑本事罷了，其他人我管不著，但她們也別想來打我的主意。」

「妳真這麼想那就錯了。」止卿神色變得有些慎重，將簾子關上，低聲道：「妳覺得茗月如何？再看那兩人又如何？她們哪一個不是勤學苦練出來的！能走到前院來上戲的人，沒有一個是靠僥倖，若無真本事，怎敢在那些挑剔的客人面前開口唱戲。但機緣際會並不是人人都有的，妳既然一登臺就能唱主角兒，就一定要把握住這機會。否則，很快就會被人擠下原本的位置。」

聽著止卿嚴肅的警告，子妤似乎明白了一些他話中的意思，也懂得了唐虞不曾教她過的一些屬於戲伶之間的微妙關係。

能來前院上戲的，無一不是戲班中的翹楚，可有些人只能一直跑過場、跑龍套，有些人卻能順風順水一路走到一等戲伶的位置，其中功力是很重要，但機緣也同樣重要。對於杏兒等人勾心鬥角的行為，自己若放任不理，很可能會影響到自己的前程，到時候恐怕得不償失。

想到此，子妤朝止卿點點頭，眼神裡滿是感激。「我明白了，我會好好警惕，不會讓她們影響我的。」

「嗯。」止卿又露出了溫潤柔和的笑意。「不過妳也不用太擔心，妳弟弟在男弟子裡可是個領頭人物，雖然只來前院上戲了十來天，但名聲也大。她們最多嘴上說說罷了，也不一定敢對妳做什麼小動作的。」

敢情他先嚇唬自己又給糖吃？

子妤癟了癟嘴角，順手推了推他。「你是三等，還得去三樓換戲服上妝，再不快點，怕是來不及了呢。」

「好好好，知道妳嫌我囉嗦。回頭我弄好就下來，妳和子紓先去後臺那兒等我吧。」止卿笑笑，伸手又揉揉子妤的頭，這才掀了簾子離開了。

這廂，花家班前院，首次公開獻演的【木蘭從軍】在〈金戈鐵馬〉和〈兒女柔情〉中順利結束。看客們前所未有的歡呼喝彩聲，以及流水般不斷送到臺上的打賞，也昭告著花子妤的首次公開亮相贏得了成功和名聲。

那廂，皇宮內院，花家班結束了公主夜宴的獻演，均回到了長樂宮休息，準備第二天宮門一開就返回。

唐虞心中一直惦記著王修的事，見弟子和師父們都各自回房休息了，便主動找了月彎兒，想再仔細問問。

月彎兒早算到唐虞會按捺不住地來找自己問話，畢竟此事牽扯上他新收的徒弟，正常的師父又怎能不管不顧？

所以她一回到長樂宮就早早裝扮了一番，薄施粉黛，纖衣裹身，月色之下顯得越發嫵媚動人，旖旎妖嬈。

「唐師父，我們是在外面說，還是進來說？」斜倚在門廊上，月彎兒的語氣輕柔緩慢，配上那嬌然而笑的面容，頗有幾分撩撥的意味。

明知有些不妥，但涉及子妤的事情還是更重要，唐虞只得硬著頭皮點點頭，隨著她轉身進了屋子。

隨手將屋門緊閉，月彎兒挪步來到屋角的茶桌前，邀請唐虞坐下，伸手替他斟了一杯溫茶。「唐師父真是個好師父呢，為了子妤的事兒時刻掛念著，讓人好生羨慕。」

唐虞喝了口茶，既然有求於人，也只得敷衍兩句。「班主對於你們這一批親傳弟子是極為重視的，真正讓其他弟子羨慕的，是你們才對。」

見唐虞不慍不火，態度淡漠平常，月彎兒咬了咬牙，只好故作哀怨地一嘆。「班主平時雖然也經常指點咱們，但其他事情卻並不怎麼上心。哪裡像唐師父如此，時刻將徒弟的事放在心上。」

意識到月彎兒神情有些不對，唐虞開門見山地道：「姑娘還是先告訴我，那王修到底打聽子好何事吧。」

「既然唐師父著急，弟子便直說了吧。」月彎兒本來也不是那種善於勾引人的女子，見唐虞始終冷淡嚴肅，臉上有些熱熱的，便道：「那位王公子向弟子打聽了子妤姑娘的一些情況，比如是唱什麼角色、幾等弟子，還說……」

遲疑了一下，月彎兒有些不知該怎麼表達。

「還說什麼？」唐虞心中卻一跳，有些不太好的預感。

月彎兒表情有點尷尬地笑笑，這才緩緩道：「他說想為子妤姑娘贖身，問了身價銀兩。」

「妳怎麼說？」

唐虞臉色很不好，看得月彎兒也心裡發寒，趕忙道：「弟子告訴了他，咱們宮制戲班可不比那些普通的戲班子，戲伶不是可以隨意任人贖身的，特別是子妤這種在宮裡露過臉的，將來肯定要往上升等，那就等於是宮裡的人。除非到了一定歲數，或者特別開恩，其他人休想說贖就贖。」

「妳沒告訴他子妤並未和戲班簽死契嗎？」唐虞聽得月彎兒解釋，眉頭才稍微舒展了些。

月彎兒卻是一臉疑惑。「花家姊弟沒簽死契的事我也知道，但不是說等入了五等就得簽嗎？咱們宮制戲班可不能有自由人的。一來，簽了死契，將來入三等或三等以上的時候就要查家譜，身家乾淨的才能留任。若不簽，那花家姊弟唱到四等就極限了，還怎麼往上升？這事兒原是定律，唐師父您應該知道的。」

「班主眼下沒提，想是能拖便拖一些時候吧。」唐虞被月彎兒這一提醒，也發覺了這個疏漏。

以現在自己和子妤的關係，最好就是她唱兩年便退下，兩人順勢也能結為夫妻，百年好合。但子妤的心志極高，曾經不止一次說過要爭奪那「大青衣」的封號，而不入一等，又怎能參加朝廷的評選？那就勢必要和花家班簽下賣身契，兩人若要在一起，那至少也得五、六年之後了。

想到此，唐虞不由得沈默了，簡單和月彎兒道了聲「告辭」，便獨自回房，仔細去思索自己和子妤的未來到底該怎麼辦才好。

章一百五十四　贖身沖喜

因為惦記著阿滿的婚事，這兩日子妤並未主動去找唐虞，白日裡又要排戲練功，也抽不出單獨相見的時間，只在練功的空檔，兩人會默契地尋著機會隨意說說話、談談心。

子妤半句也沒有過問他前日入宮演出的情況，因為她知道唐虞的性子，月彎兒就算有心，也掀不起什麼風浪來，若自己表現得太過緊張，反而顯得小氣。

唐虞更是不想讓子妤知道王修曾經打聽過為她贖身的事，畢竟她才剛到前院獻演，全部心思只能放在戲臺上，這些需要操心的事情，交給他來處理便好

兩人各存心思，又沒有相互吐露，倒也平平靜靜地過了三日。

連續三天上戲，這齣【木蘭從軍】的新戲可謂轟動至極，看客如雲，褒獎聲不斷，花家姊弟和止卿也因此得了不少的賞錢，班主一高興，更是直接允了花家姊弟可以上三樓包廂接戲，可賞銀只能得三成。

原本前院的規矩是連演三場歇三天，然後再依據客人的喜好安排，若極受歡迎的可加場，但也不會超過五天，像這齣【木蘭從軍】，除了在大戲臺上演之外，停歇的幾天還能在三樓包廂掛牌子上戲，惹得其他弟子們眼紅不已。

奈何止卿本來就是三等，花家姊弟又是班主的遠親，深得花夷器重。再者，兩人的師父

均大有來頭，倒也沒有多少人敢明目張膽地找他們的麻煩，最多私下嚼嚼舌根罷了。

今晚花家姊弟和止卿便開始在三樓上戲，運氣極好，剛一掛出牌子來就有客人點了這齣【木蘭從軍】。子妤換了戲服化好妝便在羅管事的帶領下和子紓止卿會合，另外還有兩個樂師，一行人來到六號包廂門口守著，待伺候在門邊的婢女去通稟。

在這片刻的間隙，羅管事簡單提醒了一下三人。「這裡頭的客人是司徒大人，他看戲並不挑剔，但因為近來兒子的痼疾心情不太舒暢。周管事沒敢推薦那些個喜慶的戲文，所以將這齣【木蘭從軍】介紹給了他。你們等會兒演的時候用心些，切莫在裡面笑鬧就是了。」

止卿領了吩咐，忙點頭答應道：「羅管事放心，弟子們會有分寸的。」

羅管事點點頭。「有你在，我是放心了不少。這次是花家姊弟第一次在包廂裡頭上戲，你作為師兄，多照看著點兒。這齣【木蘭從軍】唱得好，唱出了名氣，將來你們三人都是有大前途的。」

「敢問羅管事，司徒大人可是姓王？」子妤聽見這個官銜，總覺得有些耳熟，略一想，就記起和唐虞在望月樓曾經遇到的那個王修，好像他進京就是借住在什麼「王司徒」的府上。

羅管事瞥了一眼花子妤，有些嚴肅地道：「自然是王司徒，難道京城還有第二個司徒大人不成？你們等會兒去了可別傻乎乎的東瞧西看，若唐突了貴客，回頭罰你們例銀。」

收起好奇心，總覺得這乾瘦的羅管事沒有表面看起來那樣好相與，子妤趕緊應了一句：

「是，弟子知道。」

話音剛落，先前進去通稟的婢女撩開簾子出來了。「客人們正好歇了一輪酒，三位請進吧。」

「走。」羅管事一揮手，便領著大家一起進了包廂。

止卿在前，子妤和子紓在中間，兩個樂師隨後，待進入包廂，羅管事就打開摺子開始介紹獻演的戲伶和這齣【木蘭從軍】的內容，比如分幾折、大概要唱多長時間等等。

趁著這時候，子妤略抬了眼，暗地打量起包廂來。

和普通茶樓酒肆的包廂不同，這屋裡很是寬敞，有個拱形月門隔開裡間和外間，上頭垂墜了水晶珠簾子，此時羅管事帶著他們就站在簾子的後面，估計待會兒唱戲的時候會由婢女撩起珠簾來，裡面的客人才看得清楚。

雖然隔了珠簾，子妤也能大致瞧清楚裡面的情形。

一個可容六人落坐的紅木雕花大圓桌，配了一圈紅木嵌瘿木面的座椅，桌上擺了些珍饈佳餚，陣陣酒香瀰漫四溢。

圓桌左邊立了一方薰爐，乃是黃花梨瘿木寶爐，觀其紋理華美，色澤橙黃，造型也是古拙溫潤。值得一提的是，這寶爐明顯是由整塊木雕成，爐腹圓渾，爐口外敞，美不勝收，一看便知並非俗物。

圓桌右邊則是一方螭龍捧壽紋的通體透雕，圖案中心雕寶鼎形壽字紋，上面兩螭龍手捧壽鼎作抬升狀，下面兩螭龍用脊背托起壽鼎底足，作回首狀。四螭龍張吻、立鬃、睜目，造型異常生動，也不是尋常的市集之物可比擬的。

再望過去，這屏風後還有一張羅漢床榻，看來是供客人醒酒時歇息之處。

總而言之，這包廂裡雖不是極盡奢華，卻處處彰顯著與眾不同的富貴清雅之氣，可以見得花家班百年沈澱之厚實。

就在子妤悄然打量這包廂時，並未發覺席間有位白面俊朗的年輕公子也在含笑看著她。

等珠簾掀開，子妤迎了上去，一抬眼才發覺對面坐著幾位客人，居中那位自然是王司徒，旁邊年紀相仿的客人，一看便知是同朝為官的，和王司徒說起話來也很是熟稔的樣子。而旁邊一位年輕男子很是面善，子妤定睛一瞧，果真是那曾有一面之緣的王修。

看到他含笑略微朝自己點了點頭，因為馬上要開唱，子妤也抿唇一笑算作回禮。

王司徒滿意地看著眼前的三個戲伶，均是精神爽朗，一派清新氣象，不由嘆道：「上次貴妃壽宴時有幸目睹姑娘和兩位少年郎的演出，心中很是掛懷了一段時間啊。」

不等一旁的羅管事回話，子妤已經上前一步，施禮道：「多謝王司徒垂青，我等三人一定會用心獻演。」

羅管事也側身上前半步擋住了花子妤，趕忙拱手道：「司徒大人喜歡就好，這就開演吧。」

說完，羅管事回身來，囑咐了樂師兩句，這就退下了。只是臨走前看了一眼子妤的背影，似乎對她剛才主動回話的行為有些不滿，但並未表露什麼，轉身小心關上門就走了。

因為是在包廂裡演出，樂師們並未把器樂奏得很響亮，加上場子並不如戲臺那樣寬敞，子妤三人有些耍不開的感覺，輕聲唱起來倒是顯得頗為輕鬆。

不一會兒，隨著樂師一收尾音，這齣戲算是唱罷了。王修代表王司徒送上了打賞，兩封銀子足有二十兩之多，分下來姊弟倆也能各得二兩，算是收穫頗豐。

待婢女送了樂師和三人出去，那王修也隨即跟了出來，叫住子妤。

看到止卿和子紓都用疑惑的目光看向自己，子妤忙解釋了王修和唐虞的關係，又說曾經見過一面，子紓和止卿這才沒有疑惑，別過王修先回去候場的屋子卸妝、換下戲服。

子妤以為王修要問唐虞的事，主動道：「王公子，今夜唐師父不過來值守，您若想見他，我幫您進去通報一聲。」

擺擺手，王修左右看看，見並無什麼閒雜人等經過，才小聲道：「這麼晚了，倒不必驚動唐兄。在下只是想問問子妤姑娘，妳可有意願贖身出戲班？」

子妤狐疑地看著王修，總覺得他笑容背後好像藏了些什麼似的，看起來有些奇怪。「王公子這話什麼意思？」

「我上次曾問過唐兄，可被他直接嚴詞拒絕了。」王修見子妤一副毫不知情的樣子，就知道唐虞並未告訴子妤，又道：「前幾日在下陪司徒大人過來聽戲，又向月彎兒姑娘打聽了一下，難道她也沒告訴妳？」

子妤這才緩緩點頭，總算明白唐虞為何要敷衍那月彎兒而不是直接不理會，原來中間有著這層關係。「人家月彎兒師姊可是一等戲伶，我不過是個五等小戲娘罷了。這還是我第一次到三樓上戲，她恐怕根本瞧不見我的。不過……想來她應該對唐師父提及了，畢竟我是唐師父的徒弟，她要說也只會直接跟他說的。」

「那姑娘妳的意思？」王修見她笑咪咪的樣子，以為有希望，忙勸道：「對方可是王司徒的獨子，雖然只是沖喜的新娘，但嫁過去就是正房少奶奶。要不是司徒大人也同意給少爺娶一位戲娘為妻，這等天大的好事兒，恐怕是百年都難得一遇的。姑娘不妨好生考慮考慮，約莫五日之後在下會再來一趟，送上禮金，以表誠意。」

聽得王修說完，子妤終於明白了，敢情這王修打起了自己的主意，想藉她來討好那王司徒。不過子妤可不傻，對方是個病入膏肓的公子哥兒，自己可還沒有做寡婦的想法呢，當即便拒絕了王修，又隨意客套了幾句，趕緊尋了個藉口離開了。

章一百五十五　背後有人

待子妤回到候場的屋子卸了妝又換下戲服，子紓和止卿已經等在外面了。

三人各自分了打賞的銀子，當然子紓的那一份被子妤一併沒收了，只說要存錢給他將來娶媳婦兒用，子紓便沒得埋怨，因而調侃止卿。「不然，你也把銀子一併交給我姊收著，將來娶媳婦兒用？或者，直接當作禮金給了她，將來娶回去也不算虧，哈哈！」

「小傢伙，你胡說什麼呢！」瞧著四下無人，子妤伸手敲了敲子紓的腦袋，對他的瞎話簡直無語了，只能朝止卿抱歉一笑。「對不起，這傢伙開玩笑沒分寸的。」

止卿反而笑笑，看著子妤的眼神流露出淡淡的溫柔。「沒關係，我覺得子紓提議挺好。」

聽了此話，子妤只得無奈地甩甩頭。「怕了你們兄弟倆，我還是先回去算了。」說完，加快了步子「咚咚咚」就跑下了樓梯。

等看不見子妤的身影後，子紓才撞撞止卿的肩，笑意促狹地小聲道：「喂，我姊害羞了吧？」

依舊是默然的含笑，止卿回頭看了一下子紓一副打趣的樣子，甩甩頭。「你忘了你姊的絕招了？到時候給你娶個醜媳婦兒，看你到哪兒哭去。」

撓撓頭，子紓咧嘴一笑。「嘿嘿，我只要娶個性子好的便成，至於相貌，普通也就行了。你不知道，每天看著那些師姊們搔首弄姿的，可噁心死了。特別是那個紅衫兒，止卿哥，你可千萬別被那妮子的容貌給迷惑了。要挑媳婦兒，還是得知心的好，比如……我姊？」

說到後來，子紓又露出作弄的調皮樣子，惹得止卿苦笑不得，連連擺手。「罷了，你沒事兒就在我面前誇你姊姊這樣好、那樣好的，不如你幫我作媒，以後送你這位大舅一份謝禮，可好？」

子紓朗眉一挑，歡喜得像隻猴子蹦了起來。「果真？」

「果什麼真，先給你個假果子吃！」止卿順勢一個「爆栗子」敲到子紓的頭上，和子好平時教訓子紓的動作一模一樣，只是力氣要大上許多，疼得子紓又是一蹦。「看看，果真是要當姊夫的，和姊姊的動作都一樣，真是！」

「傻小子，你小聲些，讓別人聽見可對你姊姊名聲不好。」止卿說笑歸說笑，同時抬眼四處張望，倒沒看見有什麼人經過。

子紓卻毫不在意，揮揮手。「哪裡有人，弟子們不是在包廂上戲就是在候場屋子裡待著，兩個管事又忙著招呼客人，放心吧，這些都是咱們倆的悄悄話，哈哈！」

兩人就這樣說笑著一路下樓離開了，卻沒注意，身後一抹翠色的身影從簾幔處緩緩移了出來。

青歌兒手裡拿了一包蜜餞，因為氣極了便使勁抓著紙包，手背上的青筋幾乎冒了出來，隨著止卿的身影遠去，她的眼神也一併黯沈了。

卻說子妤剛到一樓，負責值守的師父就叫住了她，說是她已經開始正式上戲，得量身裁衣做幾套戲服，將來不光是唱【木蘭從軍】這一齣，還有其他戲，戲服得自己備好，免得到時候出差錯。

子妤聽了個大概，明白得自己去張羅戲服的事，然後以每件二兩銀子的價格向戲班報銷。這和茗月她們跑過場和龍套的弟子不一樣，她得擁有個人專屬的戲服才行。

女孩子都愛美，既然能自己張羅戲服，值守師父也說了可以做五套之多，子妤心裡仔細琢磨著，得和唐虞商量一下，好生挑幾齣戲出來針對角色訂做，免得做了又穿不上也浪費。另外，自己和阿滿的手藝都極好，阿滿出嫁後，也要多掙些銀子養家，不如請了她幫忙做針線活兒及繡樣，做戲服的工錢也好肥水不落外人田。

如此一打算，子妤已經有了籌劃，謝過那師父，就準備離開前院。

哪知剛轉過廊頭，就聽得前頭角落處傳來一陣嬉笑的聲音，聽起來頗有些軟糯鶯語。子妤豎起耳朵仔細一辨認，正是先前找自己麻煩的那戲娘，其中還夾雜了幾聲男人的說話聲，嚇得她趕緊躲到一旁，過去也不是，回頭也不是，竟呆在原處不知道該怎麼辦。

「子妤，妳下戲了?咱們一起回去吧。」

正焦灼著，子妤聽到後面傳來一聲清脆的叫喚，正是茗月換了便服也準備回院子去。她剛才的叫喚頗大聲，想來前邊的兩人應該聽得分明，這會兒果然全無聲響，許是兩人躲了起來。

子妤懶得多想，朝茗月招手，兩人說說笑笑著就走過去了，也沒點破此處的異樣。

臨近南院之前，子妤推說有些戲文上的事要請教唐虞，便與茗月分頭而行。來到南院門口，子妤抬眼瞧了瞧裡頭唐虞的屋子還亮著，也沒猶豫，直接便進去了。

這就是親傳弟子的好處，否則子妤一個女子，此時雖不是太晚，但夜裡去找男師父畢竟有些不妥。不過現在唐虞和自己的關係不一樣了，就算來得晚些也不算奇怪；好些個在外走動的師父們看到她都主動打招呼，並沒有懷疑，更不會說閒話。

敲開門，唐虞已經換上一身輕薄的白衫，隨意坐在書案後面看書，見子妤來了，便收起書冊，起身過來給她斟了杯茶遞上。「今日在三樓上戲，沒什麼事吧？」

聽這問話的方式，子妤蹙了蹙眉，淡淡道：「會有什麼事？」

想起那個王修，又想起月彎兒也知道的事，子妤心裡有些不痛快，又道：「你要瞞我到什麼時候？不就是有人說要給我贖身嘛，敢情周遭不相干的人都知道了，我卻被蒙在鼓裡。」

唐虞知道子妤說的「不相干的人」是誰，想要解釋，卻覺得有些多餘，反問道：「月彎兒告訴妳了？我分明叫她不要多嘴的。」

「不是月彎兒師姊。」子妤翻了個白眼，心想著月彎兒還真和唐虞說起過此事，越發有些不樂意了。「是王修親自來問我的。」

「他怎麼會……」唐虞看著子妤的臉色，瞧不出到底是什麼意思，卻也不再隱瞞了，將上次在望月樓遇見王修，他說的贖身之事又簡單說了一遍，最後才道：「當時我便直接拒絕了，所以才沒有告訴妳。誰知他不死心，竟找上門來了！」

透過燭光，子妤盯著唐虞的臉，雖然他說話時表情仍舊是淡定閒適的樣子，但語氣卻明顯含了幾分不悅，心裡不覺一暖。「我不是怪你，只是高興你幫我擋了那些個無聊的雜事。」

兩人就這樣隔著燭火對視著，唐虞沒有再接話，子妤更沒有繼續追問什麼，因為一切答案都在對方的表情中不言而喻，多說反倒破壞了美好的感覺。

和唐虞見了一面之後，子妤心情也不自覺輕鬆了許多。

回途中，快走到四大戲伶的院子，子妤剛過了一個抄手遊廊，看到前方閃過一道黑影，定睛一瞧，正是先前在前院給自己找碴的那個小戲娘杏兒。

只見她神色有些慌張，眼神也閃爍不定，看著子妤，又看了看周圍是否有人，靠近一步，低聲質問道：「子妤，妳先前是不是看到我了？」

子妤本想承認，但自己其實沒有看到她的人，只聽聲音曉得她躲在廊後和男子幽會，於是想了想，搖頭道：「妳說什麼呢？今晚我是在三樓上戲，怎麼會瞧見妳？莫不是妳記錯了？」

「我才沒記錯！」杏兒臉色雖然緩和了些，但依舊不太好看。「我分明聽見茗月叫妳的名字來著……妳給我小心些，別到處亂說什麼！」說完，便轉身小跑步離開了。

章一百五十六　拈花惹草

自從子妤在前院開始上戲，負責五等弟子居所的劉婆子就催了好幾回，讓她趕緊搬過去。

雖然心中捨不得離開茗月和阿滿姊、還有面冷心熱的師姊塞雁兒，但不好讓別人說自己壞了規矩，子妤勉強又在沁園賴了兩日，這才收拾了東西往外搬。

總共收拾了三口大箱子，其中兩口裝著四季衣裳，一口裝了首飾、書籍等雜物，這和五年多前子妤從後院搬過來沁園的家當完全不同了。幸好分配到單獨房間，不然還真難以放下這麼多的東西。

一大早的，弟弟子紓就推了輛板車過來幫忙運東西，止卿也過來幫忙打掃屋子，大家說說笑笑著，倒很快就把屋子收拾妥當。

止卿本來要子妤去他們的屋子喝茶歇息，但因為新搬家，子妤說什麼也要過過主人癮，遂留下兩人，烹了茶招待，到晌午時分又親自去小廚房做了寬湯蔥花雞蛋麵給他們吃。只覺得大家這樣住在一處既熱鬧又安適。

對於止卿分明已經升任三等弟子為何還住在五等的院子，子妤隨口問了問，結果對方臉色有些尷尬，倒是子紓幫忙說明了原因。

只因三等以上的男弟子並不多，加上止卿總共不過五、六個，其餘全是女弟子，其中不乏喜歡止卿的，就像紅衫兒，即便兩人住得遠也經常過來串門子。止卿本性喜清靜，為此更不願住進三等的院子裡，所以寧願和子紓擠在一處，也好避開一些花癡的女弟子。

聽了這原因，子妤直笑。「止卿呀，你就算住在五等的院子裡，不一樣有小師妹喜歡？走到哪兒還不是躲不開這些『桃花』。」

「桃花?!」子紓聽著覺得有意思，反覆唸了一下，故作認真的點點頭。「古人講桃花運，這不是好事兒嗎？」

「若是爛桃花有什麼好的？」子妤白了弟弟一眼，不想說這些，邊起身收拾了碗筷，邊又問道：「這五等的院子也奇怪，一共就七、八個弟子，顯得特別冷清，還不如一等的師兄、師姊人多，這是怎麼回事？」

止卿也一併起身幫忙收拾，隨口道：「妳不知道嗎？五等弟子多是女子，大多都在上戲一年左右便贖了身離開戲班子，而後繼弟子的選拔又跟不上，所以才有這樣的局面。」

「咱們不是宮制的嗎？可以任意贖身？」子紓不明白了，插嘴問道。

「三等以上才是在宮裡入了籍的，四、五等的倒是沒有區別。」子妤主動答道。「不過外面的人可不知道，以為咱們戲班的戲伶全是官家的人。除非跟內務府相關的人才會曉得吧，可又怎麼會一下子贖身出去那麼多人？」

「恐怕就是內務府的人走漏了風聲。」止卿也蹙了蹙眉，將自己知道的事情分析了一下。「而且來贖人的大多是官家，他們與宮裡走得近，隨便問問便能知道個究竟。反過來說，也說不定是內務府拿咱們戲班的消息賣些好處給那些官家。這其中的利害關係，不但複雜且說不清楚。」

子紓卻不以為然，總覺得戲班又不是妓院，怎麼可以要來贖人就贖人，於是道：「那就任由戲伶這樣被人贖出去？班主也不管？」

止卿搖頭嘆道：「怎麼管？戲班和宮裡的關係千絲萬縷，有些人能得罪，有些人不能得罪。而五等戲伶本就不是戲班的樑柱，放走一些，換來和京中權貴良好的關係，班主說不定還覺得挺好呢。」

「你是說……班主有可能會贊成這種做法？」

子妤一聽，心中不由一緊，雖然自家姊弟並未和戲班簽下死契，但花夷曾說過，等兩人成為五等弟子開始上戲就要商量著契約的事了。若是他並不反對讓官家為戲伶贖身，那萬一王修直接向他問起來，豈不麻煩大了?!

「也不盡然，至少表面上，班主對戲娘們管得極嚴，是明令禁止她們和客人有什麼牽扯的。」見子妤神色擔憂，止卿也補充道：「那些心思靈活的，也不敢太張揚做這些事的。倒是你們姊弟和我一樣，以前都不是死契，但只要進了五等以上的，都必須簽死契，這是宮裡的規定，由不得班主和我們自行決定。估計這兩天陳哥兒就會領了吩咐來辦手續。所以這些事少不得也要留個心眼兒，千萬別被那些什麼京官權貴看上眼，否則，結果如何還很難說。」

子妤聽得心頭直發慌，要想留在戲班上戲，簽下死契是唯一的辦法，若放棄，那就一輩子也不可能當上大青衣，找到親生父親的線索。但簽了死契，自己的命運就如同拴在稻草上的蚱蜢，任人拿捏，自己根本沒法掌握。對於她這個從現代穿越而來的靈魂而言，的確是極難想像的。

子紓也發現了子妤的表情有異，伸手搖搖她。「姊，別擔心，妳長得又不美，比起那些會勾引人的狐狸精，應該沒人看得上的，不用怕啊！」

被子紓這一說，倒是止卿有些哭笑不得。「就你嫌子妤不夠美，可你哪裡知道，像她這樣清麗脫俗的戲娘是越來越少了，這才顯得稀少珍貴。」

說著，目光柔和的看向子妤。「不過，妳真不用太過憂心。那些贖身出去的戲娘，大多是自己耐不住性子的，藉唱戲的機會和看客們眉來眼去，極盡魅惑之能事。蒼蠅不叮無縫的蛋，妳只要認真唱戲，不與那些別有心思的客人周旋，誰還能強迫妳不成？所以放寬了心，別讓這些事影響了妳。要知道下月的小比，班主特意應允六等戲伶也可參加，準備挑幾個人補上五等的缺。你們若不好好努力，之後被師弟、師妹們追上，這可就丟臉了。」

「也對。」子妤勉強一笑，覺得止卿說的也沒錯，自己若認真唱戲，不理會那王修，難道他還能強迫自己不成，便道：「倒是挑選弟子的事，我怎麼都不知道？」

止卿隨口答道：「是青歌兒師姊提及的，先前在外頭碰見她來找紅衫兒談事。」

「她來找紅衫兒？」子好有些意外，這女子還真是臉皮夠厚，暗裡害得紅衫兒不能上戲，明裡卻扮成好姊姊經常來勸說安慰，不明就裡的人還真以為她是個念舊情又寬厚的師姊呢。可惜自己這些話憋在心裡也不好說出來，只好任由止卿也被蒙在鼓裡。

倒是子紓癟癟嘴說：「也不知那青歌兒師姊是怎麼回事？白癡都看得出來那紅衫兒是個討厭鬼，她卻仍舊一副溫和親切的樣子。你說是真心嘛，有誰會那麼傻；是假意吧，她倒也真裝得出來！」

止卿聽得一皺眉，卻沒有反駁子紓什麼，神色間似有思慮，好像也有些贊同他的說法，遂點點頭。「你說的也是，她本無必要如此厚待紅衫兒。」

「或許她覺得這樣一來，別人看待她會更有好感、更表示同情呢？」子好憋不住隨口說了這句，卻發覺止卿面帶疑惑地看著自己，只好伸手掠掠髮絲，眼看外面天色已經不早了，將子紓的肩頭往外推。「好了，你們也回去休息吧，碗筷我會收拾的。明兒個一早還得起來練功，都別多想了。」

走到門口，子紓又回過頭來。「那明天一早妳過來我們那邊用早膳。廚房的吳媽媽可喜歡止卿哥了，每天早膳都送來加了兩個雞蛋的大餅，香著呢，別人可是沒有的。」

「是啊，咱們一起用飯，也熱鬧些。」止卿也附和道，微笑地看著子好。

「那好，我昨天從沁園帶了些糕點，也拿過去一併用吧。」子好點頭，覺得搬過來住也不錯，至少周遭還像以前那樣熱鬧，更能和子紓時常相見。

送走兩人，子妤收拾了屋子，又去雜屋打了熱水來梳洗。只是回來時候正好撞見了那兩個打過「交道」的戲娘。兩人躲在一處說話，看到子妤時神色都有些躲閃和探究，也不知在私下議論什麼，子妤只當沒看見，避免惹些不必要的麻煩。

可一回屋子，子妤猛的想起先前在前院聽見其中一個戲娘和男子嬉笑的聲響，再聯想起止卿所言，突然有些明白了。敢情這杏兒也打了主意想要巴結個權貴贖身出去不成？她以為自己撞見了她的好事，所以才專程過來警告？畢竟戲班裡還是不允許戲伶和看客牽扯上私情，除非是歲數到了要嫁出去。

甩甩頭，子妤懶得理會這些雜七雜八的事情，只要不落到自己頭上，管他人想怎麼樣，自己也不予評論，總是每個人有各自的想法罷了，並不算什麼大的錯處。

想到此，子妤拉過被子蒙頭就睡，也度過了在五等弟子院中的第一個夜晚。

章一百五十七　暗藏玄機

第二天一早，子妤梳洗穿戴好，去了子紓和止卿的屋裡一起用膳，飯後還喝了止卿親手泡的香茶，覺得神清氣爽，整個人也舒暢了。

三人不免又談到幾日後的小比，都知道這次是以樂曲出題，讓弟子們即興作唱。說實話，這種比試是靠天賦和領悟的，也沒辦法事先練習。畢竟不是人人都可以像唐虞那樣，沒事兒就在子妤面前吹簫奏樂，提供她琢磨的條件。

剛說了會兒話，就聽見外面有人喊自己的名字，子妤推門出去了，眼見是個陌生的小丫頭，十三、四歲的年紀，模樣倒也靈巧討喜，只是看衣裳服飾，不像是低等弟子，倒像是在雜物房做事的奴婢。

於是子妤主動上前，開口道：「小妹妹，我便是花子妤，妳找我有什麼事嗎？」

小丫頭福了福禮，脆生生地道：「給子妤姊請安了。奴婢是雜物房孫嬤嬤派來的，名喚雀兒。孫嬤嬤說讓姑娘趕做戲服，先量好身子送尺寸過去準備著，免得到時候耽誤了時間。」

「孫嬤嬤？」子妤想起來了，那個五十多歲的婆子專管一些針線繡活兒，但女弟子的戲服多是自己籌辦張羅，很少經她的手，便道：「雀兒，勞煩妳給孫嬤嬤說一聲，我打算自己做戲服，讓她不用操心就是。」

「這……」雀兒稚嫩的臉上顯出一抹難處，有些支吾道：「可孫嬤嬤說姑娘已經在前院上戲了，眼看要安排其他曲目獻唱。若是不趕工做出戲服來，到時候被班主看到就麻煩了。不知姑娘打算怎麼做，有幾個幫手？大概準備耽擱幾日的工夫？奴婢也好回孫嬤嬤的話，免得她著急。」

子妤自然知道這個孫嬤嬤的盤算，二兩銀子一件的戲服，若交給她做，這銀子就是她賺了去；若交給外面的人或者自己做，她是一點兒好處也得不到。她或許以為自己是新晉的女弟子，好欺生，所以趕著過來攬活兒。原本放個人情給她也無所謂的，但自己昨夜搬離沁園時就已經跟阿滿提過這事兒，對方也答應了，還歡歡喜喜地致謝了。總不能前腳跟人說好了，後腳就反悔吧！

想到此，子妤笑著拉了雀兒到一旁，小聲道：「是這樣的，具體要做哪幾種戲服，我還沒和唐師父商量呢，也不好自己作主。這樣吧，原本我是想把活兒都交給以前在沁園的姊妹阿滿做的，但孫嬤嬤既然不放心，那我勻一件出來，勞煩她老人家費心。明兒個妳再過來一趟，我把確定的戲目告訴妳，順便量身子，如何？」

「只有一件嗎……」雀兒仍舊有些為難和遲疑，眨眨水汪汪的眼睛看著子妤，有些欲言又止，看看四下無人，這才湊到她耳邊小聲道：「有句話給姑娘說說，孫嬤嬤平日裡管著所有的針線繡活兒，這職位說大不大，說小卻也重要。萬一她不高興，就能把您戲服上的一朵紅花繡成藍的或綠的呢，姑娘剛升上五等，還是不要得罪她才好，至少讓個三、四件給她做，免得她背後說您不知好歹。您不知道，好多新晉的弟子都因為此事得罪過她呢。」

越聽越皺眉，子妤心裡本不喜歡這些人際關係，平時也懶得理會都躲得遠遠的。但以後上戲還得和這些人打交道的，得罪了確實不好，於是勉強一笑道：「雀兒，謝謝妳的提醒。這樣吧，我準備做個五、六件戲服，只阿滿一個人做的確有些忙不過來。若孫嬤嬤方便，就請她做三件吧。」

雀兒小嘴一抿，頗有些忐忑地看著花子妤。「姑娘不怪奴婢多嘴吧？」

「怎麼會，我還要多謝妳提醒呢。」子妤說著從懷裡摸出一個荷包，取了幾枚銅錢塞到她手裡。「初次見面，沒什麼好東西給妹妹，這幾文錢拿去買甜餅吃吧。」

「多謝姑娘。」雀兒歡喜地接了過去，連連道謝著，這才回去覆命。

看著小丫頭離開，子妤臉上的笑意有些無奈，抬眼看了看滿院子緊閉的房門，或許這裡和外面的世界本沒有什麼區別，一樣的勾心鬥角，暗裡較勁，或許還要更加殘酷，因為只有極少數的人可以攀登到絕頂的位置，做一個名傳後世的戲伶。

自己要去競爭，就免不了要涉及這些世俗的紛爭，煩是煩了點，但又有什麼辦法可以避開呢？自問沒法做到像青歌兒那樣虛偽，也只得慢慢去適應，儘量去協調罷了！

正想轉身回屋去找子紓和止卿，對面的一個屋門卻突然打開了，正是那與人私會的戲娘杏兒斜倚在門欄上，神色輕佻，正一手拿了支銀簪子反過來剔牙。「子妤，妳也要做戲服了？」

「嗯。」子妤隨意點點頭算是作答，正想走，卻聽她又酸酸地道：「一下子就做六套，妳胃口也真大。」

並未將對方的隱隱挑釁放在眼裡，子妤仍舊微笑著答道：「我和妳們不一樣，之前一件戲服也沒做過。剛開始到前院上戲，總得有些準備，不然到時候慌了手腳，難道要去借；就算想借，我這身量也穿不下妳們的，豈不麻煩了？」

「哼！」杏兒臉色本就不好，此時越發的難看了，冷哼一聲。「妳現在在前院可是鋒頭正健，我本不該說這話，但妳做戲服時可得好生盤算一下，有些戲娘恐怕是不樂意和妳配戲的，有些戲摺子妳能不能演，還得打個商量呢，不要以為事事都能順順當當。」

「不勞妳費心，戲摺子我會請教過唐師父再決定。」子妤見她臉色陰晴不定，明顯是嫉妒，也不氣，淡笑著把話說了個明白。「反正大多摺子都是男女配戲，一來我弟弟可文可武，二來止卿師兄也和我同為唐師父的親傳弟子，所以配戲方面，倒是不用太擔心的。」

「哼，妳倒是想得美。」杏兒見難不倒她，對方又態度入綿，一拳打進去不過是軟軟給彈回來，自己不但出不了氣反而心裡越來越惱，乾脆一跺腳，也不再說了，轉身就甩門回屋了。

「姊，外面日頭上來了，快進來啊。」

身後傳來子紓的喊聲，子妤隨口應了一下，側眼看了看滿院。雖然個個屋門緊閉，但門縫窗隙卻不少，想來先前無論是雀兒還是杏兒和她的談話，屋裡的人應該多多少少都聽見了一些，但卻靜悄悄的沒點兒動靜。

子妤暗笑了笑，在這些個十五、六歲的小姑娘們面前，自己怎麼就勞神費力了呢？以後還是放豁達些吧，少傷這種腦筋，多練功、練本事才是正途。

想好了，心也定下了，沒了先前的煩悶感覺，轉身跑回了男弟子的偏院，繼續和子紓及止卿商量下個月小比的事。同時，子妤也將自己要做戲服的事情告訴了他們，讓他們也出出主意。畢竟做一件戲服花費不少，一次多做些，而且挑對戲做好，以後也能少花冤枉錢。

兩人聽說子妤要做戲服，也都很在意，特別是止卿，點了幾齣他可以對戲的，比如【思凡】、【牡丹亭】等，讓子妤備好戲服，便直接可以和他唱搭戲。子紓卻聽出端倪，促狹的笑著，也點了幾齣可以和姊姊搭戲的，讓她也準備著。

心中有了計劃，子妤也不忙著練功，辭了子紓和止卿，直接去到南院，準備找唐虞商量，好早作決定，免得被孫嬤嬤這些人煩擾。

哪知剛來到南院，就看到一抹曼妙的身影徐徐而出，那姿態嫵媚，神色卻凝重顯得有些抑鬱，不是月彎兒又是誰？

章一百五十八　表明心跡

此時剛過早膳時間，勤快的師父和弟子已經聚在了無棠院開始練功，或各自尋了戲文揣摩下月小比的事。

淡淡的薄日透過雲層散射下來，子妤微瞇著眼，看著陽光下徐徐而來的月彎兒，心裡不禁覺得有些疙瘩，卻還是福了個禮。「見過月彎兒師姊。」

「妹妹就是子妤姑娘吧？」月彎兒也大大方方地上下打量一番子妤，眼裡有著欣賞之色，掩蓋了先前面上的一抹抑鬱。「常聽唐師父提起妳這個女徒弟，直是讚揚喜愛。上回妳入宮獻演，我還覺著妳沒什麼經驗，擔心會有閃失。所幸跟去宮裡頭的姊妹回來提及妳都覺得表現很好，也不辜負了唐師父對妳的一番看重照拂……」

眼看月彎兒的紅唇在眼前翕張著，子妤聽她這一段話裡就連提了幾次唐虞，心裡頭並不覺得吃味兒，反倒有些替她可悲。本就是一廂情願熱臉貼冷屁股的事，加上唐虞那般清冷孤傲的性子，若不是因王修的事才與其周旋幾句，恐怕她早就該死心了。

聽著聽著，子妤也只管微笑點頭，再時不時地附和兩、三句，顯得落落大方又敦厚謹慎。看得月彎兒越發欣賞這個小師妹，乾脆從腕上褪下一只纏絲的鍍金細鐲子，拉了子妤的手塞進去。「子妤妹妹，妳我第一次見面，師姊也沒什麼好的見面禮。這鐲子雖只是鍍金的，但勝在雕工精細，妳就收了戴著玩兒吧。」

子妤看了一眼那鐲子，明顯是新的，還閃著微微的亮色，雖然只是鍍金，恐怕也值得半吊錢，所以推辭道：「這怎麼使得？師姊太客氣了。」

不顧子妤的推辭，月彎兒硬給套上了腕，雖然顯得大了些，倒也襯出子妤的皓腕細白如玉，很是精巧好看，便呵呵笑道：「若是和師姊客氣，那就是看不起師姊的禮了。現在妳也會到三樓上戲，咱們少不了要經常見面的。屆時妳別笑話師姊就是。」

子妤明白她說的是什麼，一般一等的弟子要麼進宮裡單獨獻演，要麼就去王侯公卿家裡唱堂會，留在三樓的不過就是她和兩個男弟子，算是一等裡混得比較不好的。想想也是，她若混得好，自然有後路，過兩年直接風光的贖身嫁出去便是，又何必倒貼唐虞呢。

月彎兒沒有看出子妤眼底的一絲淡漠和可憐之意，只以為她不好意思，掩口笑了笑。「好了，看來師妹要去找唐師父商量事兒呢，倒叫我給耽擱了些時候。快去吧，我先走了。」

「送師姊。」子妤忙回神過來，朝她柔柔一笑，順著往前走了幾步，直到南院的門口，這才停了腳步，只目送著對方曼妙纖弱的腰肢輕擺而去，留下一陣荷香餘韻。

子妤略嘆了口氣，轉身直接敲開了唐虞的屋門。

一身素淨的竹青長袍，黑髮後束，以木簪綰就，唐虞清朗溫潤的模樣讓子妤看了就覺得心裡一陣穩妥，也不提碰到月彎兒的事，直接提起管事讓她做戲服的事情。

於是兩人湊到茶桌前一邊飲茶一邊商量挑哪幾齣戲的角色來做戲服，最後定下了幾齣子好能唱得周全，又能挑大樑的六個角色，由唐虞親自寫在一張紙上，封在信箋裡讓子好轉交給管事。

子好知道唐虞這是在為自己撐腰，心裡不禁又是一暖，突然想起青歌兒的事還瞞住了子紓和止卿，總覺得心裡頭不踏實，又不好自己提出來，便道：「你若得空，指點止卿時不妨提醒他一下，青歌兒最近好像與止卿常有來往，我總覺得不單純。她若真喜歡止卿，那還好說，萬一又有了什麼意圖，止卿不知她的真面目，怕吃虧就不好了。」

提起青歌兒，唐虞也覺得有些頭疼，眉頭凝住。「妳說的雖有那麼一絲可能，但青歌兒並非是個胡亂下手的，妳弟弟和止卿與她並無利害關係，就算她示好，也許只是四處賣乖或者真的有幾分傾慕止卿罷了。我若是提醒他們注意青歌兒，又不能把話說清楚，豈不讓他們反而生疑。」

「你說的我也想到了。」子好點點頭，早就和唐虞想到同一點，不由鬆了口氣。「她是個表面穩重的，應該不會算計到他們頭上，最多是衝著我來。可若不說，總覺得心裡頭慌得很，想著她老在止卿身邊繞，又裝著賢良敦厚的假模樣，教人怎能放心？」

唐虞聽她這樣說，原本皺起的眉頭漸漸舒開了，淡淡道：「既然妳擔心止卿有事，回頭我提點他一下，警告他不可與師姊走得太近便好。但用這男女之防的藉口，針對了青歌兒，回頭他和子紓又日日和妳在一起，無論練功還是在院子裡，別人看見了也不太好。妳也注意些吧。」

敢情這冰山竟吃醋了不成？

子妤聽得一愣，隨即唇角微翹，心裡是忍不住的開了花兒泛了蜜，兩頰也禁不住微微泛紅起來。

看到子妤表情如此羞赧嬌怯，唐虞才意識到自己剛才的話裡的確泛著一股酸味兒，臉上也浮起了尷尬的神情。但看著子妤的嬌羞模樣，宛如一朵鮮嫩的花，心下一顫，忍不住伸手撥弄了一下她耳畔的髮絲，也不再說話，任由這樣微甜的曖昧氣氛繼續蔓延下去。

直到兩人都覺得呼吸有些沈重，肌膚間彷彿逐漸變得燥熱起來時，子妤終於輕輕抬手，掠開了唐虞的指尖，羞澀地稍稍後退了一步。

子妤抬手的一瞬間，唐虞一眼就瞥見了她腕上晃蕩的那只鍍金纏絲鐲子，脫口問道：「這鐲子有些眼熟，以前怎麼沒見妳戴過這些亮晃晃的東西？」

唐虞不說，子妤還真給忘了，表情中帶著一抹玩笑，故意捏了嗓子帶著半分嬌嗔道：「有人非要做姊姊，我能不收嗎？」

唐虞一聽便知是怎麼回事。「是月彎兒給妳的？」

「除了她還有誰？」子妤點點頭，隨手撥弄著鐲子。「她這幾日倒是來得殷勤，還口口聲聲喚我妹妹，也不見與她有什麼接觸的，怎的就親熱了許多。這鐲子我本不收，可她又說做姊姊的沒什麼見面禮，讓我不要嫌棄！」

說到此，子妤「噗哧」一聲竟笑了出來。「這鍍金鐲子雖然不算太貴重，但以她和我的關係，卻也是個重禮了。也不知她回頭會不會心疼。」

本以為她有些怪自己私下和月彎兒見面，沒想到她卻淨想著這些不相干的，唐虞也忍不住笑了起來。「隨她高興就好。好歹她也在三樓上戲，更是一等的。她願意對妳親厚，畢竟也不是壞事。」

歪了歪腦袋，子妤眨眨眼。「這還不是託了唐師父您的福？」

子妤這突如其來的一句話說得唐虞大窘，心想若不解釋，萬一讓月彎兒梗在自己和子妤中間就不好了，乾脆一咬牙，一字一句地道：「子妤，妳若信我，就千萬別去想那些無聊的人和事。妳才十六，五年後的大青衣點選是妳最大的目標。到那時妳得償所願，我定會八抬大轎迎妳入門為妻。這句話我只說一次，畢竟不合禮數，但妳心裡一定要清楚明白，萬萬不許被人蠱惑了才是。」

見他臉色憋得通紅，眼神卻極為認真，子妤倒收起了先前揶揄的心思，俏臉緋紅地點了點頭，也不顧這是古代，女兒家不能輕易與人私定終身，絲毫不猶豫的伸手從頸後取下了自己佩戴十多年的雙魚玉墜，抬起眼，情深如許地看著唐虞。「君不負我，我不負君，此物乃是我生下的時候母親遺留給我們姊弟之物，此時贈與你，便是定情之物了。」

說完，不顧唐虞的震驚，子妤上前靠近了他，踮起腳尖，雙手環到了唐虞的頸後，輕輕將搭扣扣好，這才退開了半步，含羞帶怯卻目光真摯地看著他。

被自己中意的女子以這樣殷殷切切的眼神望著，唐虞就算是一尊佛像此時也被化為了一池春水，想也不想，上前一步將子妤一把擁入了懷中，下巴抵在她頭頂的髮絲間微微摩挲著，只想將她擁得更緊些、再緊些。

被唐虞這一次所流露出來的深情所打動，子妤的心也好像要融化一般，不再顧忌女兒家的矜持，反手環抱住了唐虞的腰際，將身子也緊緊貼住他，細細感受這種前所未有被人擁抱呵護的感覺。

兩人膩了一會兒，終於還是放開了對方的懷抱。唐虞伸手摸了摸頸間的玉墜，微微的涼意卻透著無盡的溫暖，不禁想起當初子妤送給自己的並蒂青蓮香囊，笑道：「上次妳送我的香囊，並非完全由妳親手所製，但我已捨不得了。妳既已經收回，何時再補送一個呢？」

抬眼看著唐虞柔軟的眼神，子妤點點頭。「回頭我就去繡了送來，你好生佩戴在身上，別叫人發現了便是。」

「子妤……」唐虞見她粉膩酥融的臉蛋兒總是含著一抹嬌羞，心神微蕩，輕輕拉了她的手來到書案邊。

放開子妤，唐虞將常吹奏的竹簫從盒中拿出，取下竹簫下方垂綴的一截拇指大玉竹墜子。「這是我從唐家帶出來的唯一之物，是父親第一次聽我吹奏後讚許而贈。妳收下吧。」

子妤也不忸怩，知道這算是兩人正式交換了信物，將來定會在一起，便含羞地將那截玉竹墜子納入了懷中。

章一百五十九　劍拔弩張

花家班一月一次的小比原本僅是針對五等以上在前院上戲的弟子，這次特別應允六等戲伶也可報名參加，競爭更是激烈。比試前三名者可獲得花夷的親自指點，奪魁者更是能跟在其身邊學戲三日。

千萬別小看花夷的親自教導，這可是花家班弟子們夢寐以求的機會。

花夷年輕時因其面容白淨，唱腔高絕，與花無鳶並稱為本朝的「雙花爭豔」，青衣扮相不出其左右。而他比之花無鳶要難得的是，他本是男子，需要花更多的工夫去揣摩女生扮相。一顰一笑，一語一言皆是經過無數次對鏡勤練得來，自然是汲取了女子最美好的精華來模仿，比之花無鳶那等天生絕色多了幾分歷練的媚骨，卻少了幾分天然的隨興。

再者，花夷浸淫戲曲之道三十多年，雖然現下是退出了舞臺，但多年累積的戲曲經驗卻猶如一個聚寶盆，隨便拿些出來，就足夠這些年輕弟子們受益匪淺了。

於是乎，小比的前三名競爭異常激烈，每個月奪魁的不外是花夷的親徒青歌兒、紅衫兒或者是唐虞的高徒止卿這幾人，幾乎從不旁落。

可這次的小比卻隱含了一絲變數，這變數便來自於剛剛成為五等戲伶、第一次參加比試的花子妤。

這日午後，參加比試的弟子約莫二十來人齊齊聚在了無華樓外的香樟林內。

蓊蓊鬱鬱的樹冠形成了天然的屏障，地上鋪開一塊塊方形的草墊，上面放置了席位。

首座是兩方矮几及蒲團，擺了杯盞、茶水和幾樣時令鮮果，一看就是供花夷和唐虞落坐。下首兩側順而往外鋪開約二十多個蒲團，前頭矮几上放置了文房四寶，供參加小比的戲伶落坐。而當中空出來的位置則擺了一座琴臺，看樣子也應驗了今日小比的題目——「聽曲作唱」。

不一會兒，除了身分特殊的四大戲伶和一等戲伶照例缺席外，參加小比的二十多位戲伶逐一而來。這些年輕的男女們均有著過人的容貌和氣質，平素裡隨便挑出一、兩個來都會讓人目不轉睛，如今二十多人齊聚於此，也打破了這香樟林內原本的清靜氛圍，多了些亂花漸欲迷人眼的味道。

因花夷還未到，弟子們表情還不算緊張，看向當中草墊上的琴臺，均低聲地議論著今日小比的題目，熟悉琴曲之道的弟子顯得悠哉，不善此道的則臉色發苦，揣摩著該如何不失顏面才好。畢竟這是在班主花夷面前比試，就算不能奪魁，也不能讓班主看輕了，不然以後在花家班的日子就沒那麼好過了。

花家姊弟和止卿茗月四人相約而來，聚坐在一處，也就著小比題目互相交換起意見。

花子紓端坐在蒲團之上，一身深藍的布衫，腰背挺得極直，勃勃英氣從俊朗的面容中透出來，偏偏神態又帶些促狹。「姊，妳是第一次參加小比，緊張嗎？」

為了今日的比試，子妤也特意打扮過，淺秋色的裙衫，外面罩了件米白色的半袖，一頭秀髮斜攏著從一側肩頭瀉下，襯著兩耳小指甲大小的珍珠耳釘顯得清麗平和。她聽了身側弟弟的話，先是搖頭，復又點點頭，抬眼看了看四周座位的師兄弟、師姊妹們，這才道：「是有點緊張，卻不是因為比試的題目。」

「哦，妳不覺得這類題目難嗎？」一身青衫的止卿從袖口拿出一張素白的絹帕，拭了拭額旁細汗，簡單的動作顯得不疾不緩，恍若對這次小比根本沒放在心上，神情也一如平常那般恬淡，只環顧了一下林內，似乎對大熱天在太陽底下比試不太適應。

一旁的茗月插了話，圓圓的臉龐上泛起一股甜甜的笑意。「子妤常年跟在唐師父身邊，浸淫於樂曲之道也比咱們多呢，想來是對比試題目不會在意的。」

止卿笑了。「也對，這類題目對子妤來說確實不算什麼。且不說跟在師父身邊比其他同門能多得些便宜，就是平日裡妳那些小曲兒隨意拿一個出來，想來都足夠對付了。」

「止卿哥，像茗月說的，你也是唐師父的弟子呢，應該比我姊這個半路弟子還要更得些便宜吧？」花子紓也覺得有些熱，大手在耳旁直搧風，還討好地湊到子妤身邊也替她搧風。

「有你姊在，我自然要靠邊站的。」止卿將絹帕摺好又放回袖口，理了理服飾，淡笑道：「我所學乃是唐師父小生之道，子妤卻更得曲藝精髓，是難以比擬的。」

「呵，聽你們幾個所言，似乎這次小比的三甲其他人都甭想沾邊了，真是好笑。」

幾人正說著話，冷不防聽到這一聲涼涼的語氣，隨即抬眼望去，卻是那總與花家姊弟過不去的紅衫兒。

她此時才姍姍來遲，一身桃色薄衫，腮邊也是一抹同色的紅暈，在綠樹蔭萌之下猶如一株隨風搖擺的芙蓉花。只是那說話的神色和唇邊一點青痣，將其骨子裡的刻薄本性顯露無疑，無疑為其驕人的美貌減了幾分顏色。

「很好笑嗎？」

子好伸手按住了身邊想要「暴起」的弟弟，輕飄飄地吐出一句：「若我能入得三甲，紅衫兒師姊又當如何呢？」

紅衫兒翻了翻白眼，隨口道：「若是妳花子好也能進入三甲，我紅衫兒以後就倒過來尊稱妳一聲師姊！」

不等子好開口，止卿在一旁皺了皺眉。「紅衫兒，妳本就來遲了，還不去自己的位子坐好，在這兒耗神還不如仔細想想等會兒怎麼比試。」

聽見止卿說話，紅衫兒臉色一變，傲氣十足的神色被一抹嬌羞代替。「這次比試的題目有些與往常不同，想來止卿師兄是勢在必得吧。也對，您這個唐師父的親傳弟子都如此謙虛，那些個半瓶水響叮噹的人也該收斂些才對。」

子紓是個不能忍的性子。「我說紅衫兒，妳已經被唐師父罰了不許上戲一個月，該收斂些的人是誰，恐怕應該妳自己得照照鏡子才是！」

子好只覺得與這個空有美貌卻被青歌兒要得團團轉的人沒有什麼好說的，用手撫了撫耳畔的髮絲，側頭與茗月說起話來，懶得再理會她。

面對止卿的一本正經、子紓的語氣不善及子妤的目中無人……紅衫兒自覺無趣，只好瞪了瞪抬眼看著她忍不住發笑的茗月，這才悶悶地哼了一聲拂袖而去，前頭自有幾個相熟的女弟子圍攏過來，她隨即又抬起下巴，恢復了往日的傲氣。

「咦，青歌兒師姊呢，怎麼還沒到？」紅衫兒一落坐就發現少了青歌兒，張口問道。

杏兒也左右望望。「平日青歌兒師姊都是準時到的，怎麼今日卻比紅衫兒師姊妳還遲呢，真是奇了。」

聽了這話，紅衫兒瞪了杏兒一眼。「師父不是也還沒到嗎？我算什麼遲，真是！」

「也對，不但班主沒到，連向來最準時的唐師父也沒到呢……」另一個女弟子附和著。

眾人耐著午後的太陽又等了一小會兒，花夷和唐虞仍然一個也沒來，倒是大家議論的青歌兒終於踏著一地暑氣翩然而至，直直來到草墊中央。「各位同門，且安靜一下。」日頭有些烈，青歌兒額上反射出一層薄薄的光暈，顯然是出了些許的細汗。她話一出口，林間嗡嗡的嘈雜聲倒是立馬就消了一半，另一半也隨之漸漸平息，人家均抬眼注視著她，也不知是何用意。

見眾人都看向自己，青歌兒柔柔一笑，用著軟糯的聲音開口大聲道：「宮中臨時來了貴人，各位且再稍等片刻，班主與唐師父稍後便到。」

聽得是宮中來人所以耽擱了，止卿立起身來，朝著青歌兒遙遙問道：「師姊，可知宮裡來人所為何事？」

笑意清淺，青歌兒主動走上前兩步，對著止卿搖頭。「先前我正好跟在班主身邊，所以班主讓我帶了話過來給大家。至於所為何事，卻非我等弟子所能知道的。」

點點頭，止卿對青歌兒報以一笑，不再多問，隨即坐下。見止卿左右均滿座了，本想乘機挨著他落坐的青歌兒雖然心裡有一絲遺憾，卻也只得轉身往紅衫兒那邊的一個空位走去。

將止卿和青歌兒的互動看在眼裡，子妤心裡頭悶悶的，特別是青歌兒無事人一般，一落坐便和紅衫兒等幾個師姊妹聊開了，絲毫無任何不妥之處，好像所有的勾心鬥角，所有的暗中算計都只是拂過耳旁的輕風，臉皮之厚，讓子妤真是「佩服」。於是別過眼不再理會，繼續和止卿等人閒話。

「止卿，你說這個時候宮裡來人，到底會有什麼事呢？畢竟最近可沒有什麼壽宴之類的，節慶也還早得很，最接近的是中秋，也是幾個月後。」

「已是五月末了……」止卿蹙了蹙眉，薄唇突然微微抿起。「我知道大概是怎麼回事了！」

「啊，對喔，馬上就是六月了呢。」茗月也似乎反應了過來，用手捂住嘴唇。

「六月嗎……」子妤好像也想到了什麼，卻又搖搖頭。「不對啊，每年的選秀不是在七月初八才進行嗎？宮裡怎麼那麼快就來人了。」

章一百六十 小比奪魁

雖然宮裡突然來了人，卻並未影響今日花家班一月一次的小比。不過因為招待宮中貴人耗了不少時間，花夷吩咐陳哥兒通知弟子們將小比時間延到傍晚，趁前院還未上戲的時候。

傍晚時分，落日已盡，一輪彎月卻著急地從雲層中冒出頭來，這日月同輝的情景將夕陽中的香樟林渲染得鎏金鑲銀，很是絕妙。

趁著盛夏涼爽的晚風，弟子們用過晚膳後便又聚在此處，過不多久，花夷和唐虞也齊齊趕到，從臉色上倒是看不出有什麼特別的事。

就著淡淡的光線，花夷環顧了席間弟子，見大家雖然都面帶疑惑卻極為安靜，白面無鬚的臉上露出了笑容。「午間因為突然有急事所以將小比的時間延後，讓大家久等了。如此也不用再耽擱什麼，先讓唐師父為大家講解一下今日小比的內容吧。」一席開場白簡單扼要，不顧弟子們的疑惑，完全不提宮中來人之事。

一身白衣輕衫的唐虞依言起身，略一頓，便道：「先前大家都知道了今日小比的題目乃是『聽曲作唱』。等會兒我會坐到中央的琴臺撫一曲，大家邊聽邊根據琴曲的意境譜寫唱詞，在最短的時間內寫出最為貼近琴曲意境者獲勝。大家可聽明白了？」

「明白了！」弟子們齊齊回答。

唐虞聽了，點點頭道：「又快又好方能奪魁。日已漸落，等一下也不會為大家掌燈，各位將筆墨備好，抓緊時間這就開始吧。」說完，徐徐踱步來到了中央琴臺，掀了後袍盤腿而坐，雙手抬高輕撫於弦上，不經意地往子妤那邊掃來一眼，與其對視之後這才指尖輕撥，撫起琴來。

嫻熟的指法，加上靜謐如處子般的安逸情緒，子妤從未見過唐虞撫琴，今日一見才發現，比起竹簫技藝，恐怕古琴才是他最為擅長的樂器。

琴音如瑟，錚錚中帶著些許跳脫的意味，子妤乍然一聽便聽出了唐虞所奏之曲乃是阮籍的一曲〈酒狂〉。

〈酒狂〉此曲說來極為簡單，全曲均在四句音調的變化重複，但要彈奏得好卻十分不易。然而唐虞嫻熟的指法使得那琴弦宛若精靈，將琴曲「仙人吐酒氣」的意境渲染而出，那逐漸下行的旋律，緩和了琴曲中不斷增強的緊張感，讓聞者彷彿有滿腹酒氣正徐徐吐出，當真化身為「酒狂」一般，渾身上下無不酣暢淋漓。

伴隨著唐虞的琴音，弟子們也不多言，一個個都抓緊了時間埋頭開始構思足以搭配此琴曲的唱詞。

其實唐虞選這一曲〈酒狂〉也是別有用意，一來，此曲是普羅大眾都熟悉的，弟子們一聽便能知其韻味，不至於無法落筆；二來，此曲抒懷的乃是男子「醉而復醒，醒而復醉」的落魄情緒。然而，酒之情懷對於男弟子來說要容易些，而對於青歌兒這樣的女子來說，顯然就要難了幾分。這也是唐虞有意要暗助子妤一把。

不過子妤也同是女子，唐虞仍有兩分擔心，於是彈著彈著，便抬眼往子妤的方向望了過去，見她半垂著頭，額上被林間灑落的光斑暈起淡淡光瑩，雖然看不見表情，但那粉唇邊勾起的一抹弧度和絲毫沒有猶豫的下筆速度，心中已然踏實了幾分。

一曲完畢，夕陽已被淡淡的月華之色逐漸代替，林中只剩下唰唰的落筆之聲。唐虞也不催促，只起身回到花夷身邊端坐，靜靜等著弟子們交卷。

哪知唐虞還未完全坐下，坐在末席處的子妤已經隨之起了身，將矮几上的宣紙捧在手中，湊上去吹了幾口氣將墨跡吹乾，捧著往首座而去。

弟子們被子妤的動作打擾，忍不住都停頓了下來，左右互相望了望，均看到對方臉上一絲驚訝的神情；特別是紅衫兒，一張殷紅的小嘴張開來，似乎怎麼也不信花子妤能隨著琴曲落下就完成唱詞。

而此時青歌兒的臉色也極難掩飾，露出一抹不悅之意。

自她成為五等以上戲伶以來，每次參加小比，就從未屈居過三甲之外，更多時候還屢屢奪魁，無論小比題目是比唱功舞技，還是比情趣達意，她都能技壓同門；也靠著每次小比上的出色表現甚得班主讚揚，長期以來獨坐新晉弟子第一人的位置。

為了這次比試，一個月來她沒少找樂師幫忙練習，各種琴曲簫音，各種詩詞歌賦均是日夜研讀不停，只求能在這次比試中一舉奪魁，好讓班主答應她獨挑大戲的要求。而且從以往的例子看，金盞兒等戲伶也是憑藉每次的小比奪魁，才讓花夷更加看重，進而入宮為貴人獻演。

可以說，這小比看似戲班弟子平日切磋技藝的普通比試，實則是花夷藉此檢驗弟子們功力的最好時機，擇優而重點栽培，這也是花夷在平日裡繁忙中僅能抽出來的些許時間罷了。所以，深知其中關鍵的青歌兒每每認真準備參賽，比之其他戲伶更多了幾分認真和重視，果然也一直成績優異，逐漸讓花夷上了心，應允中秋時節可考慮讓她跟隨金盞兒入宮唱個配角。

況且這〈酒狂〉一曲她極為熟悉，也有靈感，相信不出一盞茶的工夫自己就能完成唱詞並且奪魁。可沒想到花子妤竟也如此快！青歌兒眉頭一蹙，只希望花子妤輕浮求快，最後在唱詞上卻輸了自己。

想到此，青歌兒不像其他人一般目光隨著花子妤移動，只埋頭繼續斟酌，至少要趕在第二個人交上，畢竟此時光線已經不佳，而且奪魁的條件是要「又好又快」。

收了子妤的卷子，花夷只一眼就露出了極為驚豔滿意的神色，不過因其他弟子還未完成，他並沒多說什麼，只吩咐子妤先回座位去等著。

青歌兒心無旁騖地快速落筆，不到一盞茶時間也完成了，可巧的是，與她一同起身上前交卷的正是止卿。

兩人走到當中，青歌兒對這次小比志在必得，也不互相謙讓了，只微笑向止卿點了點頭，便靠前了半步，將卷子放在花夷的面前。

止卿也不搶這半分時間，待青歌兒放下卷子，這才將自己的卷子遞給花夷，便又輕輕退下了。

隨著時間越來越長，林間光線也越發地昏暗了。弟子們三三兩兩均完成了作詞，署好自己的名字就趕緊交上去。

就這樣，在最後一線日光完全被清朗的月色所代替之時，最後一個弟子也終於交上卷子，這次小比算暫時告一段落了。

「各位弟子辛苦了。」花夷並未耽擱，逐一與唐虞一起評閱起來，孰好孰壞、孰優孰劣其實一眼便可分辨，待全部看完後花夷站起身來，含笑望著席間的弟子們，這才朗聲道：「這次小比奪魁之作可謂精妙絕倫，為師浸淫戲曲之道三十餘載，還鮮少看到如此貼合〈酒狂〉一曲的唱詞。來，你且唸給大家聽聽吧。」最後一句，卻是說與唐虞聽的。

得了吩咐，唐虞點點頭，接過那張卷子，唇角含的是欣賞和一抹難以察覺的驕傲。只見他清清嗓，這才徐徐將紙上詞句唸了出來：

「青天有月來幾時？我今停杯一問之。

人攀明月不可得，月行卻與人相隨。

皎如飛鏡臨丹闕，綠煙滅盡清輝發。

但見宵從海上來，寧知曉向雲間沒？
白兔搗藥秋復春，嫦娥孤棲與誰鄰？
今人不見古時月，今月曾經照古人。
古人今人若流水，共看明月皆如此。
唯願當歌對酒時，月光長照金樽裡。」

詞句唸完，林中並無半點聲息，想來大家都被這詩詞中所含之意給深深震懾住了。特別是頭上月色高潔，與詞義交相輝映，恍若置身於此情此景中，讓聞者只覺置身其間，悠然而無法自拔了。

不用說，這一首取自謫仙李白的〈把酒問月〉正是子妤所寫。李白號稱「詩仙」、「酒仙」，他所作的與酒有關的詩詞哪一首拿出來不是驚豔絕頂之作？要贏得這場小比，對於子妤這個穿越者來說，簡直就不費吹灰之力。畢竟五千年的中華文化中就只出了個詩仙李白，她就不信這場比試中還有誰能作出超越的詩作。

看到子妤臉上無驚無喜，一如以往的平淡笑容下有幾分得色，唐虞也忍不住笑了起來。他就知道子妤腹中有經綸，無論是女子的柔媚風骨還是男子的雪月風花，她都能輕易作出足以匹配的詞句。這次小比，從一開始定下題目，其他人就注定只能是她的陪襯，主角也只會是她一人而已。

花夷聽得唐虞用極溫潤的嗓音唸出這首唱詞，更是多了幾分喜歡，隨即高聲打破了席間靜謐的氣氛。「唐虞，你還未宣佈此唱詞的作者是誰。」

點頭一笑，唐虞這才道：「此次小比，班主與我均一致認為，奪魁者乃是五等戲伶花子好。」

章一百六十一 無地自容

臉上帶著幾分驕傲，唐虞看著子妤，她既是自己的弟子，也是自己心愛之人，對於她能超越眾弟子奪得小比頭名，心中也感到與有榮焉。

當「花子妤」三個字從唐虞口中說出來的時候，席間弟子們臉色各異，有驚訝無比的，有恍然大悟的，有不情不願的，也有心服口服的。而比起周圍弟子們，紅衫兒等幾個女弟子的臉色尤其精彩，有嫉妒、有羨慕，更多的則是對花子妤又出了一次鋒頭的厭惡和怨恨。

而這些人裡頭，有一個卻是臉色發白，眼底怨毒的神色在月色的掩映下從晦暗不明到表露無遺，雖是一閃而過讓人難以捕捉，卻也給有心人瞧了去。

或許是感覺到了青歌兒情緒有異，止卿無意間地抬眼，正好看到她扭曲的臉色轉瞬即逝，那雙神色深沈的漆黑眸子，還有那緊握成拳頭的纖細手指，在在都提醒了他，剛剛青歌兒臉上那醜陋的表情並非自己眼花。

此時的青歌兒粉拳緊握，極力控制著自己的情緒，只是連她本人也沒有發現，握緊的拳頭裡指尖已然深入掌心肉，而那疼痛也彷彿麻木不覺了。

先前未知此唱詞作者是誰的時候，青歌兒還有閒情環顧四周的弟子，暗道不知是哪位師兄藏了如此絕才，能作出此等驚豔唱詞，讓她也甘拜下風。誰知最後得知竟是那花子妤時，心中長久以來隱藏的怨恨和嫉妒終於還是按捺不住了。

上次是靠著諸葛不遜搶了自己入宮獻演的機會，這次又是靠著不知什麼地方先準備好的唱詞奪魁。青歌兒下意識地從席間起身，不顧周圍同門好奇疑惑的神色，卻看也不看花子妤一眼，只對著花夷緩緩道：「敢問師父，此作果真是出自子妤師妹之手嗎？」

「這是當然。」花夷點點頭，沒有絲毫猶豫地回答了，卻不知青歌兒緣何有此一問。

「不然，妳以為呢？」

此時與花夷對話，青歌兒已然冷靜了幾分，深吸了口氣，這才恢復了往日溫婉的笑意。

「沒什麼，只覺得師妹從小在戲班長大，除了學戲應該並未涉獵詩詞之道。誰知師妹竟然在如此短的時間內妙筆生花作出這一首難得的唱詞來，身為師姊，覺得既佩服，又意外罷了。」

隨著最後一句話說出口，青歌兒的眼神直直掃向唐虞和花子妤之間。其話雖未說明，卻明顯在告訴大家，花子妤和他們一樣在戲班學戲，哪裡曾認真學過什麼詩詞歌賦，但卻能令人驚豔地作出此等唱詞……那眉目流轉間透出的疑惑表情，頓時引得席間弟子們也面面相覷。

先前被唐虞所唸之唱詞給震住了，大家一時半刻沒有反應過來。如今經青歌兒提醒，大家紛紛竊竊私語起來，似乎在尋思花子妤那首絕妙的唱詞背後，是否有什麼見不得人的因由。

青歌兒的弦外音只要是稍微心思通透些的人都能聽得懂，無非是意指這次比試唐虞為出題者，而花子妤又是唐虞新收的親傳弟子，兩人之間有所互通，花子妤才有可能在如此短的時間內作出這樣絕妙的唱詞來。

面對如此情形，子紓和止卿都有些沈不住氣了。他們自然相信唐虞不會私下給子妤洩題，但人言可畏，猜疑心一起，此時任何解釋恐怕都會越描越黑。於是乎都用著擔心的眼神齊齊看向了子妤。

倒是當事人子妤和唐虞表情一如既往的淡然無擾。

一個出題撫琴，一個應答作詞，兩人對這次小比問心無愧，當然不會自亂了陣腳。何況唐虞本來還覺得場面有些不受控制而看向子妤，發現她只不疾不緩地將面前文房四寶收好，徐徐從席間站起來，便知她自有應對之道，反而放下心來，只好奇她將會如何應對青歌兒的發難。

理了理身上略有些起縐的裙衫，子妤伸手先按住了子紓阻止了他的衝動，又對著身旁的止卿與茗月微微一笑，這才起身來，挺直了腰，朝班主福了一禮。「稟班主，既然青歌兒師姊提出了質疑，那弟子少不了要自我辯解一番，可否？」

花夷對唐虞從不起疑，心底相信他是絕不會徇私的，本想讓青歌兒退下，順便宣佈了今日三甲之後就結束小比，沒想到花子妤卻要主動接招，因而也同樣好奇她怎會寫出如此絕妙唱詞，於是點頭道：「相信大家也都想知道妳如何能作出如此絕妙的唱詞，妳就但說無妨。」

得了花夷首肯，再望向唐虞，見其只微笑著，一副對自己信心十足的樣子，子妤也不繞彎，直接來到席間中央，環顧四周同門，最後將目光停在了同樣還站立著的青歌兒身上，一字一句地道：「青歌兒師姊可是懷疑子妤作弊？懷疑唐師父徇私？」

沒想到花子妤會把話說得這麼明白，青歌兒一愣，當即便回神過來，柔柔一笑。「師妹這話說得重了，師姊我只是心生佩服罷了，自不會懷疑身為唐師父親徒的妳會作弊，更不會懷疑唐師父的人格。」

若是平時，子妤根本懶得理會青歌兒這等惺惺作態，但這次小比她就是衝著青歌兒來的，為的是要從明處打擊她賴以為傲的自信心，於是也淺笑盼兮地盈盈道：「原來師姊並不是這個意思嗎？哦，我知道了，師姊只是並非真心服了師妹，所以心存疑惑罷了。不過，既然師姊挑起了大家的疑問，作為當事人的我若不解釋，豈不成為同門私下議論的笑柄了？這樣既損了我的聲譽，也讓班主和唐師父臉上蒙羞，不是嗎？畢竟比試結果是班主親自宣佈的。」

被花子妤句句緊逼，言下之意若花子妤不解釋清楚，就是自己質疑小比的公正性，更是直接一巴掌打在了班主和戲班二當家的臉面上……青歌兒臉上凝住的笑臉就快要維持不下了，只得忍住心中的氣急敗壞，勉強笑道：「師妹言過了，師姊可不是這個意思。」

「那好吧！」子妤見對方終於沈不住氣了，更加上前一步，不放過這個機會繼續相逼。

「師姊既有疑惑，那師妹就一一解釋，免得師姊晚上睡不著覺。」

「妳……」青歌兒原本就是一時衝動才出頭對花子妤發難，哪想平日裡默不作聲的她如今卻這樣難纏，正想開口說什麼，卻又被花子妤打斷。「敢問各位同門，每月一次的小比均是在中午舉行，從不隨意更改時間，對吧？」

子妤口中問的是席間同門，眼神卻一直盯住青歌兒。

「對啊。」

「是的。」

「嗯，每次都是午時過後。」

青歌兒雖然一言不發沒有主動回答，周圍的弟子們卻各自回答了。

得了大家的「聲援」，子妤點點頭，笑容一如平常，卻再次詢問青歌兒：「另外，今日宮中突然來了貴人，此等事宜並非子妤這個小小戲娘可以左右的，對吧？」

「那是當然。」

「事出突然而已。」

「子妤自然不可能左右宮裡來人的事。」

同樣是周圍的弟子幫忙答了，子妤唇角微翹，露出滿意的神色。「那敢問青歌兒師姊，妳無非是覺得師妹我沒有那個能力可以迅速作出如此絕妙的唱詞，所以才起身發難罷了。可師姊妳怎麼不仔細聽聽，我那唱詞之中第一句便是『青天有月來幾時，我今停杯一問之。人攀明月不可得，月行卻與人相隨』。」

「那又如何！」面對花子妤的胸有成竹，青歌兒這一回答卻顯出了幾分弱勢。笑得猶如春水泛波，子妤將青歌兒的表情看在眼裡，心想她若是再精明幾分，就不會聽不懂剛剛自己話裡的意思。如今她一句「那又如何」，簡直就是挖了坑給自個兒去跳，子妤當然不會伸手攔住她在同門和班主面前去摔一個狗吃屎。「原來師姊連我寫的什麼都沒聽清楚，就迫不及待地想要質疑發難，真真好笑呢。」

其他弟子沒有青歌兒那樣氣急敗壞的情緒，聽花子妤這樣一說，再回味剛剛唐虞唸出來的唱詞，這才齊齊恍然大悟。

「對啊對啊，子妤又不知道小比會挪到傍晚時分，若是作弊，怎會以『月』入詞呢？」

「就是嘛，若是提前寫好的，大中午弄個月亮來抒情，豈不是可笑！若真是那樣，班主也不會給了她這個頭名吧。」

「確實佩服啊，此等日月同輝的景致我們怎麼就沒發現呢！」

「原來子妤的靈感來自於這傍晚朦朧而出的月色，真是巧妙至極啊……」

弟子們你一言我一語，皆是稱讚之詞。青歌兒就是再氣憤，此時也聽出了名堂，一張俏臉頓時由白轉紅，再由紅轉白，將大家的讚美之詞都聽作了對自己的恥笑，一時間只覺得胸口彷彿壓了塊無比巨大的石頭，連氣都有些喘不過來了。

下頭的弟子們卻看不出青歌兒的氣急羞憤，一個接一個說起話來——

「青歌兒師姊也真是，佩服就佩服嘛，還傻乎乎地出面質疑人家子妤的才情，這不是自討沒趣嗎？」

「也不能怪她，以往都是魁首，這次被頭一回參加小比的子妤給壓住了，是我也會覺得沒有面子嘛。」

「也對也對，剛才青歌兒不是第二個交卷子嗎？以她的本事，若非子妤參加，應該毫無疑問地奪了第一吧。」

眼看弟子們議論得越來越熱絡，青歌兒的臉色也越來越難看。沒想到自己聰明反被聰明誤，花子妤作出此等好詞確實難得，但從詞中意境來看，她顯然是不可能提前知曉小比時間會改在傍晚。

心中後悔不已，青歌兒偏偏又沒法再把說出的話收回去，只咬咬牙，心想原來沈不住氣的後果，只是讓自個兒無地自容罷了，反而成全了花子妤在新晉弟子中名聲鵲起，對自己的威脅也更大了。

第一百六十二章　夜話選秀

花子妤第一次參加比試就奪魁，作為師父的唐虞不但與有榮焉，更是從心底多了幾分對心愛之人的喜歡。須知子妤從小就是這樣一副淡然恬靜的態度，總能牢牢牽引自己所有的目光，比起其他戲伶的美貌，子妤這樣聰慧機敏的性子也更加難得。

前段時間又是排新戲，又是進宮獻演，在諸葛不遜那裡又日日為了小比要勝過青歌兒而認真練習，如今好不容易都告一段落了，為了讓子妤放鬆放鬆，唐虞特意吩咐止卿和子紓上完戲之後聚到戲班後院側門，他請示過班主，要親自帶了子妤出去吃宵夜，算是慶祝一下。

得了小比頭名，子妤自是歡喜，但最讓她覺得痛快的是，在眾多弟子還有花夷面前，讓青歌兒露出了些許的本性，也狠狠地打擊了她一番，頓覺渾身通暢。

知道唐虞找了止卿和子紓一起出去熱鬧慶祝，子妤從前院上戲回去就趕緊梳洗打扮，換了身翠色的衫子，別上一支綴了玉蝴蝶的簪子，更顯得肌膚白皙，整個人都清爽可人。

專程到沁園和阿滿還有茗月打過招呼後，子妤歡喜地提了裙角，面帶笑意往後院快步而去。

雕月樓座落在花家班所在巷子的尾端。外觀並不算大，但內裡裝飾極為雅致，甚得京中文人喜愛。

花了一兩銀子要了個包廂，再點了一壺雕月樓特有的紹興花雕酒，加幾樣爽口的時令小菜，四人圍坐一桌，就著四周通明的燈火，席間氣氛融融自得。

略飲下兩杯薄酒，止卿白面上帶了一絲紅暈。「子妤，妳所作唱詞的確驚豔，若不是我熟知妳向來喜歡琢磨這些詩詞歌賦，都要以為是師父給妳透了題呢。」

子紓也在一旁嚷嚷道：「姊，比起今兒個妳奪魁的唱詞，我倒覺得平日那些小曲兒的歌詞聽著舒服些。」

眨眨眼，子妤也不隱瞞了，輕輕抿了一口小酒。「若我告訴大家，這唱詞卻非我所作，你們會不會覺得我還是作弊了？」

倒是唐虞從頭到尾就清楚明白，見子妤露出狡黠的笑容，也不迴避，直言稱讚道：「管妳是從什麼閒書上看來的，還是從那個『山中隱士』處聽來的，能與我所奏的〈酒狂〉對上，又能應了傍晚而出的月景，這份巧思就實屬難得，奪魁也不算投機，最多是取巧罷了。」

止卿也隨聲附和道：「其實，包括我在內，大部分弟子應該都是借用了古人關於酒的詩詞作為聽曲作唱的唱詞，這點並不違規的。」

抬手捂著側臉，子妤卻有些不好意思。「這是你們和我親近才這樣說呢，其他人心裡卻不是這樣想的。」

止。

「說到其他人……」止卿想起先前在林內青歌兒臉上一閃而過的怨毒神色，有些欲言又止。

子紓倒是直接。「那個青歌兒師姊也真是，平日裡看起來挺和氣的，怎麼會在那樣的場合存心想要給姊難堪。還好我家姊姊素來是個有主意的，不然當著眾位同門和班主的面，無地自容的就該是姊姊妳了。」

說起青歌兒，花子妤和唐虞自然而然地交換了一個眼神。

見唐虞點頭，子妤略微停頓了半晌，抬眼看了看止卿，終於開口道：「其實今日之事並非偶然。小比之前，我就下定決心要壓青歌兒一回，卻沒想她主動迎了上來，想要讓我難堪不成，還露了馬腳。」

子紓聽得是一頭霧水，不知姊姊為何突然這樣說話。

還是止卿敏感些，嘆了口氣。「我原以為她和紅衫兒那些女弟子是不一樣的，沒想到卻是我被她那一貫故作柔和的態度給蒙了眼。」

「止卿哥，你是說青歌兒師姊她……」子紓還是不太明白，撓撓頭，看看止卿又看看子妤和唐虞。「莫非，她原先的溫和寬厚都是裝出來的不成？」

唐虞知道有些話不應該由子妤說，還是讓他來開口，否則就落了下乘。「其實我該早點兒提醒你們的，青歌兒此人並非善類。

「她表裡不一，城府極深，在眾位高階弟子中算是第一人了。她藉著給金盞兒送藥的機會下了燥藥，使得其咳症久久不癒；也是她煽動紅衫兒鬧了起來，被班主禁演一個月，好讓她自己有單獨登臺的機會。」

「什麼?!」

止卿還好，臉上只是浮現出了一抹驚訝的神色後取而代之的是厭惡罷了。子紓卻幾乎跳了起來，揮起偌大的拳頭，氣憤地道：「這個婆娘真是看不出來，表面上和善得很，內裡卻骯髒齷齪至此。虧得止卿哥還答應與其搭檔對戲，平日也常有來往的，真是知人知面不知心，簡直是披著羊皮的白眼狼！」

看著最為親近的兩個人如此表情，子好有些愧疚，更是覺得心疼。「還好她除了陷害大師姊和紅衫兒之外，並未對你們做出些什麼不利的事情來。」

「從青歌兒的事情上，我希望你們能學到一些教訓。」飲下一杯酒，唐虞感慨道：「你們從小就養在戲班，所處環境相對於外面的世界看起來要單純許多。可須得知道，這內裡的齷齪卻並不比外面少。若是不經歷這些，以後如何在外面立足？單純像一張白紙固然難得，但若是被各色的髒水污了人生，豈不可惜！」

「多謝師父提醒。」止卿點點頭，心中已經想明白了唐虞的意思，只是看向子好的目光帶了幾分複雜的情緒。

「好了好了，不說這些。」子紓是個豁達性子，那青歌兒是什麼人根本也沒放在心上，只笑著往唐虞身邊擠了擠，笑道：「唐師父，今兒個宮裡來人到底是為了什麼事，可否給弟子們透露一二啊。」

說起這事，止卿和子妤都齊齊看向唐虞。

放下杯盞，唐虞也不多隱瞞。「是為了今年選秀之事。」

「果真是選秀啊。」子紓聽了，興趣倒是減了兩分，畢竟這件事和男弟子沒什麼關係，自己姊姊又只是五等，也輪不上她。所以他只是繼續埋頭吃肉，並時不時趁著子妤不注意時喝上一杯小酒。

止卿也是一副淡然的樣子，似乎也不太感興趣。「以往選秀都是七月初八，戲班向來和內務府有協定，到時候送幾個三等以上的戲娘去湊了人數便可。為何今年宮裡會專程派人來知會此事？莫非今年有何變故？」

對止卿的細心，唐虞嘉許地點點頭。「按理，花家班作為宮制戲班，每年都要湊足五名秀女送進宮去。可大家都知道三等以上戲伶本來就少，栽培出一個也極為難得，參選的秀女還得不超過十七歲。所以內務府對於咱們戲班是否送足人數都只是睜一隻眼、閉一隻眼。可今年不知為何，宮裡專門來打了招呼，說是除了太子之外，幾位成年的皇子差不多也該出宮建府了，所以需要較多的秀女以供挑選。內務府怕咱們循了舊例，到時候人數不夠會被負責此事的諸葛貴妃問責，所以專程派人過來知會一聲，說到時候人數可多不可少。」

「三等以上的戲娘……還得不超過十七的……」子妤蹙了蹙眉，腦中略一盤算就覺著此事有些不妥。「滿打滿算，三等以上的師姊們不超過十七歲的也就一、兩個。其餘的師姊們俱是十八到二十左右。要湊足人數，恐怕有些難吧？」

點頭，唐虞直言道：「班主乍聞之下很是焦急，還好諸葛貴妃通融，內務府決定將選秀的戲伶從必須三等以上的放寬到五等以上即可。這樣一來，要挑出五個人去待選就沒什麼問題了。」

子紓正挑了一隻肥大的雞腿啃著，耳旁聽著唐虞這樣說，也顧不得吃肉，油油的手掌一拍桌子。「那我姊豈不是也在挑選之列了？」

止卿倒是不太擔心，伸手遞了帕子給子紓擦嘴。「我想班主會把這些事直接交給師父來辦，有師父在，子好怎麼可能被挑中去選秀女呢，你別瞎操心了，還是繼續吃你的雞腿吧。」

子好也點點頭，看向唐虞的目光中帶了幾分難掩的柔和。「若說相貌，比我出色的師姊、師妹們可多了。再說入宮選秀又不看唱功什麼的，退一萬步，我即便去了也只是做個陪襯，一定選不上就是了。」

「哈哈。」子紓孩子氣地拍拍手。「姊妳這話裡頭學問可大了，意思是自己樣貌不出色，但唱功卻是一等一的，真是自誇不嫌臉皮厚啊，哈哈！」

「好傢伙，你吃飽了撐著呀，敢這樣消遣你姊姊我，看你還吃吃吃！」說著，子好一伸手就想要奪了子紓碗裡的半隻雞腿，嚇得子紓趕緊抱著碗就落跑，那模樣說多窩囊就有多窩囊，說多滑稽也有多滑稽。

看著大個子的子紓被纖細身材的姊姊如此「欺負」，止卿和唐虞都忍不住哈哈大笑了起來，兩人也只把酒碰杯自顧飲下，絲毫不理會子紓故意發出殺豬般的求饒求救聲。

章一百六十三　本性直露

花子妤自從得了五月小比的頭名，在五等弟子中的名聲也越來越響了。

與當初因憑藉唐虞的新戲入宮為諸葛貴妃壽辰獻演而大出鋒頭不同，那時候，大家只覺著花子妤不過是沾了幾分運氣罷了。雖然一齣【木蘭從軍】演得十分精彩，但比起奪得頭名的青歌兒和紅衫兒，無論是唱功還是身段都差了不少。班主選了他們入宮獻演，也只是因為諸葛貴妃好武戲多過文戲罷了。

可如今，花子妤靠著小比時即興而書的一首絕妙唱詞，能壓過眾人得了魁首，這便十分不易了；之後，當青歌兒發難質疑時，更是在班主和同門面前表現得機敏聰慧、落落大方，讓大家在佩服她才情卓越的同時，也多了些難以言喻的好感。

不過，對於花子妤來說，小比魁首帶來的名聲還是其次，最主要能挫了青歌兒的傲氣，還能當著同門和花夷的面揭開她素來偽裝成溫婉寬厚的面具，這才是子妤最大的收穫。

只看這幾日青歌兒向花夷告病，並未去前院上戲就知道她受的打擊有多大了。

且不說那青歌兒，子妤此番一舉得了小比的頭名，有個好處還是不言而喻的，那就是無論在前院上戲還是在後院五等弟子的居所，師兄弟、師姊妹們待她都和氣了許多，讓她在戲班的生活也比之前更如魚得水了。

六月初六，天賜節，按俗例，家家戶戶這天都要早起，全家老小相互道喜，然後一起享用用麵粉和著糖油製成的糕屑，遂有「六月六，吃了糕屑就長肉」的說法。

六月六是個討喜的日子，花家班也在這天辦起了喜事。

陪著阿滿梳妝打扮，換上大紅的嫁衣，披上大紅的蓋頭，因為是孤女，子妤扶著她拜別了塞雁兒，等鍾大福從南院一路過來迎娶，這就算是出嫁了。

儀式雖然簡單，卻喜慶熱鬧，看著阿滿能有這樣的好歸宿，無論是南院的師父們，還是參加今日喜事的弟子們，個個臉上都掛著分享喜悅的笑容。

外院的流水席擺在南院，共十八桌，每桌擺足了十道佳餚，來往賓客除了戲班師父，還有鍾大福老家來的親友，以及一些相熟的看客。內院則在沁園裡也擺足了六桌，塞雁兒大張旗鼓地邀請了包括金盞兒在內的花家班五等以上女弟子前來一起熱鬧。

這下可累壞了子妤。身為塞雁兒的婢女，同時也是阿滿的好姊妹，子妤不但要幫著阿滿出嫁事宜，還得在送走她後留在沁園裡招呼客人，佈置酒水，從天濛濛亮開始就忙得腳不沾地。不過幸好有茗月幫襯著，不至於亂了手腳，一切倒也進行得井井有條。

臨近午時，就要開席，子妤看著六桌賓客已然差不多到齊了，那青歌兒卻還未露面，心中不禁想著她不來才好，眼不見心不煩。

可想什麼來什麼，正準備回主桌稍作休息再去廚房看看，一抬眼就看到一抹窈窕的身影緩緩而來。

小比過後，青歌兒就不再露面，沒想到這天竟出現在阿滿的婚宴席上，還送了張龍鳳呈祥的精緻羅帕作為賀禮。

櫻桃紅的裙衫，外罩月牙白的半袖，面對讓自己顏面丟盡的花子妤，青歌兒並未表現出任何的不妥，反而一如既往掛著柔和如春風般的笑容，好像之前的事情從未發生過一樣。只從那略有些厚的胭脂下明顯消瘦了幾分的臉頰，可看出她這幾日過得並不安穩。

既是阿滿的喜宴，看著青歌兒笑咪咪地走過來，子妤不好不理會，引她入了席，隨意寒暄兩句就想離開，哪知衣袖被人一拽，回頭發現是青歌兒拉住了自己。

「客人已經來得差不多了，師妹不如坐下喝杯茶，歇歇再說。」青歌兒粉唇微啟，語氣柔和中帶了幾許不容抗拒的味道。

子妤下意識地想要拂開那隻塗滿鮮紅蔻丹的手，卻發現周圍已經有人在看著她們倆。既然在大庭廣眾下她還要裝出一團和氣的樣子，子妤也不想做那個沒氣度的，只好挨著她身邊的空位坐了下來，拿起杯盞在口，準備喝兩口水再離開。

誰知剛一落坐，耳邊就傳來低低的笑聲，隨即聽到青歌兒極為細小的話語：「別以為妳贏了上月的小比就了不起了。」

側眼看去，子妤不知這青歌兒為何會這樣說，卻對上一張笑得和風如煦的臉，只見她嘴唇微動，吐出幾個字：「好戲在後頭，咱們走著瞧。」

青歌兒刻意壓低了聲音，加上神色如常，周圍的人自然沒有聽見她到底和自己說了些什麼。

子妤蹙了蹙眉，眼神直視對方，絲毫沒有露怯地朗朗一笑，用著同樣只有兩人才能聽見的嗓音道：「怎麼？青歌兒師姊不打算再裝賢淑了嗎？其實從妳給大師姊下藥開始，事情就沒有那麼簡單了。妳以為妳及時收手就能瞞住？我和唐師父早就把此事查清楚了，也早說給了班主聽。」

說著，子妤看了一眼青歌兒已然僵硬的笑容，不容她回過神來，又道：「對了，想來師姊看我不順眼，是因為心中愛慕止卿吧？妳放心，小比那晚妳的表現止卿可是看在眼裡、記在心裡的。別人或許還以為妳是個溫柔寬厚的師姊，止卿卻已經知悉了妳的真面目，妳認為你們之間還有可能嗎？其實妳大可不必這樣，我和止卿情同兄妹，妳喜歡便是，何苦將我當作眼中釘、肉中刺？紅衫兒那笨腦子想不通就罷了，怎麼通透如此的妳也被嫉妒給蒙了眼？妳若真聰明，就好生維持著表面的溫柔寬厚，別再打那些見不得人的鬼主意了。」

「妳……」沒想到子妤牙尖嘴利至此，青歌兒只吐出一個字又被子妤搶了話。

「哦，還有，妳剛才說好戲在後頭？我可以在小比上奪了妳的頭名，就能在戲臺上繼續奪了妳的驕傲。但我不會像妳一般使那些卑鄙的手段。若妳還有點自尊，我勸妳也別再做那些幼稚至極的事情了，咱們堂堂正正用真功夫說話。」

含著笑把話說完，子妤這才徐徐起身，故作大聲地招呼著整桌的客人。「各位師姊且先坐坐，我這就去廚房吩咐他們上菜了。」說完，也不顧青歌兒錯愕的臉色，轉身便走了。

看到周圍的人都望了過來，青歌兒趕緊掩飾好眼底的一絲怨毒，埋頭端起一杯茶，只用側眼斜斜勾著花子妤纖弱的背影。

腦中全是她剛才咄咄逼人的「一字一句」，心跳有些快，青歌兒早就知道花子妤有可能懷疑自己為金盞兒送的藥有問題，卻沒想到唐虞也是知道的，而且還告訴了花夷；暗想，怪不得這兩個月來作為師父的花夷很少召見自己，見了面也只說些讓自己好生琢磨唱功，不要東想西想的話……還好自己發現花子妤在落園的時候老注意那湯藥，虧得及時收了手，不然被唐虞他們掌握到證據，恐怕就不是這麼簡單的事了；花夷也不會只是間接叨唸一番，而是早就趕了自己出去吧！

想到這兒，青歌兒太陽穴突突直跳，眼看著滿桌師姊妹們笑語晏晏的熱鬧勁兒，越發感到心口發涼，只覺得頭頂那明晃晃的太陽越來越刺眼，頭也抑制不住地疼了起來。

因為戲班到了晚上就要開鑼上戲，所以喜宴從中午開始，到傍晚便結束了。因許久不曾有過這樣的熱鬧場面，大家都有些捨不得，偏偏還不能鬧洞房，畢竟天還沒黑盡，人家新婚小倆口還趕不及入洞房呢，所以幾個和鍾大福交好的師父們便慫恿他在城中的酒樓包下一桌，大家繼續熱鬧去。鍾大福怕阿滿等得慌，特意找了子妤，讓她下了戲去陪陪阿滿，以免她一個人不自在。

視阿滿如親姊，子妤自不會推辭，可惜三樓包廂有位貴客點了【木蘭從軍】，又是不能推辭的那等重要客人，不然子妤連戲都不會去上。

下了戲，給子紓和止卿打了聲招呼，子妤到休息間換下戲服，一刻沒有耽擱地準備去南院陪阿滿。

走到半路上，想著阿滿從沁園過去後就沒吃什麼東西，打算不如半路繞道去後灶房，看看有沒有剩下饅頭之類的，可以給她暫時果果腹也好，不然晚上洞房花燭豈不是沒力氣？

覺得自己想法有些「邪惡」，子妤自顧自地笑了起來，沒一會兒就到了一等戲伶所居院落旁邊的一個常用灶房。此時只有一個婆子守夜，見子妤來了，主動問候了幾句，不但給了幾個熱呼呼的饅頭，還撈出一碗籠上蒸著的蛋羹，說是原本怕晚上有戲伶喊餓給備下的，如今都上夜了，想來不會有人要吃，所以一併都給了子妤。

甜甜謝過那婆子，子妤拿了食籃裝好，正要走，想起唐虞今日幫著鍾大福招呼客人，這個時候又一起在外面的酒樓繼續慶祝，想來喝了不少酒；步子一頓，轉身朝那婆子福了福，央求她准了自己用廚房燒一碗解酒湯一併帶走。

那婆子自不會阻攔，幫忙挑了料、燒開水，沒多久就熬出一碗濃濃的解酒湯用瓷盅裝好了，這才給了花子妤。看外頭上夜了，四處黑漆漆的，又主動點了盞行燈交到子妤手裡，吩咐她小心些腳下的路，一路送了她出去。

初夏的夜風有些大，手上又提了不少的東西，子妤剛從灶房的小院兒出來一時沒注意，讓行燈「噗」地一下給滅了，正要回去找那婆子重新點燃再走，卻一抬眼發現不遠處的假山後面閃過兩個黑影，並隱隱傳出一男一女的談話聲。

按理，這一等戲伶外的院落平日裡鮮少有閒雜人等逗留的，來往的除了裡面住的人之外，便是一些做活兒的婆子。

柳眉蹙起，子妤本想不理會，可剛一轉身想走，卻聽得那兩人的說話聲有幾分熟悉，男的像是花夷身邊的長隨親信陳哥兒，女的……竟是那青歌兒。

遲疑了一下，子妤左右看了看，因為這時候五等以上的弟子們大多在前院上戲，低階弟子們更是待在各自的院落中不能四處亂走，所以並沒有見到什麼人影。

既知是青歌兒，子妤不免有幾分好奇和擔心，眼看四下無人，她便不動聲色地走近靠那方假山不遠的迴廊，藉著粗大的立柱掩住身形，靜靜偷聽了起來。

雖然離得有些遠，但夜深人靜，兩人的話斷斷續續傳來，子妤也聽了個七、八分。

章一百六十四　且解溫柔

本不欲做那隔牆偷聽之事，但青歌兒是什麼人花子好早就看透了，對她還真不放心，更何況和她私會之人乃是花夷身邊最為信賴的長隨，要是兩人共謀一起使壞，那豈不是如魚得水。

自我安慰這只是為了戲班的安危，子好四處打量了一下，發現暫時不會有人經過，遂豎起了耳朵。

「青歌兒，妳這是什麼意思？」

「陳哥兒，你只說願不願意幫我便是。」

「幫妳倒是不費什麼力氣，可紅衫兒鋒頭正勁，想來班主不會放人才是。」

「所以才要你陳哥兒幫忙說說。以往選秀都是在三等以上裡頭挑，這些年來女弟子表現出色的太少，提等的更少，除了我，算算就只有紅衫兒的年紀最合適。你也知道班主素來疼我，大師姊那兒也離不得我伺候，紅衫兒雖然條件不錯，但性子刁蠻頑劣，班主也早就看不慣她了。這次趁著選秀的機會送她走，這不正好為班主解決了麻煩，你還猶豫什麼?!」

「其實，妳根本沒有必要花這些心思除去紅衫兒，這次宮裡來人，專門知會了一聲……也罷，也沒什麼大不了的，我便透露給妳聽好了。前兒個內務府專門派人過來，說是因為這次要為好幾個成年的皇子選妃，所以戲班必須湊齊五個秀女去參選。」

「五個?!那怎麼可能！就算把我和紅衫兒都送了去也湊不夠啊。再說，戲班沒了我們，將來拿什麼撐場面？」

「所以，內務府特意通融，說可以寬限到五等以上女弟子，這樣一來，根本不用妳和紅衫兒，人數就能輕鬆湊齊。所以我勸妳還是別打她的主意了。她再刁蠻，在班主眼裡也是個有用的。」

聽兩人話說到這兒，子妤心裡很是不齒這青歌兒的下作。雖然知道她心機深沈，卻沒想到她對自己竟然這麼沒信心，還暗中央求陳哥兒幫忙把紅衫兒挑作待選秀女，好替她除去一個競爭對手。

不過，聽陳哥兒和青歌兒說話的語氣，兩人好像十分熟稔似的。而且依陳哥兒在戲班的地位，青歌兒竟能如此和他說話，心中不免覺著有些蹊蹺。

但因他們所言與自己無關，子妤也懶得繼續偷聽，看了看四周無人，正準備悄悄離開，卻聽得青歌兒柔柔地喊了一聲：「表哥，你所言當真嗎？今年五等以上的弟子真的也能待選秀女？」

表哥？子妤一愣，本以為青歌兒是拿美色去誘惑陳哥兒罷了，卻沒想兩人竟是這樣的關係，一時間腳步又停住了。

「這下妳放心了吧。」

「既然如此，我也沒什麼好擔心的了。」

「青歌兒啊，妳就是心思太重。就算只憑藉自己本事，妳也未必不能與紅衫兒一爭的。」

「若是不爭，我怎麼能一路順風順水到現在的這個位置？陳哥兒，你我雖然是遠房，但也是表兄妹的關係，有句話我也提醒提醒你。」

「什麼？」

「你跟在師父身邊有十來年了吧？到時候他退下了，還能從內務府得些告老的銀錢田畝，你到頭來能撈到什麼好處？最後班主的位置還不是唐虞得了去。你好生想想吧，若是能扳倒唐虞，或者讓班主對他起了嫌隙，你將來才有機會出人頭地，不再做個沒地位的跟班。」

「妳以為我願意嗎？唐虞什麼身分，我什麼身分？算了算了，這些話妳也不用再說了，我們以後還是少私下見面得好。畢竟戲班沒人知道妳我的關係，要是被發現就不好了。」

「我還不想讓師父發現呢，免得以後你為我說好話起不了作用。」

聽到這兒，子妤眉頭越皺越緊，才知道原來陳哥兒和青歌兒是這樣一層關係，怪不得這些年青歌兒能一路順利地升等，想必其中定有陳哥兒在花夷面前為其說項的功勞。

估計著兩人差不多該結束談話了，子妤放輕了腳步，也沒耽擱，轉身拿了食籃子直直去了南院。

在新房裡陪著阿滿說了會兒話，子妤聽見院子裡有了動靜，又調笑了她幾句當珍惜「洞房花燭」的千金時刻，這才辭了她走出新房。

果然是鍾師父回來了，跟在身邊的正是唐虞，兩人互相攙扶著，好像都有了幾分醉意。子妤面帶不滿地走過去，數落了幾句今日乃是大喜日子，不該讓那些人灌酒之類的話。被子妤這個小姑娘數落起來，新郎官憨厚的表情上帶著幾分靦覥，趕緊別過唐虞就鑽進了新房。

而唐虞則含著笑意一句話也不說，只四下看了看有沒有旁人，竟一伸手捉住了子妤的柔腕，將她直接拉回到了自己的屋子。

因為沒有點燈，屋裡只透出窗外幾縷幽幽的月色，顯得很是晦暗不明。

轉身一手關上了門，唐虞一句話也不說，直接將子妤拉近，放開她的手腕，雙手從身後將其抱住，緊貼在自己胸前。

嗅著唐虞身上混合酒香的淡淡氣息，子妤也不抗拒，只放鬆了全身，輕輕將頭靠在他的胸前，聽著耳畔「撲通撲通」的心跳聲，並不感覺他此舉唐突和輕浮，反而內心有種說不出的安穩。

發現到懷中人兒的放鬆，那種柔若無骨的懷抱感讓人覺得有些不真實，唐虞將手臂又收緊了些，直到心中空虛處被子妤的嬌軀給填滿，這才緩緩地放開了她，輕聲在她耳畔道：

「今日看著鍾師父成婚，我心裡羨慕得很，真想什麼都不管不顧，直接娶了妳為妻，也嚐嚐幸福是什麼味道。」

抬眼，對上了他的眼，子妤彷彿能從黑夜中清晰地看到唐虞深眸裡潛藏的萬般情意。纖指輕輕地搭在了唐虞的唇上，子妤仰頭，吐氣如蘭，語若魅惑。「我們何須羨慕他人？能與你心心相印，即便是等上四年又如何……我甘之如飴……」

說著，子妤踮起了腳尖，已然將唇輕輕地貼在了唐虞的唇瓣上，用著青澀的動作摩挲起來。

被子妤大膽卻滿含羞怯的舉動愣了片刻，回神過來的唐虞藉著胸中殘存的一點酒意壯膽，反手一把將身前的人兒重新攬入懷中，只是這次兩人緊緊地貼在了一起，密不可分。

已然無法滿足淺嘗輒止，唐虞隨著子妤「嚶嚀」一聲輕呼，舌尖已然欺入了她的貝齒，頓時，唇齒間流淌而過的是既甜如蜜，又清如泉的美妙滋味。

如此濃得化不開的情愫，伴隨著越來越顯得粗重的喘息聲，兩人已然忘記了所謂的師徒之名、人倫之常，只願意擁著對方，哪怕是一輩子陷在這溫柔鄉裡，也不願意再醒來了……

兩人一陣柔情密意無法自拔，但微涼的夜風徐徐從窗隙間吹入，一抹月華也跟著悄悄映照而入，帶出幽幽亮光，使得原本快要窒息的曖昧氣氛中多了幾分清涼的意味。

鬆開對方，雖然心中不捨，但理智很快還是回到了唐虞和子妤的腦中。

「我帶了解酒湯來，用熱水溫著呢，你先坐下來喝兩口解解酒意吧。」別過臉，子妤藉著微微的月光走到屋中點燃銅燈，又將溫著的瓷盅取了出來，打開蓋子，湊到唇邊抿了一口試試溫度，這才放在桌邊。「你快些喝了，我還有話要和你商量。」

唐虞走過去，拿起瓷盅沒兩下就喝了個乾淨，隨著那酸酸甜甜的味道入口，酒意也醒了幾分，卻仍舊用著溫柔的目光看著子妤。「坐吧，妳也累了一天，我燒水泡一壺軟香茶給妳舒緩舒緩。」

看著唐虞走到書案後的藥櫃子裡挑出幾樣藥材，又熟練地放入炭火燒了一壺熱水，子妤心中先前那又羞又慌的感覺也隨著唐虞的動作，逐漸平靜了下來。

「我來的時候，無意中撞見青歌兒和陳哥兒私下會面……」子妤的聲音軟軟的，見唐虞面帶驚訝之色地望著自己，也不停頓，將先前偷聽到兩人的對話簡略地重述了一遍。

朗眉微蹙，唐虞半晌不曾說話，直到銅壺裡的水開了，發出「咕咚咕咚」的悶響，這才提起壺來，一邊將開水注入茶壺，一邊道：「真沒想到，他們竟是這樣的關係。難怪陳哥兒時常在班主面前替青歌兒說好話，不過，陳哥兒應該沒有幫著她算計人才是，不然，班主應該會有所察覺。」

「你只關心別人。」子妤接過唐虞遞來的茶盅，裡面淡淡的藥香讓人聞著就覺得精神放鬆。「青歌兒反覆提醒陳哥兒，唆使著他和你作對呢。」

「其實，花家班班主的位置我坐不坐都無所謂。」唐虞笑笑，並不放在心上。「到時候若是我有興趣，就留下來再待上一段時間，若是沒興趣，就直接帶妳離開。咱們遊山玩水，四處逍遙，這才是我嚮往的日子呢。」

「真的嗎……」子妤兩頰微紅，這還是第一次聽得唐虞提及兩人的將來，眼中也盈盈泛著嚮往的神情。

「只要妳不在乎跟著我會吃苦。」唐虞說著，神色中的堅定，彷彿向子妤表明心跡。

章一百六十五　應選秀女

一夜含笑入眠，子妤第二天一大早起床就發現鏡中的自己粉頰透紅，那眉眼間的柔情似乎濃得能滴出水來。而平日裡只是有著淡淡粉色的唇瓣，如今卻微微腫起，唇上那明豔如櫻的顏色，只要經歷過男女情事的人都能一眼就看出端倪。

望著鏡中的自己，十六歲的年紀猶如一顆青澀的果實，雖不是熟透的那種甜，卻含著微微的酸……這滋味，卻更加能悠長地縈繞於心間，也更能讓品嚐過的人難忘難捨，無法作罷。

昨夜與唐虞溫柔纏綿的情景在腦中閃過，此時卻好像變得模糊起來。子妤抬手微觸了觸自己的唇，羞得一張俏臉越發地透出紅暈來，猶若六月的夕陽渲染在兩頰，是如此的燦爛，如此的讓人挪不開眼。

正發呆時，子妤聽得院子裡傳來一陣嘈雜聲，趕緊將帕子擰了水洗了洗臉，換上一身淺秋色的薄裙，隨意將長髮束辮在腦後，這才推門而出，看看這一大早到底是什麼事引得五等弟子們都吵嘈起來。

「姊！」

子妤一出門就看到子紓也正和止卿從屋內走出來。

兩人往子妤這邊走了過來，花子紓還睡眼惺忪，身邊的止卿也懶懶的沒有幾分精神。

「什麼事，為何大家都起來了。」子妤迎上前去，環顧四周，發現各屋的門都開了，大家匆匆往外而去。特別是女弟子們，各人則臉色不一。

子紓揉揉眼，打了個大大的呵欠。「等會兒還得去師父那兒練功，也不知是誰大聲嚷嚷著，說是等會兒就要宣佈入宮待選的名單，師姊們就一窩蜂地尖叫著跑了出去。這陣仗鬧騰得我都睡不成了。」

原來在自己發呆那會兒，竟有這樣的消息傳出來。子妤沒想到這麼快就要決定人選，蹙蹙眉，昨夜並沒有聽唐虞提及，也不知被選中的到底是哪幾個？

只是當止卿目光掃過子妤微微發紅的唇瓣時，不禁愣了一愣。「妳……」

子紓好像也發現了姊姊臉上有些不太一樣的地方，伸手指著。「姊，妳嘴巴怎麼腫腫的？難道一大早就偷吃了昨兒個喜宴上剩下的麻辣豆干嗎？」

子妤用手捂了捂嘴唇，也不辯解，隨著笑了笑。「呵呵，你怎麼知道？」

「你們還有閒情在這兒討論早飯吃什麼?!」諷刺中含著幾分嘲弄的聲音響起，是幾個剛梳妝打扮好從屋子裡急匆匆出來的女弟子，為首的便是和子妤有過節的那個戲娘杏兒。

好像是特意打扮過，但匆忙間臉上的胭脂有些厚，以致說話間隨著嘴唇張合而掉粉兒似的。只見杏兒細眉一挑，冷笑道：「師父讓人通知，五等以上女弟子全部要到無棠院集合。妳倒好，只知道與人廝混。呵呵，不過也對，就妳這容貌，身子骨像小女孩兒一般根本沒長開，想來也入不了班主的青眼。」
「妳什麼意思？」子紓瞪了杏兒一眼。
「我什麼意思聽不懂嗎？等會兒去無棠院就知道了。」杏兒說著，一招手，幾個女弟子便扭著腰離開了，只留下一陣刺鼻的香粉味久久不散。
輕輕拉了弟弟的手，子妤淡淡地笑了笑。「我本來就沒想過做什麼秀女入宮去。她們稀罕就讓她們自個兒煩惱去。」
「他之蜜糖，我之砒霜。」止卿也點點頭，語氣中藏著淡淡的不屑。「像她們這樣的女弟子其實也不少，只因在戲曲之道上的成就差不多也走到盡頭，入宮選秀的機會，對她們來說是繼續往上爬的捷徑。但對於你姊姊來說，根本不會放在心上，自然也懶得和她們生氣。」
子紓聽懂了，點點頭，子妤卻嘆了口氣。「雖然不感興趣，但既然班主召集所有五等以上的女弟子，我也不能不去。」說完，提了裙角，踏著昨夜吹落的一地花葉，前往無棠院。
三個女人一臺戲，如今無棠院裡聚了幾十個五等以上的女弟子，大家雖然壓低了聲音，但嘰嘰喳喳的說話聲還是細細密密地傳開來，惹得上首端坐的花夷蹙了蹙眉。「好了，人大概也來齊了，先安靜下。陳哥兒！」後面一句則是吩咐立在身邊的陳哥兒。
不用說，大家也知道接下來班主會宣佈入宮待選秀女的名單。頓時院中靜謐一片，女弟子們均抬頭齊齊望著花夷身邊的陳哥兒，神色也各不相同，有緊張的、有興奮的，也有無所謂的。

陳哥兒清清嗓，大聲道：「今日班主召集各位女弟子來無棠院集合，是要宣佈七月初八入宮待選的秀女名單。」

聽得陳哥兒這樣說，好不容易安靜下來的眾人又開始竊竊私語起來，院內顯得有些鬧烘烘。

花夷知道女弟子們都極關心此事，因此也不太約束，示意陳哥兒繼續。

點點頭，陳哥兒又大聲道：「今年宮裡改了規矩，只要五等以上、未滿十七歲的女弟子都可以待選，本戲班得提出五人待選，接下來我就唸一下班主安排的人選名單。」

上頭陳哥兒說著話，子妤來了後只站在最末排的位置，看到茗月也是姍姍來遲，知道她在阿滿出嫁後得幫塞雁兒打點一切事務，趕緊拉了她站在一起。「正好，妳沒來遲，陳哥兒正要宣佈名單呢。」

眨眨眼，茗月笑著露出一對梨渦。「我偷偷帶了兩個綠豆糕過來。妳也還沒吃早膳吧，咱們埋頭悄悄吃了。」

「也好，妳不說我還沒發覺自己餓了呢。」子妤本就不太關心那名單上會有誰，此時又和茗月站在最後排，前頭被人擋住了，也不怕花夷發現什麼，接過茗月遞來的油紙包，打開就捏了塊光潤的綠豆糕往嘴裡送。

一邊吃，兩人也不忘一邊抬眼注意陳哥兒的動靜。見他徐徐展開一卷紙冊，清了清嗓子，不疾不徐地唸出幾個名字。「陳芳、劉惜惜、胡杏兒……」

陳哥兒唸得很慢，子妤聽得這三個名字，知道前兩個乃是五等弟子中容貌頗佳但唱功並不十分出色的師妹，都只有十六歲，列入待選的名單裡也不算意外。至於這個胡杏兒，正是那名經常找碴的戲娘，竟然也在名單中。

「嗯，餘下兩人，分別是……」陳哥兒頓了頓，這才徐徐唸道：「李茗月，還有——花子妤。」

「什麼?!」

差點被嘴裡還沒吞下去的綠豆糕嗆住，子妤和茗月對望一眼，巨大的意外之後，兩人的反應不一。

茗月淚盈於睫，心中想的是自己若入宮，豈不是再也無法與母親相見；而花子妤則是心念百轉，眼神透過身前的人群直直盯住陳哥兒，心中無法不懷疑這是青歌兒與其串通好的結果。

乍聞選秀名單，女弟子們一時間都安靜了不少。

「好了，被唸到名字的弟子留下來聽訓，其餘人等先退下吧。」花夷抬手揮了揮，也打破了無棠院裡暫時的沈默。

沒有被唸到名字的人逐一離開，只是在經過被點名的人身邊時，流露出的眼神各不一樣，有羨慕嫉妒的，也有幸災樂禍的，不過更多的只是感興趣地望望便離開，並沒有過多的關心。

只有青歌兒在隨著人潮走出去時，故意來到了子好和茗月面前，那張虛假的臉上掛著柔和如春風般的笑意，眼底也閃著說不出的得意。「恭喜兩位師妹了。平素裡妳們就要好，如今能一起入宮待選，互相之間也能有個照應，比起其他人要好了不少呢。師姊我在這裡就先預祝妳們能得了貴人青睞，從此麻雀變鳳凰，享受那榮華富貴去吧。」

說著，青歌兒的眼睛已經笑彎了，只差沒哈哈笑出聲來。

「是妳吧?!」子好蹙眉，雖然心中對自己竟然也在名單之內有些驚訝，但想著有唐虞在，大不了下去讓他給花夷說說換個人選就行了。然而茗月卻不容易被取代，畢竟只有五個名額，想來這也是花夷深思熟慮的結果。換掉自己一個容易，若是兩個一起換，恐怕其他被選來代替的女弟子會不服而鬧起事來。

「師妹怎麼這麼說？」青歌兒並沒有否認，卻也沒承認，見大家都走得差不多，也不多停留。「若是不願去，稟了師父便是，這麼盯著師姊我做什麼呢？」說罷，掩口輕笑著就離開了。

「怎麼辦，子好，我該怎麼辦？」茗月帶著哭腔，圓圓的眼睛裡幾乎要滴出淚來。

握住茗月的手，子好抬眼看了看上頭，低聲道：「先別作聲，聽聽班主怎麼說。若是有可能，咱們求了他換人。要說入宮選秀，應該也是有女弟子願意去的。」

無奈的點點頭，茗月收起了情緒，被子好牽著來到了前面，和另外三個留下的女弟子站成了一排聽訓。

掃了一眼下首站立的女弟子，花夷最後將目光落在了花子好的身上，眼神裡透出幾分顧慮和複雜的情緒，這才開口道：「這次入宮的人選是我呈上了所有五等以上符合資格的女弟子名單，由宮裡選定的。所以，妳們沒得選擇，我也不多說什麼了。六月十五那天宮裡會派人來接妳們先去學規矩。到七月初八那一日，妳們好好表現，也別丟了花家班的臉。」

說著花夷起身，對一旁的陳哥兒吩咐道：「接下來交給你了，按以往的規矩都給她們說說。」

聽到花夷撂下這段話便離開，子好緊握著藏在袖口裡的手，忍了好半晌才沒有開口。而茗月則是直接哭出聲來，張口剛想向班主求情，卻被陳哥兒從上頭下來一把扶住。「茗月，妳求班主也沒用。剛才他也說了，名單是宮裡選定的，並非班主的意思。」

「可我家中還有母親，我如果入宮了，她一個人怎麼辦？」茗月雙手拉著陳哥兒，央求道：「求求您，幫我求班主給宮裡說說，換個人好不好？好不好……」

子好扶著茗月，看向陳哥兒，發現他眼神澄澈，並不像說謊的樣子。心裡頭雖然有千般疑惑和萬般的不願意，此時也只好勸了茗月。「入宮待選而已，能不能選上還很難說。茗月，妳先別這樣，我們下來再細細商量便是。」

抬手擦了擦眼淚，茗月似乎也想到了什麼，用力地點頭。「也對，我這樣的容貌，恐怕沒有貴人會看得上的。不怕不怕。」說著，還自我安慰地拍拍胸口。「大不了我故意顯得笨些，哪怕丟了戲班的臉我也不怕。」

陳哥兒甩甩頭。「妳這話在我面前說說發洩發洩也就算了，若是被班主聽見可了不得。妳們入宮待選是老祖宗留下的規矩，也是花家班的榮幸和顏面，要是在宮裡丟了臉，那就是直接給戲班抹黑。就算退出來，班主拿著妳們的賣身契直接給了青樓妓館也是可以的。所以說說氣話可以，等入宮學規矩待選的時候，可千萬要好生應對表現，若還真選不上了，也是各人的命，回戲班來照樣能繼續唱戲。妳們聽明白了沒有！」

最後一句話，陳哥兒提高了聲量，一一掃視過五名女弟子的臉，確認大家都聽進去了，這才點點頭。「好了，還有什麼不明白的沒？」

陳芳和劉惜惜倒是沒說什麼，對望了一眼，均搖搖頭。胡杏兒則只關心接下來的事情。「陳哥兒，既然選定了我們入宮待選，是不是現在就要開始準備了？」

見茗月沒有再哭哭啼啼，陳哥兒才將以往戲班送秀女入宮待選的事宜簡單的交代了一下。無非是每人會撥五十兩銀子置辦些頭面首飾，衣裳倒是不用，因為必須得穿宮裡統一的秀女衣裳。另外從現在起，五人都不用在前院上戲了，每人會放幾日假，讓她們回家交代一下；畢竟入宮待選，若是被選中，這一輩子恐怕都難再見親人一面了。

說完這些，陳哥兒又看了花子好一眼。「子好，班主說等會兒讓妳去無華樓找他，他有話要單獨跟妳說。唐師父也會一起在那兒等著，他會給你們一個交代的。」

聽見陳哥兒如此說，子妤的心一下涼到了骨子裡，一股無力感也瀰漫了全身，讓她說不出其他話來，只得默然地點點頭，表示自己知道了。

茗月在一旁也感覺到花子妤的異樣，伸出手緊握住她的手腕，卻說不出一句安慰的話。

無華樓內，唐虞手裡端著茶盞，正聽花夷說起挑選弟子入宮待選之事，當聽得五人名字裡竟有花子妤，手中茶盞「啪」地一聲落在地上，瓷片隨即濺到腳邊，茶水也灑了一地。

唐虞顧不得腳下濕涼，脫口道：「怎麼會有子妤的名字？先前問過您，您不是說不會送子妤入宮的嗎？」

白面上閃過一絲無奈，花夷皺著眉，搖頭道：「說來也奇怪，子妤那姑娘是你新收的弟子，於戲曲之道上如今已能看得過眼，再加上她曾經入宮獻演，名聲也顯了出來，於情於理，我都不會主動送她入宮的，可奇怪的是……」

「奇怪什麼？」唐虞看著花夷語氣停頓，毫不掩飾臉上的焦灼之色。

「按以往的規矩，是我將弟子的名字和生辰八字送上去，由內務府算過命相之後選定人。」花夷說著，手指扣著身前的木桌，似乎在思考什麼。「我原本挑了些相貌出色，但唱戲沒什麼前途的女弟子，送上去的名單裡並沒有花子妤的名字。可奇怪的是，最後內務府下來的名單裡竟然有她！你說，這到底是我疏忽了，還是宮裡有人點名要她？」

「班主的意思是，宮裡有貴人看上子妤了？」唐虞的臉色有些發白，語氣也隨之凝重起來。

「這次選秀是諸葛貴妃主持的，會不會那個諸葛小少爺想收了子好？」花夷探問道。

搖搖頭，唐虞與諸葛不遜接觸過，自然知道對方是個怎樣的人。但能夠左右宮裡主動要人的，肯定和諸葛貴妃脫不了干係……想著想著，突然明瞭了起來。「我知道了，這次諸葛貴妃親自主持選秀，為的是給太子和幾個成年的皇子挑人，那太子曾經在右相府裡見過子好，難道是他？」

花夷甩甩頭，也很無奈。「太子也罷，諸葛小少爺也罷，總之名單是宮裡頭定下來的，我們也沒什麼法子。今天我請你來，是先給你說明白，待會兒陳哥兒帶了子好過來，你一樣要好生幫忙勸勸。畢竟你是她的師父，說的話也有分量一些。」

「讓我勸嗎？」

唐虞的話音顯得很苦澀，昨夜的「兩情相悅」還清晰地留在腦海中，難道兩人的緣分真的就如此薄嗎？只覺得心裡像針扎般疼痛，他真的不知道待會兒面對子好應該說些什麼才好。

章一百六十六　事有轉機

無華樓內氣氛有些沈悶，窗外的香樟林吹送過徐徐的暖風，卻怎麼也吹不散屋中那種一觸即發的氣氛。

隨著陳哥兒入內，子妤一眼就看到了坐在花夷身邊的唐虞，心裡頭好像有一塊大石壓著，仔細一看，發現對方眼裡有一絲無奈和心痛，讓她心中即便有萬般質問也說不出口了。

示意陳哥兒給花子妤搬個凳子坐下，花夷側眼看了看唐虞，見他臉色凝重，只好咳了咳，親自開口解釋道：「子妤，我知道妳有許多疑問，這會兒專程叫妳過來，也是為了給妳一個交代。」

「還請班主明示，弟子為何會成了待選的秀女。」暫且不看唐虞，子妤心中微涼，表情卻仍舊恭敬如常，語氣和緩。

花夷挑明說道：「其實我根本沒有將妳的名字和生辰八字送上去，是內務府直接點了妳的名字，想來是宮裡有人特地打過招呼。找妳來，也是要提醒妳，這次入宮待選，妳要有心理準備會被留下。」

「班主的意思是……」子妤覺得有些意外，下意識地看向了唐虞。

點點頭，唐虞眉頭蹙得極深，此時也顧不得心頭的那股悶氣，開口道：「我和班主分析了，或許是上次太子在右相府中見過妳一面，所以放在心上。」

「太子？」子妤苦笑了一下。「諸葛貴妃是太子的生母，若真是他提出來的，那也難怪了。」

「其實，也並非全無轉機。」花夷仔細想了想。「子妤，你們姊弟和薄鳶郡主交好，不如託她入宮打聽一下情況，若真是太子點名要妳，就得好好想一個應對的法子；若不是，憑著這些年我在宮裡的經營，倒也能關說關說，至少可以讓妳脫身出來。」

子妤心裡頭稍微放心了，感激地朝花夷施了一禮。「事不宜遲，我明日就去一趟薄侯府上，請郡主幫忙打聽。」

花夷看著子妤能如此冷靜，心中對她又多了幾分欣賞。安慰了幾句，朝唐虞點點頭，示意他先帶子妤下去好生勸慰。

不用說唐虞也知道該怎麼做，起身辭過花夷，抬手輕輕攬了子妤的薄肩。「走吧，先回南院去，我們再仔細商量。」

起身來，子妤福了一禮，這才跟著唐虞離開了無華樓。

兩人一前一後走在香樟林內，氣氛很是莫名。

「對不起。」唐虞打破了沈默，停下步子，轉身看著默默跟在身後的子妤，心中說不出的難受。

無奈地搖搖頭，子妤深呼吸了幾口氣。「這件事怎麼怪得了你？」

「昨日鍾師父成婚，本該由我送名冊入宮的。若是我親自送去，再當場守著他們挑人的話……」

見唐虞還在自責，子妤下意識地上前一步，抬手捂住了他的唇。「都說了不怪你的。」

被子妤用微涼的指尖觸碰，唐虞心頭一緊，順勢握住她的柔腕。「放心吧，若真是太子想納妳，我一定會把妳帶出皇宮。到時候我們回江南，找個臨水的院子隱居去。」

感到唐虞話中的真意，子妤含羞地笑了笑。「唐師父是萬能的，我相信你。」

兩人相視一笑，先前心裡的忐忑似乎因對方的堅定已然消弭了不少。一前一後，踏著淡淡的夕陽餘暉，兩道拖長的身影穿過了林子，時而交織在一起，時而又兩相依偎，惹得林中鳥兒也有了幾分羨慕，紛紛拍動著翅膀不停迴旋在樹冠之上，只餘下清脆的鳥鳴聲響起，似乎在祝福那對相知相惜的情侶。

不多耽擱，子妤第二天一早先去了廚房。想到劉桂枝每次來都喜歡吃含了桂花乾的糕點，便親手蒸了桂花米糕、糯米桂花丸子，還有桂花甜心酥，用一個淡黃色的菊紋食盒裝好，這才登上唐虞為她安排的輦車，一路去了薄侯府上。

因為子妤以前常來，門房看到是花家班的輦車，上前問了問就放行了。由一個小廝帶著進了二門院子，又換了個丫鬟將子妤帶到水榭邊，說是二夫人和世子、郡主正在那兒喝茶。

聽說那薄觴也在，子妤心裡頭有些猶豫，但為了自己的事，再不樂意也得面對，只好把笑容掛在臉上，跟了那丫鬟而去。

早有下人來稟報，說花子妤來訪，薄鳶高興地倚在水榭的扶欄上等候，遠遠看到一抹鵝黃色的纖細身影出現，忙揮著手高聲喊道：「子妤姊姊，這兒這兒！」

眼看著子妤步入亭內，嫻靜舒雅的表情，落落大方的微笑，劉桂枝也親自起身迎了子妤入內，笑吟吟地道：「鳶兒，妳也該和子妤姑娘學學，人家怎麼看都比妳這野性子更像個大家閨秀。」

薄鳶倒不介意母親的「厚此薄彼」，格格地笑了起來。旁邊一身玄紫色輕衫的薄觴則是抿唇含著幾分意味深長的微笑，目光一直跟隨著子妤，大剌剌地顯露出眼神裡的一絲興趣。

「聽說子妤姑娘如今在戲班可是炙手可熱的紅角兒，怎麼有空來別院呢？」

直接忽略掉薄觴戲謔的眼神和語氣，子妤進了水榭內，先給劉桂枝施了一禮，這才將食盒親手放在身前的矮几上，盤腿坐好，笑道：「自從上次過來，已經隔了許久未曾前來看望夫人和郡主，今日得空，想著二夫人和郡主都喜歡吃桂花做的糕點，我一早做好了這些，便帶過來獻獻醜。」

看著食盒裡幾樣精緻的糕點，劉桂枝笑得更是歡喜。「正好世子烹了雲霧茶，配這糕點豈不妙哉。」

薄觴當即便不客氣地拿了一塊糕點送入口中。「這樣的東西，應該很費時間和功夫吧，就是不知子妤姑娘是否真的只是為了送這些糕點來給我們呢？」

面對薄觴的挑釁，子妤也不避諱，朗朗一笑。「世子還真是說對了，今兒個子妤前來，是有事相求。」

「子妤姊妳有什麼事？直說便是。」薄鳶郡主吃著糕點喝著茶，也沒忘記關心詢問。

劉桂枝也正色看著花子妤。「子妤，你們花家班於我家鳶兒有大恩，只要是能力所及範圍內的事，我作主，一定相幫。」

子妤心中感激，連忙起身來又朝劉桂枝福了一禮，這才坐下，將自己莫名其妙成為待選秀女的事情簡單說了一遍。

薄觴聽了淺淺一笑，頗不以為意。「子妤姑娘是不是招惹了宮裡哪位貴人？不然妳一介戲伶，不至於有人專程惦記著吧。」

對於薄觴的嘲諷，子妤蹙眉，倒也耐著性子答道：「我自問除了唱戲，並未和宮裡任何一位貴人有過私交，內務府竟會直接點了我的名字待選，實在讓人猜不透。不過，有一回我在右相府內和太子有過一面之緣，我想會不會……」

「太子爺？」薄觴愣了愣，隨即哈哈笑了起來。「妳別想太多了！」

劉桂枝卻接口反問薄觴道：「世子和太子爺一向交好，怎麼？你覺著不會是他嗎？」

喝口茶，薄觴搖了搖頭。「太子那性子，從他十三歲收了宮裡人開始，見稍微有幾分姿色的女子都會調戲一番。到如今，沒有一百也有五十了吧。子妤姑娘只是和他見過一面罷了，妳以為他能記住妳的名字，還惦記著讓妳成為秀女？妳未免也太看得起自己了吧！」

聽了薄觴的說法，子妤和三人又閒聊幾句便離開了侯府別院。想著既然是諸葛貴妃主持選秀事宜，不如也託諸葛不遜去打聽打聽，或許更容易些。

因諸葛不遜交代過門房，花家姊弟乃是貴客，所以不用通報隨時均可直接迎入潤玉園。

接待的婆子斜眼看著花子妤，見她不施粉黛，只穿了件鵝黃色的裙衫，長髮編成一根長辮子搭在胸前，耳畔別著一朵碧色的絨花，一身清爽伶俐的樣子，配上嫻靜的表情，比尋常所見的那些大家閨秀都多了幾分難言的氣度；想到她素來是孫少爺的貴客，於是態度也越發地恭敬了起來，只半彎著腰，一路領了她進入潤玉園。

午後有些悶熱，一進這園子，感覺陣陣水氣撲面而來，比外面涼快了不少，子妤暗道諸葛不遜果真是個會享受的，入冬，這院子賞雪景是一絕；入夏，涼快清爽也是惹人流連。

此時諸葛不遜正斜斜地靠在水榭的涼榻上，一手握著柄雪白的鵝毛扇，襯著一身雪白的輕薄長衫，看起來極為閒適。身邊只有一個巧思伺候，但也站得遠遠的。

「是子妤姑娘來了！」巧思見了花子妤，美眸一亮，趕緊通報諸葛不遜。

抬手示意自己知道了，諸葛不遜懶懶地睜開眼，含笑看著花子妤緩步而來，吩咐巧思再取一缽吊在水榭旁邊水裡冰鎮著的綠豆湯，這才起身迎了子妤落坐。

兩人是極相熟的，子妤落坐也不多客套，直接就切入正題。「遜兒，有件事得拜託你。」

待巧思奉上兩碗盛在白玉小碗的綠豆湯，諸葛不遜遣了她離開，搖搖手中羽扇。「子好姊，妳直說無妨。」

夏季的氣溫到了下午也有些高，子好一口氣喝下半碗甘甜清冽的綠豆湯，這才神色鬱悶地道：「昨兒個戲班公佈了入宮待選的秀女名單，其中有我。」

諸葛不遜有些吃驚。「妳不是在前院上戲了嗎？能十六歲就入宮獻獻演的戲伶本來就不多見，按理花夷不會拱手將妳送入宮裡的。畢竟戲班也算花了力氣栽培妳。」

「奇就奇在這個地方！」子好懊惱地咬咬唇。「班主說並未報上我的名字，可內務府發下來的名單裡卻清清楚楚的寫著『花子好』三個大字。」

諸葛不遜也被勾起了好奇心。「怎麼會這樣？」

「除了那次獻演了一齣【木蘭從軍】，我與宮裡就毫無關聯了，是誰會這麼惦記著？」子好有些氣悶。「而且那次演出，我自問從頭到尾都是樸素裝扮，全靠新戲才得了彩頭。我既無美貌，更無身段，應該不會吸引到什麼人的注意才是。」

「妳可別妄自菲薄。」諸葛不遜笑笑，輕抿了一口綠豆湯。「多數戲娘在臺上的扮相都太過妖嬈嫵媚，反而妳的清新麗質，有種雅然質樸的美。」

見子好臉色懨懨的，諸葛不遜清眸流轉。「這樣吧，明日我就入宮問問姑奶奶，是不是宮裡有人點了妳。照這種情況看來，若不是花夷弄錯了，就是有人惦記著妳了，得問問清楚才好。另外妳別太擔心了，實在不願意的話，我直接讓姑奶奶剔除了妳的名字也是可行的。」

子妤卻搖頭說道：「如今內務府的名單已經下到戲班，宮裡也記了我的名。這規矩恐怕不能因我而輕易廢除了，也不能讓貴妃娘娘難做。若可以的話，只需幫我說說，到時候讓我落選就行了。」

諸葛不遜並未把這件事看得多艱難，一口便應承了下來。「放心，姑奶奶極疼我的，況且妳也沒什麼姿色值得她留下你，就放心吧。」

並不介意諸葛不遜的玩笑話，子妤心裡好不容易底定了些，雙手捂了捂臉。「我本不想來擾你的。先前去了趟薄侯別院，郡主也說幫我打聽，但總沒有你便利，畢竟你可是諸葛家的孫少爺，在貴妃娘娘面前說話更有用。」

「妳託了薄鳶？」諸葛不遜羽扇一揮。「那我便能空閒了。」

「怎麼說？」子妤不太明白。

悶悶地使勁搧了搧，諸葛不遜臉色有些鬱結。「我和薄鳶已經訂了親，是姑奶奶作主讓皇上指婚。姑奶奶最近可寵著那丫頭了，隔幾日便招了她進宮說話，賞賜像流水似地從宮裡往她府裡送。」

子妤含笑地側了側頭，知道諸葛不遜不喜薄鳶的任性，勸道：「你也別不樂意，郡主長得那樣水靈靈的，別人求都求不來呢。不過最重要的是，你和她從小認識，比那些個盲婚啞嫁要幸福多了。」

「罷了！」丟開羽扇，諸葛不遜又自顧自地盛了一碗綠豆湯一口喝完，這才吁了口氣。「那丫頭雖然討厭了些，但本性不壞。反正娶誰我自己也不能作主，就懶得再去花心思壞了這門親事。」

「你別自以為，先前郡主給我透過一句話，顯然也是不願嫁你的。」子妤笑笑，只覺得兩人還是孩子罷了。

「算了，不說她了。話說回來，妳可瞭解選秀的事？」清眸一轉，諸葛不遜又道：「若是不知道，我可以給妳說說，至少讓妳心裡有個底。」

擺擺手，子妤側眼看著這滿眼清澈的湖水綠，心情倒也放寬了不少。「我根本沒打算留在宮裡，哪裡會有心思打聽這些。不過如今是躲不了了，你就給我說說吧。」

諸葛不遜端起白玉茶碗潤了潤喉，這才將宮中挑選秀女的規矩給子妤娓娓道來……

聽了諸葛不遜所言，子妤想著曾經遠遠看見過一面的皇帝，雖然是倆相貌不錯的大叔，但畢竟年紀擺在那兒。「皇帝的女人我肯定是做不了的。」

「我姊這次入宮就是要留作妃嬪的。」諸葛不遜癟癟嘴，雖然很不捨，可諸葛家世代侍君，只要是女兒，就免不了入宮的命運，身為諸葛家的孫子，他自然也知道箇中緣由。

想起那個花一般嫻靜卻又帶著幾分主見的女子，子妤覺得有些可惜。「這也是命吧。」

黯然的眼神迅即消失，諸葛不遜又恢復了平日的沈靜表情。「我和姊姊說一聲，要是入宮時碰到一起，讓她照顧妳一些。要知道宮裡的教習嬤嬤可不敢惹諸葛家的小姐，連帶妳也能過得舒服些。不說這些了，今日既然來了，就留下來吃過晚膳再回去吧。我這就遣人去戲班，讓子紓也過來，給你們姊弟倆報個出堂會好了。」

「也好，我躲在你這兒散散心，偷懶一次吧。」子妤也不想太早回去面對選秀的煩心事，並未推辭就答應了。

「正好今兒個廚房說莊子裡送來了好些活魚，我讓他們熬一鍋濃香的白湯，咱們涮著魚片，喝酒聊天吧。」諸葛不遜興致挺高，招手讓巧思過來，細細囑咐了一番，並讓她再去切些昨天剛送來的西瓜，為子妤解解暑氣。

章一百六十七　抽絲剝繭

離六月十五入宮學規矩的日子還有好幾天，但就這幾天，花家班五個入宮待選的女弟子卻顯得異常忙碌。

家住京城的，花夷特准了三日假，讓她們回去好好侍奉一下父母親人；若沒有家可以回的，則趁著這幾日趕緊置辦好首飾行頭，畢竟她們代表的是花家班，寒酸不得。

這天，京城有名的珍寶齋就派了兩個夥計來，帶上了兩匣子時興的珠寶首飾來給花子好她們挑選。

胡杏兒和陳芳最是興奮，看著一樣樣釵環簪子手鐲玉珮，嘰嘰喳喳說個不停。劉惜惜則是淡淡的，似乎對這些東西一點也不感興趣，只立在一邊，冷眼看著胡杏兒她們。

茗月因這幾日還待在家裡，子妤讓一個小師妹去報了信，讓她暫時回來一下，挑好了首飾再回去陪母親便是。而自己也和劉惜惜一樣，對這些東西沒什麼太大的興趣，想著等她們挑完了，自己再隨意揀兩樣應應景便好。

「這位姑娘，小的看這對蝴蝶玉花的簪子很適合您，何不先挑了去？」

珍寶齋的夥計很會看人臉色，見劉惜惜和花子好並不上前來，趕緊將另外一匣子珠寶奉上前去。「這裡頭的式樣比那裡頭的要簡單許多，我看兩位姑娘的氣質比較清雅，像這種玉蝴蝶的簪子，還有這玉蘭花的釵都極適合。」

劉惜惜蹙了蹙眉，倒也沒有顯出厭煩，伸手挑了一對顫巍巍的玉蝴蝶簪子，又揀了一根雕成喜鵲銜枝花樣的金簪。「麻煩師傅幫我把這兩樣包起來就好了。」

「喲，師姊這麼客氣？」胡杏兒一口氣選了四、五樣釵環首飾，滿足地笑道：「反正班主說了，隨咱們挑，錢由戲班出。妳們倆這般忸怩作態裝什麼清高呢？再說，要是入宮去了，咱們花家班的姑娘一站出來，光看著就比別人寒酸，妳讓班主的臉往哪兒擱呢？」

劉惜惜冷冷一笑，反唇相稽道：「那照師妹說的，把這些珠翠珍寶都掛在身上，像個暴發戶似地就是給戲班爭氣不成？妳要做那等暴發戶妳自個兒慢慢做就是，我怎麼打扮自己，還輪不到妳來指指點點。陳芳，妳還挑不挑？不挑我們先走了！」最後一句話則是對還在興奮地看著一匣子珠寶的陳芳所說的。

「來了來了，師姊，我也挑好了。」陳芳和氣的笑笑，趕緊跟了過去，與劉惜惜並肩提前離開了。

「哼！真是不識好人心！」胡杏兒氣得跺了跺腳，乾脆又揀了個赤金的纏絲鐲子丟到自己的托盤裡。「勞煩都給我包起來，少一件都不行！」

「是是是，姑娘放心。」夥計趕緊點頭，目送了胡杏兒扭腰離開，這才歡歡喜喜地把她先前挑揀的首飾用一個空匣子裝好。

屋裡只剩下了花子妤一個，想著先前胡杏兒說的話，心裡倒是有幾分認同。

反正是不用自己出錢，多挑揀幾樣又如何呢？哪怕不戴在身上，將來有急用時典當就可以換銀子，況且自己沒劉惜惜那樣清高傲氣，乾脆直接挑了幾樣金飾，另外再取了一對自己頗喜歡的飛燕穿花玉簪子，這才收了手。「勞煩兩位師父再等等，還有一個師妹等著挑首飾，我先去看看她回來沒有。」

「姑娘稍等。」其中一個夥計見狀，立即叫住了花子妤。「姑娘是名喚花子妤吧？」

「你怎麼知道？」子妤愣了愣，點點頭。

說著，那夥計從懷裡鄭重其事地取出一個狹長的黃楊木匣子，雙手奉上。「這是前些天一位貴客在咱們珍寶齋訂的，說是讓小的趁著沒人時私下送給您，您打開來看看喜歡不喜歡？」

子妤有些意外，伸手接過了那匣子，打開來一看，裡面猩紅的絨布上躺著一支通體暖紅赤玉雕就的雙魚簪子，靈動的魚兒翻起了點點浪花在周圍，看起來活靈活現，精緻無瑕，一看就知道價格不菲。而且這樣式，分明就是脫胎於自己送給他的赤玉墜，只是魚兒變成了一對，更加圓滿了。

那夥計看子妤的樣子就知道她必然喜歡。「好了，姑娘既然收下了東西，小的也算完成任務了。」

「這簪子樣式怎麼來的？」子妤下意識地問道：「還有，送的人可說了他是誰沒？」

搖搖頭，夥計趕緊答道：「這是那位客人親自畫了圖樣送來的，咱們的手工師父都說這樣式好，雕起來格外得心應手。至於姓名，客人並沒有留下，只說讓咱們送來，私下給您看了，您一定會收的。」

「好的，謝謝你。」子好心中早已有了人選，心裡升起一絲甜蜜。

就在這時，茗月也正好回來了，原本圓圓的臉龐已然瘦了一圈，整個人無精打采，眼圈也是紅紅的，見了子好，勉強打起了精神。「多謝妳叫人來知會我，不然這樣的好處就撈不到，真是虧死了。」

見她已經會自我嘲諷了，子好也放心不少，過去牽了她的手。「走吧，去挑些珍貴的首飾。即便自己不戴，都留給妳母親做壓箱底也好。」

一身素紋的輕薄布袍，黑髮只用一根木簪隨意綰起，唐虞此時正斜躺在涼椅上，手中拿了本曲藝雜書翻看著。

聽見門響和說話聲，知道是子好來了，唐虞起身將她迎進屋裡。「這裡有泡好的山楂茶，是用新鮮的山楂煮了水，再加上蜂蜜調合而成的，略微有些酸，但對妳嗓子極有幫助。此時正好溫涼，先坐下喝兩口吧。」

子好進屋後直直盯著唐虞，從袖兜中取出了那個放置雙魚玉簪的木匣子放置在桌上。「這是你送給我的嗎？」

看了一眼木匣子，唐虞唇角微揚。「妳怎知是我？」

聽他這樣回答，就知道自己猜對了，子妤眉眼彎彎地笑道：「這魚兒造型與我送給你的玉墜幾乎一模一樣，除了你，還會有別人知道嗎？」

唐虞遞了一杯山楂茶給她。「這樣式很別致，妳的玉墜與妳弟弟本是一對。我便想，若是將兩尾魚放在一起製成簪子，妳一定會喜歡。」

「我很喜歡，謝謝。」半側著頭頸，子妤耳畔有一絲紅霞飛起，心裡頭似蜜般的甜，就連這酸酸的山楂茶也覺得甜到心裡去了。

子妤腦中突然閃過一個熟悉的畫面。「對了，你還記得上次諸葛小姐送你的那個雙魚璧玉嗎？」

唐虞蹙眉想了想，遂點頭。「我還有些印象，當時就覺得與妳脖子上的玉墜有些相似。」

子妤只覺得背脊上涼涼的，清朗的眸子也被一層迷霧所遮蔽了。「豈只是相似……」

看到子妤表情突然變得有些僵硬，唐虞走過去環住了她的肩。「妳怎麼了？」

反手抓住了唐虞的雙臂，子妤像是突然想通了什麼關鍵之處，搖著唐虞，急急地道：「入宮、秀女、我們姊弟的魚形玉墜、還有諸葛暮雲的魚形璧玉……這些，會不會有什麼聯繫？」

「經妳這一說……」唐虞也仔細思索了一下，有些遲疑地道：「諸葛暮雲給我的璧玉，外面盛裝的匣子分明是御製品，而那魚形圖案，真的很像妳的那個玉墜，只是她的是一雙，你們姊弟則是一人一尾罷了。」

「她的璧玉一定是宮裡出來的！」子妤似乎抓到了關鍵，卻又怎麼也想不通。「難道，我們姊弟的玉墜也和宮裡有關？可這玉墜是母親唯一留下的遺物，又怎麼會和宮裡有什麼關係？」

「子妤，妳從未提起過妳的娘親……」唐虞看著她臉上逐漸變得青白無色，心疼地將其攬入懷中，放輕了聲音，柔柔道：「妳告訴我，你們姊弟的生母，是不是曾經被皇帝欽封為『大青衣』的花無鳶？」

說完這句話，唐虞感到懷裡的人兒突然身體一僵，不由得趕緊解釋：「子妤，我沒有別的意思，我只是覺得妳一心想要做『大青衣』，又姓花，出生的那一年又正好是花無鳶突然離世的時候，所以才猜測……」

子妤抬眼，伸手輕輕捂住了唐虞的唇，臉上的笑容顯得有些無奈和黯然。「你不用解釋，我知道你只是關心我罷了。」

唐虞只覺得觸到自己嘴唇的指尖涼得沁人，越發地心疼起懷中人兒來。「無論妳是誰，妳心裡有什麼秘密，不想說就別說，我從此也不再猜測，不再問了。」

搖搖頭，子妤心裡早就被唐虞這般小心翼翼的疼惜給融化了，知道他只是關心自己，想幫助自己而已，內心不再猶豫，緩緩點頭承認了。「我和子紓便是花無鳶的一雙兒女。」

章一百六十八　原來是他

「她死前生下了我們，卻沒有一點留戀的離我們而去。」

面對著唐虞，子妤終於苦笑著承認了，清透的雙眸中浮起了淡淡的水霧，瀰漫開來，彷彿一抹雨雲。

唐虞看在眼裡，忍不住也心疼了起來，並未多說一句話，只輕輕將她摟在懷裡，用這種無聲的方式來安慰著她。

被人保護的感覺讓子妤心裡的空虛被慢慢填滿了，待心境平復之後，她抬起了頭，看著滿眼疼惜神色的唐虞，啟唇道：「你不好奇嗎？世人都在猜測花無鳶為何突然暴斃離世，而我們姊弟竟然是花無鳶的孩子，卻沒有公開身分，只以花家遠親的名義來到戲班。而且我一直對你隱瞞這些，也算是一種欺騙吧。」

「這是你們姊弟的家事，選擇說或不說，我並沒有權利去左右。」憐惜地抬手輕撫著子妤耳旁散落的一縷髮絲，唐虞淡淡地笑了。「再說，我好奇那些做什麼？她是你們的母親，我只心疼你們那麼早就沒了娘親疼愛。至於你們姊弟選擇隱瞞身分，或許是不想被打擾吧，畢竟，她是花無鳶，本朝第一位被皇帝欽封的大青衣。」

子妤被唐虞的坦然態度感染，心情一點點靜了下來，心中對於那個「娘親」，其實她並無太深的情感，只是有些傷懷罷了。

「對了，你們的爹呢？」唐虞輕輕拉著子妤在桌邊坐下，又遞給她一杯山楂茶。「妳想過沒有，妳母親的死，或許和你們的親生父親有關係。」

捧著杯盞，子妤表情凝重地點頭，將心中的疑惑悉數道了出來：「母親去世，只留下了那一對雙魚玉墜子，我想，這可能是和父親有關的東西吧。如今按照我的猜測，有人點了我入宮，而我們的墜子又和宮裡有著千絲萬縷的關聯，這背後也不知到底什麼才是真相。」

「妳猜想的有幾分道理。」唐虞也將這些零碎的片段逐漸聯繫了起來。「這樣的玉墜本不是俗物，而諸葛小姐所贈的璧玉，我們也知道多半是御製。如今妳又莫名其妙被內務府點了名入宮待選，我想，背後一定是有人知道了你們姊弟倆的存在，想要以選秀的名義接近妳，或者說……和妳相認！」

「可那人又是如何知道我們姊弟的母親是花無鳶呢？」子妤蹙著眉，清秀的臉龐上有著難以釋懷的表情。

「除了我之外，可有其他人見過你們姊弟的玉墜？」唐虞突然想到了什麼，手中握著的杯盞突然一緊。

子妤仔細回想著。「有一次阿滿見了，說我這玉墜的材質絕非凡品，還讓我藏著別讓人看到，免得被摸了去就可惜了。另外，就只有你見過，並無其他人見過。」

「那妳弟弟呢？」唐虞又問。

子好搖頭，語氣很堅定。「這玉墜是母親留下給我們姊弟的。當初古婆婆曾經說過，一定不能讓人知道我們姊弟的生母是花無篤，所以這玉墜也一定不能示於人前。而且母親遺命，除非有一天我們姊弟之中有人能得了『大青衣』的封號，到那時候，我們的身世之謎才能解開。」

「身世之謎……」唐虞一字一句地道：「所謂身世之謎，不過是尋找到你們的生父罷了。妳母親的遺命、你們這雙魚玉墜、還有大青衣的封號，能將這些聯繫起來的，只有……」

看著唐虞越發凝重的表情，子好也體悟到了他話中的意思，猛地搖起頭來。「不可能，你是說……我父親可能是……絕對不可能的！」

閉了閉眼，唐虞語氣艱難。「妳仔細想想，除了阿滿和我，還有誰看過妳的玉墜，或者說，在什麼場合下，妳的玉墜有可能被別人看到了？」

一開始子好還沒反應過來，仔細一想，突然就覺得背後一涼，雙手捂住嘴唇，語音有些微微的顫抖。「那次……是那次在宮裡獻演……我的甲冑突然滑落了……」

「當時，那個侍衛突然飛身上臺，用披風為妳遮掩。」唐虞伸手輕輕按住子好的手背。「妳可知那人乃是皇帝的貼身侍衛，而那披風……上面九龍吐珠的圖案分明也只有皇帝才能用的。」

呼吸變得有些急促起來，子好怎麼也不敢去猜想，但仔細回憶那天的點點滴滴，只覺得這真相來得實在太過突然，來得那樣讓人手足無措。

如果他們的親生父親真的是那個人，一切不也就解釋得通了嗎？

花無鳶身為大青衣，卻突然離世，只留下一雙兒女。這是古代，女子未嫁卻生子，根本就無法見容於世人；再加上孩子的父親是那個至尊無上的人物，花無鳶就更得要死。只有她死了，一切才能歸於平靜，也才能保全住她的孩子，

但花無鳶並非是一個無知的婦人，她雖然離開了人世，卻留下一個遺命：要麼一輩子不要讓人知道他們姊弟倆是花無鳶的孩子，要麼就繼承她的衣缽，成為「大青衣」。

只要成為皇帝欽封的「大青衣」，花家姊弟就能見到他們的親生父親，因為他們親生父親根本就是當朝的皇帝！

這個局，從花無鳶死的時候就親手布下了。或許是不甘心就那樣寂寞地死去，也或許是不忍心自己的孩子在這世上孤苦伶仃。她在賭，賭自己的孩子有一天能見到皇帝，被他欽封為『大青衣』。因為她留下的遺命裡，在他們姊弟得到大青衣封號之後，就可以向世人公開他們是花無鳶的一雙兒女。到那時候，他們的親生父親也就會猛然醒悟過來吧……

不知道為什麼，子妤想到那個紅顏早逝的女子，心裡竟是無比的酸楚，眼淚也忍不住就那樣滑落而下，滴在胸前，逐漸將衣襟染濕。

生為女人，即便是天下人都羨慕敬仰的絕色才女，最終也只能以身殉情罷了；只因為她愛上了一個不該愛的男人，這個男人不能給她一個家，只能給她一個枷鎖，讓她最後走上絕

路。

被子妤的淚水滴得心裡難受，唐虞乾脆起身來走到她面前，將她的頭輕輕納入了懷中，一句話也沒有說，只輕輕拍著她的後背，給予她無聲的安慰。

從「嚶嚶」的抽泣到放聲大哭，子妤賴在唐虞的懷中，放肆地將內心的悲傷狂瀉而出。一直到哭累了，已經沒有淚水可流了，子妤才抬袖擦了擦臉，從唐虞懷中抬起頭。「我等不到做大青衣的那一天了。既然他主動想要見我，我就去見他好了，我們姊弟和他，遲早要了了這孽緣。」

唐虞捧起她的臉，看著淚痕猶在，拇指輕輕地拂過了那淚水淌過的肌膚。「他是九五之尊，妳母親是傾世名伶，他們的結合，應該是美好的。就算他對妳母親的突然離世負有責任，可妳作為女兒，卻沒有權利去清算上一代的恩怨。若你們相認，我想妳就安安靜靜地問清楚當年到底發生了什麼，再決定要不要認他，其餘的，一句也不要說，好嗎？」

看著唐虞，知道他是為了自己好，雷霆雨露皆是君恩，誰知道那個皇帝到底是不是想要認了自己姊弟。現在的平靜生活，其實有沒有父親也無所謂；若真的相認了，或許將來的生活就沒法再如此安逸了。

點點頭，子妤用著哭得有點沙啞的聲音道：「我沒有心思去尋那些個榮華富貴。無論他認不認我們，對我們都沒有任何影響，我們的生活也不會和以前有任何區別。」

「妳從小就是個有主意的，我不擔心妳。」唐虞笑笑，掏出一張帕子走到梳洗架上沾濕了，又回來幫子妤擦著臉，柔聲道：「可我擔心妳弟弟，他本來就是躁動性子，若是知道了自己的身世，恐怕會……」

「嗯，他一向對尋找我們的親生父親有著執念，還是先不要對他說比較好。」子妤有些憂心，語氣不禁帶了幾分心疼。「我這才被點為待選秀女，他就找我鬧過幾次，說要帶著我逃走。依他這性子，還是什麼都不要知道的好。」

漸漸平復了心情，子妤正要離開，唐虞的門卻被敲響了，傳來阿滿的聲音。「唐師父，子妤在你這兒嗎？郡主來尋她，此時正在小竹林候著呢。」

對望一眼，子妤趕緊抓了唐虞手中的帕子把臉擦乾淨，又整了整有些凌亂的髮辮和衣衫，這才去開了門。「阿滿姊，我和唐師父說戲呢。走吧，我這就過去。」

阿滿看出子妤的眼睛有些微紅腫，裡頭唐虞的臉色也略有些不自然，暗想：子妤不是為了待選已經放假了嗎？怎麼還會和唐師父說戲？再說，看兩人這相處的樣子，總覺得有些莫名。

「阿滿姊，走啊！」子妤不等阿滿多說什麼，一把關了門，拉了她就往外走。阿滿也懶得多想，只囑咐了幾句，目送子妤離開南院，就準備返回鍾師父的屋子。

子妤一路來到小竹林，遠遠就看到薄鳶郡主清靈靈的一身鵝黃裙衫，早已不復兒時的病弱模樣，臉上反而透出淡淡的粉霞，只是這會兒眉眼間的愁苦表情，讓人看了就覺得心疼極了。

快步上前去，子妤還沒開口和她打招呼，薄鳶已經飛一般地直接撲入了子妤的懷中，「嚶嚶」抽泣起來。

「怎麼了？」子妤嚇得一愣，回神過來趕緊抱住了她。「是誰敢給我們的郡主受這麼大委屈？」

狠狠哭了一陣，薄鳶這才揚起小臉，噘著小嘴兒。「還不是那個皇帝老兒！他沒事兒亂點什麼鴛鴦譜?!昨兒個我進宮的時候，貴妃娘娘拿了皇帝老兒的手諭，說是已給我和諸葛不遜賜婚了。妳說他討厭不討厭！我真是恨死了他！」

「妳小聲些，哪有人這樣罵皇上的。」拉了薄鳶往裡頭的亭子走去，子妤一邊走，一邊心中腹誹她罵得好。

「我才不管呢……我要逃婚！」薄鳶郡主張口就大聲嚷嚷著，嚇得子妤一把捂住了她的小嘴兒。

薄鳶郡主憋得小臉通紅，委屈地道：「我打從出生就被父親和母親捧在手心裡長大，還沒有誰給過我臉色瞧，可偏偏諸葛不遜那個小白臉，生得比女人還俊也就算了，還敢當著貴妃娘娘的面嫌棄我，說我性子不穩，並非可娶之淑女。妳說說，我哪點性子不穩了，哪點不淑女了。本郡主也是出了名的美人兒，嫁給他，那是他祖上修了八輩子的德才是！嗚嗚嗚嗚……」

說著說著，薄鳶郡主的聲量又提高了，一雙杏眼兒中淚水啪嗒啪嗒地就往下流，看來是真的生氣了。

子好想起諸葛不遜那種對任何事都一副無所謂態度的樣子，倒也有些可憐薄鳶了。

薄鳶郡主恨恨的說：「子好姊，妳不知道我在宮裡頭現在都成了笑話了，娘娘們還隱忍著不教我難堪，可那些公主們，見我一次就開一次玩笑，我這臉都丟光了！」

子好也只能勸慰著：「那妳就少去宮裡不就行了。」

「不去怎麼行？」薄鳶郡主似乎這才回神過來，拉了拉子好的衣袖。「我昨兒個進宮就是幫妳打聽秀女的事呢。」

「如何？」子好當然也沒忘記此事。

薄鳶郡主一臉的挫敗。「我求了貴妃娘娘許久，她卻一口咬定不知情。」

子好忙道：「那妳沒告訴她，原本戲班是沒有報上我的名字，最後的秀女名單裡卻又有我，這算是內務府負責的人疏忽了吧。」

「我怎麼會沒說。」薄鳶郡主噘起小嘴兒。「可貴妃娘娘一問三不知，只說等妳入宮就知道了。神秘兮兮的樣子，我就知道後面一定有什麼見不得人的事。」

子好內心暗想，那皇帝做的事確實是有些見不得人，可嘴上卻不能說什麼，只得露出黯然的表情。「罷了，事已至此，我只有硬著頭皮入宮去。可惜了，遜兒本來也說幫我去給貴妃娘娘求求情，到時候讓我落選就是了。現在看來，也沒這麼簡單了。」

「子好，妳說會不會是那個皇帝老兒看上妳了啊？」薄鳶郡主突然兩眼放光，覺得自己猜得很正確。「妳想想，以貴妃娘娘的身分，就是皇后要讓她幫忙做點什麼恐怕也不容易。說不定，背後就是皇帝老兒在作怪呢。」

子妤暗道，多半確實是皇帝在作怪，但這事兒卻不能讓薄鳶知道，只好苦笑道：「我嘛一沒過人的容貌，二沒傲人的身段，三沒超人的才情，妳放心，皇上至少不會把那種心思放在我身上。或許只是內務府弄錯了而已。」

搖搖頭，薄鳶卻是真心為子妤擔憂。「可是，子妤姊妳是屬於戲曲舞臺上的，怎麼能埋沒在那吃人的宮廷裡呢？」

「只好走一步算一步了。」子妤心裡暖暖的，抬手捏了捏薄鳶郡主的小臉。「我都不操心了，妳也別太為我擔心。好好的等著做遜兒的妻子吧，他雖然嘴賤了點，但以後一定會是個好相公的。」

章一百六十九　秀女入宮

六月十五，微晴。

宮裡來接人的幃車已經停在了花家班的門口，只等五位待選秀女出來立馬就啟程入宮。

穿著宮裡規定的秀女服，再將平時都編成辮子的長髮綰了髻，別上唐虞送的雙魚玉簪，子妤看著鏡中的自己，嘴角露出一抹苦笑。

這就要入宮了，要和那個有可能是自己父親的皇帝見面了吧！那會是怎樣的場面呢？雖然自己並不想認他，但對方是皇帝，找他要些好處才不會虧吧?!

要什麼呢？

公主的身分子妤是不會要的，那就要點兒莊園田地吧，將來姊弟倆退出了戲班，做個田地富家翁也不錯。

自嘲地揚起嘴角，至少這次入宮自己並不會有什麼損失，想到這兒，子妤的心情總算開朗了一點……

「姊，妳準備好了嗎？」

門外傳來子紓的聲音，子妤調整好心情，對鏡一笑，這才過去開了門。

看著子妤一身精緻的淺粉宮裳，那銀絲線繡成白蝶穿花的圖案佈滿了裙身，襯著髮髻上一支玉簪，整個人竟變得貴氣雍容起來。

子紓和止卿對望一眼，兩人目光之中透出了不同的意味。

身為弟弟的子紓是強忍著眼淚，生怕姊姊這一走就再也見不到面了。止卿則是眼神有些黯然，只覺得這一切來得實在太過突然，讓人有些不知所措。

子紓揉揉眼。「姊，妳好美。妳這樣美，會不會被留在宮裡啊？」

聽見弟弟這樣說，子妤忍不住笑了起來。「傻瓜，你姊姊我哪裡美了？你看看劉惜惜和胡杏兒她們，那才叫美呢。我不過是裝裝樣子走走過場罷了。」

雖然之前和子妤詳談過，止卿知道她託了諸葛不遜和薄鳶郡主分別入宮打聽，她也說了讓自己不用擔心。可想著深宮大苑裡隨時有可能發生任何事情，心裡總是無法踏實。

上前一步，輕輕拉了弟弟的手，子妤安慰道：「姊姊我說了會回來就會回來，還騙你不成？放心，這次不過就是走個過場罷了。」後一句話，卻是對著止卿說的。

看著她一如既往的清朗笑容，是那樣的沈穩、那樣的無所畏懼，止卿知道她定是有把握的，心下也寬鬆了幾分。「真是那樣才好。我和子紓還等著妳回來配戲呢。」

子妤鄭重地看著止卿。「我離開的這段時間，還請你一定幫我照看著弟弟。他性子急，容易得罪人，也只有你能管束著他。」

子紓有些窘，連忙擺手。「我已經長大了，不需要止卿哥管著了。我等妳回來，妳回來就會看到我有多乖了。」

有些感慨地抬起手，子妤發現弟弟已經比自己整整高出了一個頭。「是，你長大了……」

「子妤，前頭宮裡來的人已經在催了，妳好了嗎？」

說話間，同樣一身粉紅宮裳的茗月進了院子，看到子紓和止卿也在，靦覥地朝兩人笑笑，特別是子紓，茗月發現對方眼睛紅紅的，心裡頭一揪，趕忙道：「不慌不慌，我先去拖著那宮人，就說子妤吃壞了肚子還在淨房沒出來。你們姊弟再說些話道別吧。」

「我已經好了。」多說無益，徒增傷悲，子妤也沒再耽擱，和茗月一起去了無棠院。

裝扮一新的五個人亭亭立在大廳裡，劉惜惜清高，陳芳圓潤，胡杏兒美豔，茗月甜美，子妤則是嫻雅恬淡。

前來接引的宮人檢查了她們的儀容服飾，滿意地點點頭，對著花夷道：「花班主手下的弟子簡直沒話說，咱家接了她們進宮也就能交差了。」

花夷和那宮人寒暄了一陣，這才對著五個弟子囑咐道：「好了，妳們都跟著馮爺去吧，記得自己是花家班出去的人，行為規矩些，無論選不選得上都要謹言慎行，別給戲班丟了臉。」

「是，班主！」

五個弟子齊聲回答了，這才跟了那宮人而去。

直到轉身前，子妤才敢抬頭望向了唐虞，兩人的目光只交融了那一瞬間便又默契地分開了，並未惹得其他人注意。

可畢竟自己心愛的女子要離開一段時間，而且是入宮待選，看著她高挑的背影，唐虞還是有些不捨。

青歌兒站在人群中，微笑的臉龐上掛著一分難以掩飾的得意。她總覺得花子好是這戲班裡對自己威脅最大的一個人，甚至超過鋒頭正勁的紅衫兒。如今眼看她要走了，心頭的不安好像也就此消散了。

跟在花夷身後，唐虞和子紓、止卿等人都一路送到了戲班的門口，看著秀女們上了那輛半舊不新、纏著大紅綢花的輦車，大家這才散了。只有茗月媽還癡癡地看著輦車消失的方向，淚痕滿佈在臉上。

妳看著我，我看著妳，輦車裡的五個人沒有人先開口說話。

子好也不理會其他人，輕輕握住了茗月的手，感覺到她身子還在微微地顫抖，也說不出任何安慰的話來。

看著茗月憋著一口氣，眼淚還在啪嗒啪嗒地流，劉惜惜從懷裡掏出一張白絹帕子。「快別哭了，等會兒臉上的妝花了，宮裡的教習嬤嬤肯定要訓話的。」

默默地點頭，茗月接過帕子，忍住了淚，也不敢使勁兒擦，只敢輕輕地沾了沾眼角。

對於劉惜惜這個舉動，子好看在眼裡，對她的印象也改觀了幾分。原本以為她是個性子淡漠、只顧自己的一個人，如今看來，不過是外表偽裝，其實是一個面冷心熱的人罷了。

一邊的胡杏兒有些嫌惡地皺了皺眉。「妳哭個什麼勁兒？且不說妳能不能被選上還是個問題，就算被選上了，這也是光宗耀祖的事兒。妳母親在巷口賣豆腐，一年能掙幾個錢？我聽說就算留下來當宮女，一個月也有十兩銀子的月例，到時候妳勻出一半來，都足夠妳母親過好日子了。再說了，妳若入選，就是皇帝的女人；再不濟也是宮裡貴人身邊伺候的，難道還有人敢再看不起妳母親？也不想想，妳能入宮待選，不論從哪一點來看都是好事兒，還哭哭啼啼的，實在是不知好歹。」

雖然胡杏兒語氣極差，但話糙理不糙，這一番言語，說得茗月愣住了，心裡頭的難受果然也少了幾分。因為她們母女實在也是苦怕了，從她所說的角度來想，的確是好處多過壞處。

子妤捏了捏杏兒的手，轉而道：「妳就少說兩句吧。有些道理大家都懂，但面對骨肉分離，能做到妳這樣絲毫不帶一分牽掛的人實在太少。」

或許是沒聽出子妤話裡的譏諷，胡杏兒癟癟嘴，果真沒再說一句話。

搖搖晃晃的輦車一路向那禁宮駛去，往前看去，離那巍峨宏大的宮廷也越來越近了。

章一百七十　下馬之威

敏秀宮位於皇宮西北角，離主宮有些遠，只有每隔兩年會熱鬧一下，其餘的時候都是冷冷清清的。

秀女一共上百人，被分別安置進入敏秀宮的三座院落中。每座院落又分了四個小院，編號從甲到丁。花家班的五人和另外五個官家送進來的秀女一起被分入了丁三號院子，大家剛一碰面，就起了個不大不小的衝突。

這丁三號院子裡簡簡單單，只在圍牆角落種了一棵玉蘭樹，樹幹極高，點綴了朵朵盛開的玉蘭花，站在樹底下便能聞到陣陣清香。

負責引路的宏嬤嬤冷眼瞧著面前一個吵著要換屋的秀女，扯了扯嘴角大聲說道：「李文琦，李姑娘是吧？奴婢不管妳之前是哪位大人家裡的千金，進了這敏秀宮，就都只有一個身分，那就是『秀女』。」

被她說教的李文琦倒是長得好相貌，彎彎的柳眉、大大的杏眼、紅唇微豐，此時正一臉的怒氣。「既然妳都自稱奴婢了，也就是說我們才是主子。我要住這間鄰著玉蘭樹的屋子又礙著妳了？知道我是兵部侍郎家的嫡長女還敢如此怠慢，回頭我告訴父親，讓他……」

「讓他怎麼樣？」宏嬤嬤冷冷一笑。「讓他領兵入宮來砍了我這老婆子的頭？只要他敢，老婆子就在這兒等著又如何？」話鋒一轉，笑容收斂，表情變得很不屑。「主子？妳不過是一個秀女而已，也敢自稱主子？尊敬妳，自然喚妳一聲李姑娘，不然，哪天和我們一樣淪為宮女，還不是奴婢一個。妳若是想當主子，那就好好學學這宮裡的規矩，等大選時表現得好些，爭取被皇上或者是哪個貴人點了去。到那時候，才算是真正的主子呢。」

「妳……」李文琦一看就是養在閨中的嬌女，哪裡說得過這些人精似的宮中老嬤嬤，被氣得淚花盈在眼眶裡，隨即就一滴滴落了下來，卻一句話也說不上。

「好了，姑娘若真想住這間屋子，就和原本安排在這間屋子的……」宏嬤嬤教訓了這李文琦一番，此時總算放軟了些語氣，拿起手裡的一本冊子翻看著，半晌才找到了原本安排住這屋的秀女名字，唸了出來：「嗯，是花家班的花子妤，花姑娘若願意，妳才能換。」

「是我嗎？」

子妤聽見唸到自己的名字，那「花姑娘」三個字讓她哆嗦了一下，趕緊從看熱鬧的人群中站出來。「嬤嬤，我就是花子妤。」

「嗯。」宏嬤嬤看著花子妤規規矩矩地垂首站立在自己面前，表情動作都相當得體，滿意地點了點頭。「花姑娘，這位李姑娘說想住這屋，妳願意換嗎？」

子妤抬頭看看那棵高大的玉蘭樹，又看了一眼那滿臉通紅的李姑娘，臉上浮起一抹柔和的微笑。

正當大家都以為花子妤會點頭時，她卻開口道：「我素來喜涼，這玉蘭樹下正好可以消除暑熱。若此時並非夏季，換換倒也無所謂，可眼看著天氣越來越熱……實在是不好意思，我不願意換。」

「妳……」這李姑娘伸出手，指著子妤道：「妳不過是個戲班的戲娘，也敢拿喬？」

「李姑娘，妳放尊重些。」宏嬤嬤皺著眉，語氣越發地嚴厲起來。「我說過了，進了敏秀宮，就都是待選的秀女。花姑娘來自戲班又如何，她和妳有什麼區別嗎？再說，花家班是宮制戲班，能成為待選秀女的，至少都是入了等且在內務府記名的戲娘，說起來早就算是宮裡的人了，可比妳老資格呢。別說嬤嬤我沒提醒妳，若有一天她成了主子，妳反過來倒是要給別人陪小心才是。」

被連番的嚴詞厲語攻擊下來，這李文琦已經沒了原先的那種傲氣，對這位宏嬤嬤她不敢再說什麼，便把剛才所受的氣全然算在了花子妤的身上，杏眼圓瞪，咬著唇狠狠地道：「我倒要看看，是我這個二品大員的嫡長女能做主子，還是妳這個戲班的小戲娘能成主子。到時候若妳落在我手裡，我會千百倍地把今日之恥討回來！」說完，重重地一拂袖，轉身便進了院子當中那間安排給她住的屋。

先前的這段小插曲並未影響秀女們的心情，大家依照安排各自住進了不同的屋子。畢竟要在這院子裡待上一段日子，女孩子們都打開包袱，開始佈置起來。

子妤住的這間屋子不大，僅供放下一張三尺的床和一個二門的櫃子，另外屋角有個梳妝檯和梳洗架子，梳妝檯上鑲了銅鏡，左右各有兩個扁長的抽屜。

子妤把包袱裡的首飾拿出來，用了銅鎖鎖好放在抽屜裡，再檢查了一下被褥、枕頭，發現雖然不是全新的，但至少聞著味道很是乾淨。拉開櫃門，看到裡面放置了一套和身上一樣淺粉色的宮裳，以及兩套粉藍色的，式樣和繡花也都相同。另外，子妤看到床下放了一雙繡鞋，和自己腳上穿的一模一樣，也是專供秀女穿的。

正想出去打些水來洗把臉，子妤一拉開門，發現胡杏兒和茗月一起站在屋外，看起來正準備敲門的樣子。

「子妤，我們進去說話吧。」茗月看了看周圍，一把拉了子妤進屋，胡杏兒也冷著一張臉跟了進去。

一進屋裡，胡杏兒轉身關上門便開口，語氣很不善。「我說花子妤，妳怎麼這麼不識時務？那李文琦可是兵部侍郎的嫡長女，身分雖不是頂尊貴，卻是我等所不及的。妳和她換換屋子又不會少一塊肉。現在倒好，人家另外幾個官家出身的秀女已經兜成團了，看著我們的眼神根本就是不屑一顧。大家住在同一個院子裡，互相讓讓不是更好嗎？我不管，妳等會兒就去給人家道個歉，然後乖乖把屋子換了，可不要連累了我們幾個姊妹。」

子妤愣了愣，還未開口，旁邊的茗月也一把拉住了她的手。「子妤，聽說那李文琦的堂姊現在是宮裡正受寵的李美人，她都撂下狠話了，以後要討回來今日丟的面子。妳就去陪個小心吧，總好過將來吃了大虧。」

微微一笑，子妤將茗月拉到一旁，這才正面對著胡杏兒。「妳的話我都聽明白了，妳要去巴結人家，自去好好巴結就是。我已經住了這屋子，就沒打算再換。」

「妳這個人怎麼是個木頭腦袋？」胡杏兒氣得眼睛瞪得溜圓。「茗月都說了，人家在宮裡有人護著，妳還那麼理直氣壯的，憑什麼，憑什麼啊？」

「我憑什麼？」子妤臉色一變，收起了微笑，冷冷道：「我是沒有什麼可以依憑的，既沒有堂姊在宮裡受寵，也沒有父親在朝中做官，但我至少尊重我自己，不至於像妳一樣，非要作踐自己去陪什麼小心。」

「不可理喻，簡直是不可理喻。」胡杏兒是個爆脾氣，見花子妤絲毫沒有妥協的意思，狠狠一跺腳。「到時候妳被人羞辱，就別怪我不顧師姊妹的情分了。茗月，還不跟我走！我們一起去找李小姐，給她陪個不是，撇清和花子妤的關係才好。」

「要去妳自己去！」茗月搖搖頭。「剛才惜惜也沒理妳，我和妳一起過來也只是關心子妤罷了。」

「妳們全都不識好歹！」胡杏兒又咒罵了一句，這才奪門而出。

章一百七十一　小懲大誡

朝廷每兩年一次的選秀，除了充實皇帝的後宮，就是為皇室子孫或親王、郡王們的兒子指婚，重要性自不待言。而秀女進了那高高的宮牆並非意味著就能一步登天，還必須經過一道道的考核篩選。

六月十五，各地選送的秀女都入住了敏秀宮。秀女們略微休息整理了兩天，就開始正式接受教習嬤嬤的授課，學習宮裡的各種規矩。

第一課，秀女們要學的是飲食方面的規矩，包括進食和喝茶的每一個動作，如何坐、如何淨手漱口、如何動筷、如何送食物入口、如何咀嚼、如何吞嚥等等。

天還沒亮，宏嬤嬤就來了丁三院落，叫醒了還在睡夢中的女孩子們。

夏日的早晨還有些涼意，負責伺候丁三院的宮女逐間屋子都送來了熱水，卻並沒有早膳。等大家梳洗完畢齊聚在院中的時候，才知道等會兒吃早膳就是第一項需要學習的宮中規矩了。

十人一排，子妤因為個子高，被安排站在隊伍的前頭，身後正好就是那李文琦。

今日瞧著她倒是沈穩了不少，臉色雖然也有些不善，但總算沒有露出那種張狂驕傲的神色。看來前日裡被宏嬤嬤打壓了一番，讓這個女孩子很快學會了該收斂自己的鋒芒，可見得也不是太笨。

出了院落，發現其餘的秀女們已經往外一批批地走了，子妤她們這十人也跟著宏嬤嬤一路來到了教習殿。

一長列的雙人矮桌，兩兩分坐，上百名秀女將敏秀宮的教習殿坐得滿滿的。

子妤環顧了四周，發覺殿中樑柱上的紅漆都有些斑駁了，從頂上垂下的簾子更是蒙著些許的灰塵，而面前的矮桌和身下的坐墊也俱顯出些微陳舊的感覺。

這就是皇宮內殿嗎？雖然兩年才能用上一段時間，但也不應該如此破敗吧！

再看桌面上擺的點心，一樣樣瞧著顏色還不錯，可明顯冷冷的，聞著也沒什麼味兒，想來已經擺了有些時候了，味道恐怕也好不到哪兒去，讓人沒有一點食慾。旁邊的茶壺倒是看得出還在冒熱氣，散發出陣陣茶香。

還好有熱茶可以喝！子妤自我安慰的這樣想。

其他人可就沒子妤那樣隨遇而安了。那些個官家女兒一個個在家中都是嬌客，吃食用度不至於頂好，至少早膳能吃得香甜飽足吧。而看到面前這情況，稍微懂事些的只蹙了蹙眉頭，並未多言；嬌慣些的，已經不顧上頭一眾教習嬤嬤們的嚴厲表情，紛紛私下交談抱怨起來。

李文琦正好坐在子妤的斜上方，她身邊一位模樣嬌豔的女子，正挾了一塊淡黃色的酥餅在手裡，似乎還使了勁，那酥餅卻一絲糕屑都沒掉下來，她臉上的表情就變得有些難看了，當下開口就道：「這是什麼東西？冷冷的不說，還硬得像塊石頭，叫我們怎麼吃？」這女子聲音不大，在偌大的教習殿裡迴蕩著，已足以讓上頭的教習嬤嬤們聽得一清二楚。

宏嬤嬤踱步來到子妤她們這一區，環顧了一圈，卻不確定剛才說話的人是誰，只好開口問道：「剛剛是誰在說話？」

以李文琦為首的這五個官家選送的秀女妳看看我、我看看妳，一個也沒開口。而花家班的人，除了子妤，其他人都離得較遠，還真沒聽出來到底是哪個人開口抱怨的，紛紛搖頭。

似乎看出了什麼，宏嬤嬤走到李文琦的桌前。「是妳嗎？」

「不是我。」李文琦搖搖頭，又閉了閉嘴，似乎在暗示宏嬤嬤別問她，就算是問了，她也是一問三不知。

蹙著眉，宏嬤嬤一眼看到了李文琦下方的花子妤，臉上帶著些微笑意。「子妤姑娘，妳可知道是誰說的？」

沒想到宏嬤嬤會問自己，子妤略想了想，就站起身來。「回嬤嬤的話，我也沒聽清楚，只知道是前頭傳出來的聲音。」雖然沒明說，可子妤的眼神卻轉向了李文琦旁邊的那個秀女背後。

「前頭」二字聽在宏嬤嬤耳朵裡，再看子妤的一番暗示動作，心下頓時就明白了，一步跨過去來到李文琦左右，掃了一眼果然看到一個秀女身前的桌上筷子擺放位置不對。

宏嬤嬤一逕來到那個開口抱怨的秀女面前，冷冷地道：「妳，起來！」

「不是我！」那女子見宏嬤嬤盯著自己的眼神很嚴厲，不由得辯解起來。「妳問旁邊的李姊姊，真的不是我。」

「李姑娘，妳要幫她圓謊嗎？」宏嬤嬤笑了，看著李文琦的眼神越發地嚴厲起來。

雖然有心包庇，李文琦卻看出了宏嬤嬤笑容裡的威脅，哪裡敢出頭幫那女子，只好搖搖頭，埋頭默不作聲起來。

「來人。」宏嬤嬤高喊一聲，兩個中年宮女打扮的女子隨即就圍攏了過來。

「秀女教習，為的是端正宮中規矩法紀。呂秀蓮姑娘食桌前隨意高聲喧譁，掌嘴十下，小懲大誡。」

宏嬤嬤話音一落，呂秀蓮已經嚇得臉色發白，正要反駁，兩個宮女已經一左一右地架住了她，左邊那個宮女更是熟練地揮起空出來的手，「啪啪啪」地掌心連續落在了呂秀蓮的紅唇上。

所有人都被眼前這一幕給驚呆了，俱都露出不可思議的神情，似乎不敢相信這是真的。

看到大家反應如此，宏嬤嬤心裡很滿意，張口道：「各位姑娘大概心裡都有疑問吧。嬤嬤這裡就好生說說，免得大家以後受了罰覺得冤枉。」

環顧一周，宏嬤嬤頓了頓才又接著道：「各位入宮前都是捧在父母手心裡的寶貝，嬌養在閨中的小姐。可一旦入了這敏秀宮，就只有一個身分，那就是待選的秀女。敏秀宮獨立於外，是不受內宮管轄的，這樣的規矩，也是為了保護我們這些嬤嬤，免得綁手綁腳，根本沒法好好教導妳們。」

宏嬤嬤清了清嗓子，復又道：「還請各位姑娘放聰明些，多看多學少說話。記住嬤嬤我的話，在這宮裡，『少說話』永遠是第一要謹記的規矩。」

話說到此，根本不用提醒，所有的秀女都齊齊地站起了身，規規矩矩地半福禮，大聲道：「是，嬤嬤！」

子妤暗自咋了咋舌，心想著宮裡的規矩倒也很人性化，知道這些教習嬤嬤免不了要得罪人，所以給了她們免死金牌；而因為是兩年才能耍一次威風，所以心理有些變態吧……

腦子裡胡思亂想了一陣，這才又聽得宏嬤嬤回到了前頭的臺子上，開始細細講解宮裡飲食方面的禁忌和規矩。面對一桌子冷硬的糕點，大家也只得乖乖地學著，一塊一塊往嘴裡送，那滋味就別提有多難受了。

好不容易過了一個時辰，宏嬤嬤在上頭大聲宣布：「今日課畢，有心的可留在殿中自己再練習練習，若覺得自己已經背熟了那些規矩的，也可以直接回去休息。大家也不要太勞累了，多多休息。下午還有女紅課，好了，我們下午再見。」

說完，宏嬤嬤和一眾教習嬤嬤以及幾個宮女便離開了，只留下上百個秀女在教習殿裡。

秀女們妳看著我，我看著妳，卻沒有一個先離開的，有些趕緊埋頭默記先前宏嬤嬤講的飲食規矩，有的直接倒了碗已經冷卻的茶，也不管不顧了，狠狠喝上一口解渴。

看了看周圍，子妤正想叫住茗月一起練習了再回去，哪知道剛一起身，就覺得一股沁涼當頭澆了下來，混合著一股淡淡的香味，竟是被人給潑了一碗茶！

一把抹了臉，子妤才看清楚對面潑了自己一臉茶的人是誰。

「呂秀蓮，妳幹什麼?!」說話間，茗月已經攔到了子妤的面前，不遠處的劉惜惜、陳芳還有胡杏兒也趕緊聚了過來。

而呂秀蓮身後，李文琦等幾個人也慢慢圍攏在一起，兩方人就這樣對峙著，有種劍拔弩張的味道。

那緊張的氣氛，似乎一觸即發，使得先前還鬧烘烘的教習殿內突然變得安靜下來。其餘秀女們都望向了子妤她們這邊，不知道發生了什麼事，但好奇興奮的表情卻極為明顯，畢竟自從入住這敏秀宮後就一直被壓抑著，能看看熱鬧也算是個消遣。

章一百七十二 心機深沈

雖然是夏季，但被人當頭潑上一碗涼茶水的感覺卻並不是太好，濕漉漉的水滴沿著子好的前額往下滴落，連胸前也被染成了淡淡的茶黃色。

「呂秀蓮，妳到底在幹麼?!」茗月又驚又氣，一把攔在了子好的面前，看不出平時膽小怕事的她，面對呂秀蓮的撒潑卻敢於替子好出頭。

子好輕輕拉住了茗月，用另一隻手抹了臉上一把，這才上前一步，冷眼看著潑了自己一臉茶水的呂秀蓮。「妳這是什麼意思？」

「什麼意思?!」呂秀蓮張狂地笑著，鼻子以下的半張臉還殘留著被掌嘴後的紅腫。「妳以為我不知道嗎？是妳給宏嬤嬤使了眼色，不然她怎麼知道是我?!」

「真沒見過這麼蠢的人。」子好剛想張嘴，旁邊已有人說話了，竟是一向安靜無言的劉惜惜。

「妳又是誰？敢說我蠢！」呂秀蓮脹紅著臉，若不是被人拉著，恐怕就要衝上來動手了。

劉惜惜冷冷地上下打量了呂秀蓮一番，淡漠的眼神中流露出一抹譏誚。「在大殿上，人人面前都是一樣的食物景況，就妳忍不住開口抱怨了起來，抱怨完也就罷了，反正下頭人多，上面的教習嬤嬤不一定能發現到底是誰。可妳倒好，動了糕點的筷子還擺在盤盞上，豈不是告訴那宏嬤嬤剛剛妳才嚐了東西？」

繼而冷哼一聲，劉惜惜看著呂秀蓮越發紫脹的臉色，並沒有就此打住。「宏嬤嬤問子妤，大家都聽得分明，她只說不知道是誰。明明是妳自己蠢笨，又不按規矩來，被人掌嘴後還不思悔改，竟動手潑茶。別以為嬤嬤們走了這事兒就這麼算了，回頭我一定會告訴宏嬤嬤，讓她為子妤作主。我就不信了，妳還能不再挨個二十掌嘴！」

「妳！妳……」

呂秀蓮剛才也是一時氣急，被李文琦在她耳邊煽風點火說肯定是花子妤暗示了宏嬤嬤。聽這個女子一說，果然是自己不小心沒有把筷子放回原位才露的餡。如今自己既不得理，也不佔勢，一時間不知道該如何收場，便下意識地望向了身邊的李文琦。

沒想到劉惜惜也會為自己出面抱不平，子妤原本被潑了涼茶的壞心情此時竟出奇的輕鬆起來。「也罷，剛才惜惜的話已經說得很清楚了，我也不多費口舌。呂小姐妳只消當著所有人的面給我陪個不是，回頭這件事我也不會報給宏嬤嬤知道。」

「子妤。」茗月和劉惜惜一起開了口，意思很明顯，是不想放過這個氣焰囂張的呂秀蓮。

李文琦在一旁冷眼看了這場面，終於還是開口了。「秀蓮，給子妤姑娘道個歉吧。」

呂秀蓮卻仍然叫囂著不願意屈服。「我為什麼要道歉?!她憑什麼？」

「都說寧得罪君子，不得罪小人。子好姑娘既然那樣說了，肯定就不會再追究什麼，妳還不趕快。」李文琦說這話的意思很明瞭，既然子好表了態不會告訴宏嬤嬤，那就得趁著她沒有改變主意之前讓這件事趕緊了了。

呂秀蓮環顧了一下四周，發現幾乎每一個人都用著同情的眼神看著她，心下越發的氣憤難耐，忍不住「哇」地一聲哭了起來，捂著臉推開人群就往外衝了出去。

「秀蓮！」李文琦也沒料到會是這種局面，愣了一下，想攔住呂秀蓮也已經來不及了，眉頭一蹙，轉而看向花子好，臉上的表情有些怪異。「既然秀蓮已經哭著跑出去了，沒能向子好姑娘妳道歉，妳看是要如何？」

根本就懶得與這些人周旋，子好擺擺手。「咱們走吧。」不再理李文琦，直接和茗月、劉惜惜還有陳芳都一起離開了，只剩胡杏兒一個拖拖拉拉的沒立刻跟上。

離開教習殿，子好一路無話，一旁陪著的茗月也咬緊了嘴唇一言不發，後面隨即而來的劉惜惜和陳芳也只是對望著，大家默默地往前走著，都不知該說些什麼。

回到丁三院落，子好這才轉頭，笑著對茗月點了點頭，又看向了劉惜惜。「同為師姊妹這些年，我才知道原來劉師姊是個如此俐落直爽的人。今日之事多謝了，我會記在心裡的。」

淡淡地點點頭，劉惜惜並未回應什麼，眼神卻比以往看起來柔和了不少。「妳快些回去換身衣裳吧。這茶漬得好生處理才能洗得乾淨。」說完，這才轉身和陳芳一起各自回了自己的屋子。

一陣風吹過，子妤打了個寒顫，謝絕了茗月想要陪著自己的好意，只說身上濕得難受，得先換洗了再休息一下，免得下午女紅課沒精神。

關上門，看著胸前一大片被染黃的茶漬，子妤皺了皺眉，沒想到才進宮幾天時間，自己就連著和兩個秀女起了衝突。難道是這宮裡的風水和自己不對盤？

罷了，這些小姑娘不過是心心念念想要成為圈養在高高宮牆裡的金絲雀罷了，行為狂躁偏執些也可以理解。

如此想想，子妤心中的鬱悶消散了不少，趕緊換了身新衣裳，又打了熱水把頭髮洗了一遍，再拿來厚厚的乾帕子將頭髮絞乾，這才覺得渾身舒暢。

想著劉惜惜之前的舉動，子妤忍不住拿出一個木匣子，開門來到她住的屋子前。「劉師姊，妳在嗎？」

不一會兒，門開了，劉惜惜見來人是花子妤，側身讓她進屋復又關上門。

「什麼事？」劉惜惜臉上表情一如既往有些冷淡，但語氣卻柔軟了不少。

子妤微笑著將手中的木匣捧起來。「先前在大殿上，劉師姊幫我解圍，心中念著總要感謝妳一下才好，所以送來我親手做的一個香囊，裡面裝的是些避蚊蟲的藥草，味道並不烈，望師姊笑納。」

劉惜惜看著子妤手中的匣子，隨即搖頭。「我不過是看不慣那個呂秀蓮如此囂張無理罷了，況且妳我乃是同門，大家一起在外，肯定要相互照應的。」

知道劉惜惜不會馬上收了，子妤乾脆把匣子打開隨手放在一旁，拿出裡面的香囊來，走過去拉了她的手就往手掌心裡一塞。「這本不是什麼稀罕物件，師姊若是不嫌棄就收了吧。也別想成是我為了道謝才送的，就當是師妹看這院子夏蚊太多替師姊分憂罷了。」

劉惜惜看著子妤笑得真切，也不好意思再拒絕了，捏了捏香囊在手，見針腳細密，用色淡雅，倒也極合自己的心意。聞一聞，藥草味道不但不烈，反而有種獨到的馨香，便道：「也罷，我就收了吧。」

子妤見她毫不忸怩做作，心裡又多了幾分喜歡。「師姊真是個爽快人。」

劉惜惜將香囊繫在腰上，又走過去倒了杯茶遞給子妤。「妳也別師姊前師姊後的叫了，妳我都是十六歲，就直接稱呼名字吧。」

「好的，惜惜。」子妤捧著杯盞，眨眨眼，笑得很甜，惹得劉惜惜忍不住也隨著笑了起來。

雖然是微微地揚起唇角，但劉惜惜笑起來的樣子著實讓子妤有些意外，只覺得那黑眸笑起來猶若含水一般，汪汪地彷佛盛著兩盞蜜水，濃密纖長的睫羽撲閃著，更加襯得其笑顏如花……

子妤忍不住驚嘆道：「怪不得妳不常笑，原來妳笑起來竟是如此的傾國傾城呢。說實話，要是班主見了，肯定要捶著胸口後悔送妳入宮呢。」

收起笑容，劉惜惜又恢復原本清冷的面容，但嘴角還是柔軟地微微翹著。「我這笑容，母親說是個禍害。所以要我不管什麼時候都不能隨意露了笑臉給旁人看。今日妳見了便罷，可千萬別說了出去。」

點點頭，子妤忙道：「我懂，特別是如今咱們在宮裡，又是待選的秀女，若妳這笑容真被旁人見了去，妳也別想出宮了。」

劉惜惜嘆了口氣，也自己斟了一杯熱茶，捧在手裡卻不喝。「妳也不想被選中吧。」

子妤毫不掩飾，承認道：「我只想繼續唱戲，唱到累了，唱不動了，老死在那方小小的戲臺上，也不願意就此淪落深宮，過著囚鳥一般的日子。」

「囚鳥……」輕輕唸著這兩個字，劉惜惜眼中透出些黯然的神色。「子妤，妳比喻得真好。這鳥兒啊，若是被囚在籠中，哪怕不會再經歷風吹雨淋，不會再挨餓受凍，卻也已經不是那個能夠翱翔於天際的鳥兒了。」

見不得劉惜惜這樣多愁善感的樣子，子妤乾脆打趣道：「惜惜，妳只要冷冷的橫著看一眼貴妃娘娘，我保證妳落選！」

「瞧妳說得好像我是鍾馗似的！」劉惜惜自然聽得出子妤話中的意味，忍不住又輕笑了起來。

笑容過後，劉惜惜像是突然有所感地，復又嘆道：「若是被選中，我根本沒法適應這宮裡的人、宮裡的事，恐怕到時候得罪了貴人，直接就是個『死』字。可若是落選，回到戲班裡，或許我這一生就這樣平平淡淡地過去了，不會再有絲毫波瀾。」

被劉惜惜的話惹得心生感觸，子妤勸道：「其實大多數人何嘗不是這樣平淡度過一生的呢？妳只要想著，平平淡淡才是真，平平淡淡才是福，那不就心無困擾了嗎？」

「平平淡淡才是真，平平淡淡才是福……」似乎是再一次被子妤感動了，劉惜惜又再次綻放了笑顏。「我明白，子妤，妳真是個有大智慧的女子。」

看著眼前那如花般嬌美的笑顏，感覺彷彿有和煦的暖風吹過，子妤心下暗暗擔憂了起來，只怕她的笑顏有一天被人發現，就再也離不開這深宮了。

章一百七十三　喜鵲登枝

晌午，秀女們陸陸續續地來到敏秀宮的食殿一起用膳。

每人面前都擺了一個小托盤，裡面有一碟香煎梅花肉、一碟紅燴牛肉，一碟清炒蘆筍，一碟酸溜瓜片，另外還有一盅白果燉小母雞湯和一小碗切成小塊的時令鮮果。

吃食不算很精緻，卻極豐富，但每樣只有一小碟，最多挾了兩筷子就能見底。不過量雖少，許多秀女面前還是會剩下一大半，不為別的，大家都知道選秀乃是選美，若吃多了勢必影響身材，所以大多數人都寧願餓著點兒。

古人進食講究「食不言」，所以殿內只聽得些清脆的盤盞聲和細微的咀嚼聲。

約莫小半個時辰過去了，宏嬤嬤和幾個教習嬤嬤帶了幾個宮女進入殿內，直接走向上首高臺，環顧而下，清清嗓子大聲道：「各位姑娘都用畢了吧？」

「是！」大家齊聲回答，不知道這個時候宏嬤嬤她們不去吃飯卻來這兒做什麼。

「好，既然都吃完了，各位姑娘先別忙著走。」說完這句，宏嬤嬤向左右分站在兩旁的宮女使了個眼色。

宮女接到指示，便四散開來，一個人負責一列，竟開始逐張桌子地檢查起來。

也不知宏嬤嬤讓這些宮女檢查什麼，經過了上午的飲食課，大家都有些緊張，生怕有什麼錯處被抓到。機靈點兒的紛紛低頭查看自己桌上的碗筷是否擺好，桌面是否有掉落的食屑；有的還乘機偷偷擦了擦嘴，生怕留了什麼不乾淨的在唇上被發現了。

那些宮女一路查看過來，偶爾停下，在一些食桌上放一枚銅錢。如此全部都查看完，這才回到了上首，重新站立在教習嬤嬤們的兩邊。

「想必各位姑娘都很想知道這放了銅錢的食桌和沒放的有什麼區別吧？」宏嬤嬤待宮女們都歸位站好，這才含著笑朗聲道：「那嬤嬤現在就為各位姑娘解惑。」

踱步來到一個秀女的食桌前，宏嬤嬤伸手拿起了先前宮女放在上面的一枚銅錢，笑容消失，表情變得嚴厲起來。「但凡桌上留了銅錢的……都是不合規矩的。身為待選秀女，若是被選中，不是成為皇上的後宮妃嬪，就是成為宗室子弟的妻妾；而要當皇室的妃嬪或妻妾，首要任務是什麼？就是為延續皇家香火、繁衍子嗣！」

頓了頓，宏嬤嬤又拔高了聲量。「如果沒有健康的身子骨，談何繁衍子嗣?!嬤嬤我也不罰這些被留了銅錢的姑娘了，妳們自己把東西吃得只留兩分，也就算過關了。」

「可是嬤嬤，隔這麼久，飯菜都冷了啊。」一個秀女一臉不願意地說了這一句。

宏嬤嬤眼神狠狠地剜了那秀女一眼，卻沒有罰她，只厲聲道：「再冷，姑娘也得吃了，而且要吃得優雅、吃得愉快，這樣才能讓與妳同席的貴人們感到心情舒暢。」

被留了銅錢的秀女們沒辦法，只好又重新拾起筷子，將碟子裡已經冷了的飯菜肉塊往嘴裡送，只是那涼了後油膩膩的感覺，確實有些難以下嚥。

下午，教習殿內又坐滿了秀女們。

經過上午和中午的兩場「下馬威」，秀女們原本還鬆鬆散散的氣氛幾乎完全變了，大家都垂目端坐，一副謹言慎行的樣子，生怕又被教習嬤嬤們抓住錯處。

不過，因為女紅畢竟是大家閨秀或小家碧玉從小就熟悉的功課，所以大家心情多少比較輕鬆，個個埋頭穿針引線起來。

將針尖在髮間輕微抹了一下，子妤看著桌面放置的繡樣，乃是一張喜鵲鬧枝的絹帕，並不算十分複雜。但要繡好喜鵲這類鳥兒，用色就極為講究，因為喜鵲的毛色極深，只有肩腹部點綴著白色的羽毛，若按照實際的樣子來繡，那整張絹帕就會顯得很沈悶。

略思考了一下，子妤將墨綠色的絲線夾雜在黑色的絲線裡，繡出鳥兒身上的深淺層次，另外又將白色的羽毛部分用銀色絲線來勾勒。最後則用了櫻桃紅和靛藍的絲線交織繡成鵲眼，立馬呈現了畫龍點睛的效果，將這一對鬧枝的喜鵲兒繡得靈動而跳躍。

趁大家埋頭做女紅的時間，宏嬤嬤和幾個教習嬤嬤在殿中來回走動，看看這個繡得好不好，摸摸那個針腳細不細。

對於子妤手裡已經大功告成的絹帕，宏嬤嬤拿起來仔細的看了看，眼中露出滿意的神色。「很好。」

「多謝嬤嬤誇讚。」子妤臉上卻沒有露出任何欣喜的神色。

宏嬤嬤很滿意，將繡帕又放回子妤面前的盤子，繼續往下看去。

來到李文琦面前時，宏嬤嬤再次停下了腳步，伸手將繡帕拿在手中，臉上的表情則是驚喜。「李姑娘，妳的女紅功夫很不俗啊。雖然比花子妤的要略遜些，但這等巧妙構思，卻是其他人所不及的。很好，很好。」

一連說了兩個很好，大家都望向了李文琦那邊，子妤離得近，一抬眼便看清楚了宏嬤嬤手中的繡帕。

沒想到李文琦竟也另闢蹊徑，將沈悶的喜鵲圖樣稍微作了更改，繡成振翅欲飛的樣子。如此一來，那翅膀下的白羽點綴在黑亮的背羽，顯得層次分明不說，整個構圖也變得生動起來。

收到花子妤投來的目光，李文琦略揚了揚下巴，勾起唇角，面上帶著勝利的微笑。

子妤也發現了李文琦的表情，心下只覺得對方有些幼稚，微微對她一笑，便埋頭不再關注。

沒想到自己被直接忽視了，李文琦只覺得重重一拳像是打在了棉花上，心裡頭原本因宏嬤嬤讚揚自己的歡喜心情也減了幾分，對那花子妤越發的討厭起來。

規定的時間一到，上頭的嬤嬤就喊停了，幾乎所有的秀女都早就完成了繡帕，將作品呈在面前的托盤裡。

宏嬤嬤又仔細看了一遍，然後站起身子，朗聲道：「今日是各位姑娘的第一次女紅課，所以也有個彩頭給人家。原本我是想挑出其中最好的，明日送去福成公主府上，與宮裡繡房派出的繡娘一起過去，幫助指點一下公主的繡活兒。」

宏嬤嬤此話一出，秀女們個個精神都來了，期待自己能被選中。

畢竟十五歲的福成公主乃是先帝最為疼愛的小女兒，也是當今皇帝捧在手心裡看著長大的皇妹，一向極為疼寵，隔三差五就會親自去公主府看望她。這次招駙馬，也是千挑萬選才選中了薄侯的嫡子，也就是世子薄觴。

不過這些八卦子好一點兒也不知道，只茫然地看著身邊那些官家小姐熱切無比的目光，心裡有些納悶，一個公主而已，又不是皇子，值得她們像蒼蠅盯上臭蛋那樣流口水嗎？

其中李文琦臉上的表情最是熱切，因為先前宏嬤嬤當面稱讚了她，自然機會就比別人大些。此時她臉上忍不住顯出幾分潮紅，睜大了眼看著上頭的宏嬤嬤，只盼著從她嘴裡聽見自己的名字。

「從各方面來說，成品最好的是花子妤姑娘。」

宏嬤嬤微笑著朝花子妤點點頭。「明兒個繡房的人會過來接妳，好好準備一下吧，要過去公主府住三日。這三日妳好生聽繡房蘇嬤嬤的話就是，別給咱們敏秀宮丟臉。」

聽見又是花子妤的名字，秀女們都覺得有些意外，從今日上午她和呂秀蓮之間的衝突，秀女們已經十分熟悉她了，沒想到這個戲班送來待選的戲娘竟也能在繡活兒上奪冠。

李文琦在聽見花子妤被選中時，臉色難堪了一瞬間，不過已經懂得自制的她趕緊埋下頭，調整自己的表情。

正當大家都以為就此結束的時候，宏嬤嬤卻又開了口：「除了花子妤，嬤嬤我覺得還有一位姑娘的繡活也十分出色，她心思奇巧，想來也能對公主的女紅有些益處。所以，李文琦姑娘，妳也準備準備吧，明兒個一早和花子妤姑娘一起出發去公主府。」

從嫉妒厭惡到欣喜若狂，李文琦一抬頭，美目中已然只剩下了驕傲的神色，只見她略昂了昂頭，挺起胸膛，抿唇而笑著又側頭望向了花子妤，眼中的挑釁意味十分明顯。

宏嬤嬤自不會關心這些秀女的內鬥，帶著滿意的笑容回到上首，又將女紅方面需要注意的地方一一講解了，這才吩咐大家各自回房休息，並說為了體恤大家今日太忙累，稍後晚膳會直接送到各院落，讓她們不必再去食殿用膳了。

各自收拾了東西，子妤和茗月一道，正準備回去，卻聽見後面有人叫了聲自己的名字。

「子妤姑娘，且慢行一步。」

這聲音很熟悉，清冷中帶著幾分傲氣，子妤還未轉身，心下已然猜出了說話之人，微微一笑，回頭道：「原來是諸葛小姐，子妤這廂有禮了。」

穿著和其他人一模一樣的秀女宮裳，卻也掩不住諸葛暮雲渾身上下透出的高貴氣質，長髮綰成高髻，三對由蓮子大小的南珠穿成的花釵對應著別在兩邊，搭配點綴在耳垂上的一對淡粉色南珠耳環，讓人眼前一亮。

只見她蓮步輕移，看向花子妤的眼神帶著幾分難言的欣賞。「子妤姑娘，若非今日妳三番兩次大出鋒頭，我還不知道妳也成了待選的秀女。」

看著諸葛暮雲緩緩走近，子妤只覺得這樣的女子，才算是有著高門世家的貴族氣質，比起那李文琦不知強了多少倍。其實自己早就知道她也在待選的秀女之列，不過想著兩人並非深交，所以並未留心。

此時，聽得出諸葛暮雲並非是在諷刺自己，不過是像熟人一般的打趣罷了，子妤便也柔和地微笑著。「我倒是知道諸葛小姐會入宮，只是不敢打擾罷了。」

對於子妤的自謙，諸葛暮雲並不客氣，反而直接順著話意道：「既然見了面，子妤姑娘是否介意等會兒我過去叨擾一下？」

「當然不介意。」子妤搖頭，笑意舒緩，卻不卑不亢。「只是愁著沒有好茶招待諸葛小姐。」

諸葛暮雲眉梢微揚。「聽遜兒說妳總是隨身帶著乾桂花，那東西撒在茶裡倒是別具清香。只要子妤姑娘別吝嗇就是了。」

「那好，我就掃室烹茶，以待貴客了。」子妤含笑略福了福，就此別過諸葛暮雲，又拉了身邊不知所以的茗月，先行而去了。

一直注意著花子妤的李文琦，將兩人的對話一字不落地聽進了耳裡。

原來她依仗的是諸葛貴妃的侄孫女兒！

心中冷哼了一聲，李文琦眼神變得凌厲了幾分。雖然諸葛暮雲和諸葛貴妃有親戚關係，可這並不足以教李文琦忌憚，畢竟自己的堂姊如今受寵至極，比起年紀已大的諸葛貴妃，差的不過是名分罷了；就算諸葛貴妃是太子生母，可這對於後宮爭寵並沒有多大的意義。

如此一想，李文琦反而心下大定，較之先前不知道這花子妤到底有何依仗，現在看清楚了她背後的底牌，自然更加容易對付。

花子妤回到屋子，剛收拾好就聽得門響。知是貴客來了，理了理身上的衫子，上前開了門。

「諸葛小姐，請進。」子妤側過身，邀請諸葛暮雲進屋。

環視了一下這屋子，諸葛暮雲皺皺眉。「怎麼連個茶桌也沒有？」

子妤反倒疑惑了。「我們這院子裡每間屋都一樣的啊，只有床、衣櫃和梳妝架子。難道諸葛小姐住的屋子不是這樣？還擺得下一個茶桌？」

「那我們直接坐椅子上好了。」看著子妤搬來兩個矮凳，諸葛暮雲臉上的表情有些不自然，她可不好意思說自己住的是兩間屋相連的大房子，不但設備俱全，還有個書案和一壁的書架。

「請坐，我把茶端來。」

子妤見她坐下，這才過去把小爐子上燒好的水注入茶壺裡，取了敏秀宮配給的清茶，又拿出帶來的香囊倒入了些金黃色的桂花乾，略搖晃了一下茶壺，這才斟出來放在托盤裡，奉到諸葛暮雲的面前。

「子好姑娘不用客氣。」半起身來，雙手將杯盞捏起，諸葛暮雲又道了聲「謝」，這才細細打量起面前的花子妤。

她雖是穿著一樣的秀女宮裳，可那纖細的腰、豐盈的胸卻被襯托得越發玲瓏有致。從前只編了辮子搭在肩頭的長髮如今也綰成髻，雖然只一支魚形玉簪點綴著，卻有種說不出的清麗嫻雅。

以往，她多半是一身輕布素裳，尚且不能讓人看出到底有什麼特別的地方。如今上百個女子都穿同樣的衣服，相比之下，卻顯出了花子妤的不俗之處，彷彿在她平淡沈靜的微笑下，家世再尊貴的女子也會相形見絀一般。

捧著手中的茶盞，淡黃色的茶液上漂浮著點點桂花乾，諸葛暮雲看著眼前端然而立、笑容恬淡的花子妤，下意識地問：「妳真的只是個戲伶而已嗎？」

剛端了茶盞準備坐下，子妤聽得諸葛暮雲這樣一問，愣了愣，隨即一笑。「諸葛小姐在開玩笑吧！我自問學藝六年，還當得起戲伶這個稱呼。」

「我不是這個意思。」諸葛暮雲臉一紅，知道子妤誤會了自己的原意，又道：「我的意思是，妳就只是個戲伶嗎？」

「我除了是個戲伶，還是個倒楣的秀女。」眨眨眼，子妤發現諸葛暮雲的眼神有些飄忽茫然，又用著玩笑的口氣反問：「難道諸葛小姐不這樣認為嗎？」

唇邊綻放出一抹笑意，諸葛暮雲清冷孤傲的面色變得柔和了。「也對，第一天就鬧出這麼些事兒出來，妳也是夠倒楣的了。」

「別的秀女都怕麻煩躲著我，諸葛小姐卻主動過來一敘，不知子妤有什麼可以效勞的地方呢？」過場的玩笑話已經說完，子妤話鋒一轉，臉上輕鬆的表情也收了起來，直直看著諸葛暮雲。

「其實，我只是太無聊想找妳說說話罷了。」諸葛暮雲雖如此說，耳根卻不經意地紅了。

子妤不是普通的天真少女，自然不信此話，仔細觀察著諸葛暮雲的表情，發現她眉目微垂，唇角微翹，眼神半含著幾分女人的嫵媚，心下也了然了幾分，乾脆直接問道：「諸葛小姐可是想問問唐師父的近況？」

被人點破心事，慌亂之下諸葛暮雲尷尬地否認道：「我沒有，子妤姑娘別誤會。」

見她說完那句話便用著期待的目光看著自己，漆黑的眸子裡有著異樣的光彩，是屬於少女心懷那一抹最柔軟的光彩，子妤也有些被觸動了，直言道：「諸葛小姐，妳如今是待選的秀女，據我所知，妳很有可能被直接留下成為皇帝的妃嬪。如今，實在是不該過問另一個男子的近況吧？」

「我自然知道這些的……」原本晶亮的眼眸變得黯然起來，諸葛暮雲喝了口已經有些微涼的茶水，苦澀地笑了笑。「我從懂事起，就知道身為諸葛家的女兒，將來都免不了入宮為妃的命運。」

頓了頓，諸葛暮雲眼中神色一變，變得豐富起來。「直到那一天，我看到他，他是那樣溫潤俊朗，氣度雅然。他符合了我所有對美好的嚮往，也讓我原本平靜的心起了不該起的漣漪。」

子妤不知該說些什麼，只能嘆了嘆氣。

諸葛暮雲深吸了口氣，又自嘲地笑了笑。「而今日我來，也不過是心念所至就來了。因為看著妳，至少還能感覺離我的那個夢想近一些。」

不想再繼續這個話題，子妤起身來，提起茶壺給兩人都添了茶。「諸葛小姐，我希望從今天起，妳能把對我所言全部都埋在心裡。不然，在這深宮裡，沒有誰知道哪一天妳會因為心中所想而失去寶貴性命。」

釋然地笑了，好像有些如釋重負，諸葛暮雲站起身來。「來之前，我可沒想到自己會把心裡的話都告訴妳，今日和妳一敘之後，我竟然感覺一身輕鬆。」

子妤明瞭地點點頭。「諸葛小姐若是想找人說說話，儘管來這裡就是。別的沒有，這桂花茶隨時招待。」

「噗哧」一下笑出了聲，諸葛暮雲完全卸下了原有的防備心。「子妤姑娘，妳真是個特別的女子。尋常家的小姐們見了我，都只有躲得遠遠的，好像我是滿身荊棘草一樣，只有妳，從來都是一如平常，反倒讓我覺得有些自慚形穢。所以我才說妳不像個戲娘，倒像個……總之這份淡然至極、無驚無擾的氣度，只有那些經歷過大風大浪，見識了人間興衰的人才能擁有吧。」

「是妳抬舉我了。」子妤被她說得有些不好意思。「我只是對其他事情比較漠不關心罷了，自然態度沈靜平穩些。」

「就是因為妳這種對什麼事、什麼人都泰然處之的態度，才激得那李文琦小姐有氣沒處發呢。」說到這兒，諸葛暮雲竟開懷地笑了起來。

章一百七十四　廊下偷聽

話說胡杏兒回了丁三院落，想著之前李文琦悄悄給自己的託付，眼珠子一轉，先回房拿了繡籃，出來就直接坐到子好屋外的那棵玉蘭樹下。

坐了好一會兒，發覺院中沒其他人，便放下了手裡一針也沒有落下的繡活兒，悄悄將耳朵貼上了窗欄，幾乎是一字不漏地將諸葛暮雲與花子好所說的話聽了個完全。胡杏兒暗暗記在心裡，也不耽擱，連繡籃也顧不得收拾，就去敲開了李文琦的屋門。

李文琦正卸了釵環準備歇一會兒，見胡杏兒這麼快就來了，也不顧衣衫不整，連忙拉了她進屋。「妳下次趁夜裡悄悄過來，免得被妳戲班裡的姊妹發現我們走得近，起了戒心。」

「放心吧。」胡杏兒沒大腦地咧嘴一笑。「劉惜惜是個悶蛋，陳芳是個沒主見的，茗月是那花子好的跟屁蟲。所以，只要避開那花子好，其他人才不會多想什麼。」

李文琦心裡暗嘆這女子長得倒是不錯，腦子卻不怎麼管用，於是加重了些語氣囑咐道：「我讓妳小心些就小心些，總沒錯的。」

被李文琦這樣一說，胡杏兒愣了愣，彷彿有些不太習慣。過了片刻才回過神來，諾諾的點了點頭。「那我下次小心些。不過我之所以急著過來，是探聽到了一個天大的消息。」

「什麼消息？」李文琦忙問。

「那個諸葛小姐竟一心念著宮外的男人，而那個男人，竟是咱們戲班的唐師父！」胡杏兒眼中閃著無比興奮的光彩。「也難怪啦，唐師父那樣的男子，只要是女人，恐怕看一眼就難以忘懷呢。」

「妳且將妳聽到的話細細說來，這樣的事兒可不容易遇見。」李文琦眼眸流轉，按捺不住心中的激動，示意胡杏兒仔細回想。

於是胡杏兒就八九不離十地將諸葛暮雲和花子妤的對話大致複述了一遍，聽得李文琦是眼睛越睜越大，心裡也隨即笑開了花。

眼下這宮裡頭，她的堂姊榮寵不衰，最大的對手不過就是身為太子母妃的諸葛貴妃，她也早知道諸葛暮雲是要留下來伺候皇帝的，擺明了就是要和自己堂姊爭寵來的。

現在自己得了這個天大的消息，若是給堂姊遞一句話，說不定，堂姊就能同意幫忙讓自己留牌子，成為皇帝的女人，從此共享那榮華富貴……

想到這兒，李文琦臉上的得意之色是再也掩不住，看著眼前的胡杏兒也越發覺得順眼起來。「妹妹辛苦了，這消息來得正是又巧又妙。姊姊我沒什麼好謝的，這個玩意兒妳拿去吧。」說著，從手指上褪下枚海棠花刻絲的金戒指，直接要套在對方的手指上。

「這……妹妹可不敢當！」胡杏兒眼睛一亮，雖然嘴上推辭，可手已經伸過去了。「那妹妹就多謝姊姊了。以後有什麼差遣，姊姊儘管吩咐，妹妹一定做到。」

「這是哪裡的話。」李文琦笑著點點頭，似乎很滿意胡杏兒的「聽話」。

就在胡杏兒將偷聽到的話向李文琦細細述說時，子妤也親自送了諸葛暮雲走出屋門，一直到了丁三院落的門口，兩人這才道別，並約著下次有空再喝茶聊天。

看著諸葛暮雲走遠，子妤覺著天色已經差不多了，估算著該去叫醒茗月一起用膳。可剛回院子，一眼就看到了玉蘭樹下的那個繡籃。

蹙了蹙眉，子妤總覺有些不妥，緩步過去，伸手提起繡籃子，看著裡面一個空白的繡繃子，上面還插著一根穿了線的細針……抬起頭，看到眼前正好是自己屋子的窗戶，窗戶還半掩著。此時院子裡很安靜，彷彿能聽見屋裡小火爐上銅壺裡水燒開的聲音……

心下一凜，子妤環顧四周，抓著繡繃子的手有些緊了，心中暗道：難道先前有人在此偷聽不成?!

正疑惑著到底是誰落了東西在自己屋外，子妤一抬眼就看到胡杏兒閃身從李文琦的屋子裡出來。

「杏兒，這繡籃子可是妳的?」子妤有種不好的預感，忙高聲問道。

正輕手輕腳地準備回屋去，胡杏兒聽得身後一聲叫喚，身子一抖，等回過神來，才擠出一臉笑意轉過身來。「原來是子妤啊。累了一天，大家都在休息呢，妳這麼大聲叫嚷，萬一吵醒姊妹們可怎麼好。」

子妤拿了繡籃子走到胡杏兒面前，仔細觀察著她的表情，語氣放輕了些。「杏兒，這是妳的繡籃嗎？怎麼落在樹下沒拿走？要是掉了可不好呢。還有，妳怎麼從那李小姐的屋子裡出來？」

瞥了一眼花子妤手中的繡籃，胡杏兒咬了咬牙，暗暗埋怨自己竟忘了這東西，可不要被她發現什麼才好。於是又笑了笑，一把拿過繡籃子。「瞧我這記性，本來準備趁著有空練練女紅課上宏嬤嬤講的要點，誰知剛坐到樹下就覺著口渴得很，就去李小姐屋裡討了杯水喝。」

「是嗎？」子妤總覺得胡杏兒的笑容有些心虛，卻又不好直接質問對方是否偷聽到了自己和諸葛暮雲的談話

見子妤臉上有疑色，胡杏兒怕多說多錯露出馬腳就不好了，連忙道：「若沒什麼事，我也要回屋休息去了。」

看著對方的背影，再看看李文琦的屋子，子妤心裡頭怎麼也無法安穩，想著改日一定要好生和諸葛暮雲說說，今日兩人的談話有可能被人偷聽了去，得讓她有所防備才好。

第二天天還沒亮，宮裡繡房的蘇嬤嬤就來敏秀宮接人了。

因為不知道會這麼早，花子妤和李文琦都有些慌亂地梳洗一番，早膳也顧不得吃就趕緊去教習殿內。

由宏嬤嬤陪著，那蘇嬤嬤上下打量了一下眼前的兩個秀女，有些下垂的胖臉上表情很慈

祥。「嗯，兩位姑娘看起來都是頂機伶的。等會兒隨老婆子一起去公主府上，但凡行事都在一旁多看多聽少說就是。公主為人寬厚大度，妳們別緊張。」

「是，嬤嬤。」

兩人齊齊答了，心裡卻都有些沒底。花子妤並不想應付那些皇親貴胄，怕是免不了要下跪之類的。李文琦則是對那個公主充滿了好奇，心想一定要好生巴結著這位皇帝的親妹，將來少不了有好處的。

蘇嬤嬤長滿了雀斑的臉上露出滿意的神色。「走吧，時候也不早了，車上備有些小點心給兩位姑娘當作早膳，就委屈妳們了。」

「嬤嬤客氣了。」李文琦乖巧地搶著答了話，先子妤一步地緊跟在蘇嬤嬤的身邊。子妤倒是覺得無所謂，也不理那李文琦，遲了半步才跟上去。

蘇嬤嬤身子矮胖，看起來倒是很好相處，可那一臉的麻子和過於慈祥的笑容讓子妤覺得有些不太真實，因為畢竟是宮裡的老人精了，怎麼可能內心像表面那樣。看著李文琦亦步亦趨的樣子，子妤心裡也覺得有些好笑，倒想看看那蘇嬤嬤到底會不會買她的帳。

才入宮第四天，子妤沒想到自己又坐著輦車出了這皇宮。

不過這福成公主府離得皇宮並不遠，只一炷香時間就到了。李文琦甚至嘴裡還含了塊芝麻糕沒嚥下去，就聽得蘇嬤嬤在外面叫兩人下車。

見了李文琦嘴邊的芝麻屑，還有她鼓起的腮幫子，蘇嬤嬤笑咪咪地上前一步，從袖兜裡掏出一張白絹帕子橫在了李文琦的下巴。「請姑娘把嘴裡的東西吐出來吧，然後將就嬤嬤這帕子擦擦嘴。」

見李文琦愣著，蘇嬤嬤表情仍舊還是那麼和藹。「這府裡面住的可是當朝最受寵的福成公主，一等一的貴人，姑娘這副樣子進去，豈不唐突了公主？還請快些整理好吧。」

將嘴裡的芝麻糕硬吞了下去，李文琦下意識地接過那絹帕使勁兒擦了擦嘴，臉上的尷尬表情怎麼也掩不住。

等察覺周圍的人都在看著自己，李文琦臉一紅，勉強笑著正想和蘇嬤嬤解釋，卻聽得對方清了清嗓，用著無比柔和的語氣又道：「李姑娘，這帕子是繡房內造，雖然只是白絹，用的卻是上等的繭綢料子，一張帕子就值二兩銀子。本來我是想著拿進去給公主過過眼，可被您用了，如今髒污了，嬤嬤我也不能要了，回頭還請賠上銀子。嬤嬤我也不獨吞的，是要上交內務府做損耗的。」

被蘇嬤嬤這一番話說得臉更是臊紅，李文琦完全不知該如何回應，只好悶悶地點著頭。

子好在一旁看得清楚明白，暗想這蘇嬤嬤可不是個善類，表面慈祥和藹，說起話來也輕言細語柔和得很，但行事作風卻透著一股刻薄冷漠。看來自己不能小覷這個滿臉雀斑的肥婆子，在公主府這三日得小心應對才是。

斜眼瞧了瞧一旁眼觀鼻、鼻觀心的花子好，蘇嬤嬤心裡倒有幾分滿意，反正敲山震虎的作用已經達到了，相信這兩個秀女也不敢在自己面前張狂什麼，這才放過了李文琦，一招手，示意兩人跟著自己進去。

——未完，待續，文創風038《青好記》6之5‧〈絕代名伶〉

前世，她是卑微孤寂的啞女，遇害時連一聲救命都喊不出口；

這世，她置身活色生香的戲班裡，如何歷經艱辛成為傾世名伶？

文字魔法師／

一半是天使

青妤記

一部讓看過的人驚豔推薦、越看越上癮的原創小說

文創風 030　6之1〈有鳳初啼〉

再世為人，花子妤是滿懷感激的，老天爺憐憫她，給了她做個正常人的機會，
雖然只是個九等小戲伶，但至少還有個孿生弟弟子紓相依為命。
唯一讓她記掛在心的是，她的娘親因為生他們姊弟而亡，
留下的絕命書中寫得很清楚，若是要解開身世之謎，
就必須成為本朝獨一無二的「大青衣」，
否則，他們姊弟永遠也不會知道自己的親生父親是誰。
為了實現娘親的遺願，小小子妤比別人更辛苦練功、練嗓、練身段
只盼能在一年一度的選角時入選唱青衣……

文創風 031　6之2〈春心初動〉

終於機會來了，為了在貴妃壽宴上的表演讓人耳目一新，
班主舉辦公開擂臺賽，勝者可在壽宴上演出，
這是新人出頭的絕佳機會，或許也是子妤僅有的一次機會了。
然而，面對指導的師父唐虞，子妤頓覺心跳怦怦，無法自制，
好像一顆被播撒下去的種子，漸漸破開心防，隨時都會萌芽成長，
可眼下最重要的是擂臺比試，這是向「大青衣」邁進的關鍵時刻，
她不能先亂了心、壞了大事，更何況那唐虞……
哎！花家班兩大戲伶已對他青睞有加了，自己還去攪和什麼呢？

文創風 034　6之3〈梨園驚夢〉

憑藉七分自身的努力，加三分貴人們的暗中相助，
花子妤終於站上皇宮裡貴妃壽宴的舞臺獻演，
一齣新編的「木蘭從軍」果然贏得座中貴客的滿堂彩，
眼看就要攀上聲望高峰，卻在下一瞬間，子妤唇邊的笑容凝住了——
緊勒在胸口的甲冑竟突然一鬆，就這樣從她身上滑落……
如此驚擾壽宴、當眾出醜的挫敗簡直讓她無臉見人；
雖然早就明白要成為大青衣，不知要面對多少勁敵、多少明槍暗箭，
可子妤不屑用同樣齷齪下流的手段去爭取，
要贏，就在戲臺上堂堂正正將對手踩在腳下，
而這會兒，競爭戲碼才正要開始呢……

風 文創 035

青好記

6之4

〈戲如人生〉

國家圖書館出版品預行編目資料

青好記. 6之4, 戲如人生 / 一半是天使著. --
初版. -- 臺北市 : 狗屋, 民101.09
面 ; 公分. --(文創風)
ISBN 978-986-240-898-8(平裝)

857.7 101016054

著作者 一半是天使
發行所 狗屋出版社有限公司
地址 台北市104中山區龍江路71巷15號1樓
電話 02-2776-5889～0
發行字號 局版台業字845號
法律顧問 蕭雄淋律師
總經銷 知遠文化事業有限公司
電話 02-2664-8800
初版 101年09月
國際書碼 ISBN-13 978-986-240-898-8

原著書名：《青好記》，由起点中文网（www.cmfu.com）授權出版。

定價230元
狗屋劃撥帳號：19001626
網址：love.doghouse.com.tw E-mail：love@doghouse.com.tw